消逝的季节河

薛金丽 —— 著

陕西新华出版传媒集团
陕 西 人 民 出 版 社

目录

浅春

湛蓝的天空、洁白的云朵、尖尖的草芽儿、鲜绿的嫩叶儿，再加上鸟儿啾啾的鸣叫，无不提醒我们，春天，已如约而来。人们也在不经意之间，换掉身上厚重臃肿的棉衣，呼朋唤友来到户外，沐浴在温柔和煦的阳光下，感受着已被风儿吹去寒意的春日，尽情享受着大自然赋予人类的恩赐。

草原上的春天总是比别的地方来得更晚一些，它不如南方的春天那样温润，潮湿，姹紫嫣红；更不像诗人笔下“春风又绿江南岸”那样绿意盎然。草原上的春天总是不易察觉，乍暖还寒，依然料峭。春风既不温柔，也不够楚楚动人，偶尔还会发发脾气，黄沙漫天，尘土飞扬，它是那么的狂野，肆无忌惮，让人土头土脸。人们总是在抱怨天气太不给面子的同时又暗暗窃喜——未来的日子将会更加明媚，更加温暖，更加平静。只因那强劲有力的春风才会驱走残冬，让草原慢慢变绿，慢慢葱郁起来，生动起来。

闲暇之余，我总爱一个人驱车来到乌兰胡舒草原上，寻找一片宁静的港湾把身心的疲惫释放，远离城市的喧嚣，抛开心头的忧伤，任思绪飞扬。在暖暖的草原深处，自由追逐春的脚步，和小鸟对话，与小草为舞。你看，那一棵棵沙蒿，矮矮的、胖胖的、旺旺的，每一根枝条上都有小小的、鼓鼓的芽苞，好像蚕蛹似的随时就要破茧而出，也有一些迫不及待冒出的小芽，娇嫩、可爱。再看那脚下的小草，羞羞答答、若隐若现，穿透去年褐黄色的枯草，扭扭捏捏地钻出那么一丁点的芽尖儿，绿绿的，嫩嫩的，像是在等待春风的召唤，舒展腰肢。还有一些不知名的小草在地下顶出一个小馒头，努力地向上，向上……随时准备破土而出。韩愈“草色遥看近却无”的名句用在此刻十分贴切。也只有在草原深处，才能看到百草争春，如雾、如烟的迷人景色；只有嗅到草原独有的芬芳，才会抛洒掉心里所有的阴霾，让自己的每一根神经，每一个细胞都清清爽爽、充满活力，那份惬意，那份舒爽总让人对未来充满激情，充满希望。

蓝天下，在还没有完全返青的草原上，芨芨草的淡黄色的枯枝随风微微摆动，几只忽飞忽落的小鸟，使静谧的草原变得生动起来，它们从天空中掠过，两只、三只、一群，自由自在地飞翔，盘旋，飞得并不高，蹦蹦跳跳，叽叽喳喳，一副没心没肺的样子，不时地落在草丛里、灌木上，歪着脑袋用黑豆似的眼睛瞅着我这不速之客，挑衅似的啾啾个不停，我不禁莞尔，相信它们不是在驱赶入侵者，而是在热情地招呼友人。有时即使是恶作剧地吓唬它们，它们也并不害怕，总是在你的附近起起落落，不离不弃，顿时，让人心中涌起一丝柔柔的温暖，小小的感动。突然，一只受惊的野兔窜出草丛，翘着小尾巴，三纵两跳消失在草原深处。就连黄耳子跳（一种鼠类）也探头探脑地钻出洞张望，那贼眉鼠眼的动作实在有些好笑。如果说春天是一组欢快的交响曲，那么这些小生灵便是那欢快跳动的音符，它们正在奏响一曲春天的交响曲。

乌兰胡舒草原的春天，总会带给你追逐的渴望，暖暖的，爽爽的；乌兰胡舒草原春天，总会带给奔放的激情，亮亮的，脆脆的。真的没有理由不带着微笑，带着欣赏，去触摸春天，拥抱自然，感恩春天！

来吧，朋友们，一起到乌兰胡舒草原上享受五颜六色的春光吧！

草原盛夏夜

黄昏时分，羊儿们、牛儿们披着落日的余晖从远处缓缓地走来，夕阳下的牛群、羊群变得神秘莫测，周身染上了橘色，远远望去，好似艺术家笔下那无与伦比的剪影作品。跟在这支尘土飞扬的队伍后面的羊羔、牛犊，忽远忽近地撒着欢儿，偶尔两只调皮的小羊还歪着脑袋，立起身子掐着架，全然不顾前边母亲那一声声温情的呼唤。归巢的鸟儿也扑棱着翅膀飞进老榆树的繁茂枝叶里，树叶在抖动，却看不见一只鸟儿的影子。草原渐渐沉寂了，只有沙蒿和芨芨草以及不知名的野花在微风中摇曳。

草原上蓝天的妩媚和夜空的可爱是无法用语言来描绘的，在那清朗宁静的夜晚，四周空灵而富有诗意，空气是那样的清新，微风扫去了白天的燥热，使人感到舒适而又愉快。抬头仰望天空，满天的繁星闪烁，草原上的星星似乎比城市里的星星多得多，而且亮的多，整个天空的颜色都变淡了，周围的景色显示出它模糊的影子，融入了一片星辉，一轮明月挂在天空，周围的一切都抹上了一层薄薄的银辉，为草原的夜色增添了无穷的魅力。

如果你想领略草原独有的清新与恬静，可以在这迷人的夜色中优哉游哉地散步，沿着弯弯曲曲的羊肠小道，一路向前，向前，软软的草地会欢迎你，绵绵的沙丘会欢迎你，就连那不知名的虫草也会热情地接待你。那里，不会有人打扰你，你无论坐着、躺着、撒泼、打滚都不用担心有人笑话你。远离白天的喧嚣，远离那些一定要做的事，一定要说的话，一定要见的人，你现在什么都可以不理，草原的夜晚只属于你，你就是草原的王者。

斜倚在散着余热的沙丘上，摘一片草叶含在嘴里，吹着不成调的曲子，不时地还有蛐蛐、青蛙在伴奏，此起彼伏，构成了一首美妙的草原夜晚交响曲。天当被，地当床，人真的好小啊！被浩瀚的苍穹和广阔的大地拥抱着，那是何等的享受？晚风轻轻拂过，夹着淡淡的花草的馨香，一阵阵微风向你袭来，神清气爽，真是妙不可言。

草原盛夏夜，凉风习习，惬意，舒服，让人沉醉其中，欲罢不能。

消逝的季节河

瓦蓝瓦蓝的天空中，几片轻纱似的微云被风扯得丝丝缕缕，悠悠地飘向天际，远处，一群绵羊低着头缓缓地游动着，眼前是白茫茫的大碱滩，地势平坦，一马平川，空气中弥漫着草香和碱土的腥味，微风吹过，嘴里又咸又苦，脚上的靴子蒙上了一层白色的碱沫，显得灰头土脸。

碱滩深处，一条小河蜿蜒向北，正是枯水时节，河床裸露，坑坑洼洼，苟延残喘。旧河道很宽阔，覆盖着枯萎的野草，沿着河床依然能感觉到雨水充沛时湍急的水流，新河道很窄，有的地方细如蚯蚓，有的地方已经断流了，偶尔还能看到一两个被河水冲刷出的小水窝，里面长满了芦苇，芦苇向一边倒伏着，根须紧紧抓着地面，一副岿然不动的样子，水很浅，用手就能探到水底，也许在不远的将来，这些水窝也不见了。

河道两边的断崖很像土墙，沿着河道起起伏伏，说不上是绝壁，但也很威武、壮观，让人心头一颤。由于土质松软，有的地方被牛羊踩踏成斜坡，相对陡峭一点的地方有许多沟槽、裂缝和大大小小的洞，随时有坍塌的可能。几只不知名的鸟儿飞起，叫声凄厉，好像在责怪我惊扰到了它们的美梦。

这条河无名无姓，也无历史可以考证，说是河，其实更像小溪，泉水、小溪用蒙古语翻译为“布拉格”，因此我们小队就以它命名，叫布拉格小队，地图上也是这么标注的。

天苍苍，野茫茫，却没有风吹草低见牛羊的景致，静，静得让人感到诡异，空气仿佛凝固了。我的思绪在飘荡，很久很久以前，我家就住在这条河的河畔上，这里是我孩提时代的乐园。

河的周围原是一片很大的席箕滩，那时雨水奇多，只要下雨，席箕滩就汪满了水，泥泞难行，水里常常有许多大脑袋长尾巴的不知名肉色生物。由于南边地势较高，北边较低，雨水越积越多，顺势汇聚成小溪，渐渐地就形成了这条季节河，从目前所能观察到的痕迹来看，水面最宽的时候足足有 30 米，河水哗哗地向北流淌，又被北边的阿日赖梁和西边的黑大梁阻隔，在村子的西北角形成了一个海子，这个海子很大，波光粼粼，就像一面镜子镶嵌在草原上，滋润着大地，哺育着牛羊，周围的牧民也省去了吊水饮牲畜这项繁重的体力活。最热闹的时候，你家的羊，他家的牛，浩浩荡荡，排着队来，排着队去，散落在海子的周围。大雁、野鸭、灰鹤、百灵鸟，飞翔、盘旋、鸣叫，一起演奏着美妙的乐曲，就连兔子、狐狸有时也赶来凑热闹，这里成为乌兰胡舒草原上一道生动的风景。

如今，海子消失了，导致它消失的直接原因是连年的干旱少雨，让它的源头——这条美丽的季节河干涸。

这条河最美的时间在夏天，青青的草原，洁白的云朵交织在蓝天上不停地变换着各种姿态，一只苍鹰在空中盘旋着。河西岸郁郁葱葱的白刺结满红的、紫红的，圆圆的酸溜溜的果实（一种野果可食用），河东岸平坦的草滩上，一群膘肥体壮的骏马悠闲地吃着草，几匹小马驹在母马身边撒欢跳跃，它们在河边潇洒地来，又潇洒地离去，身姿矫健。近处传来哞哞、咩咩声，那是牛羊在呼儿唤女来河边喝水，有的牛儿干脆挺着圆鼓鼓的大肚子卧在河滩上反刍，舌头一卷一卷的，哈喇子流得有二尺长，羊儿们喝一口水，甩两下头，再喝一口水，换一个地方，像是娇气又有洁癖的小姑娘，调皮的小山羊在河床上蹦上跳下，头顶头掐架，一不小心翻滚下来，再上，再下，像极了捣蛋的孩子们。偶尔有野鸭扑棱棱地飞起又落下，盛夏的聒噪里，青蛙鼓足劲地唱着歌，伴着涓涓流淌的河水，演奏着最原始乐章。

河水清澈见底，流水经过的河滩上，芳草如茵，一簇簇的，一蓬蓬的，野花绚烂着，各色的蝴蝶在花丛中飘飘摇摇。一丛一丛的芦苇、蒲草在水中秀着曼妙的身姿。小河里长满了嫩绿嫩绿的水草，它们没有名字，却格外妖娆。小时候我和妹妹成天在这条河边玩耍、嬉戏，抓蝌蚪、扑蝴蝶，有时摘一朵野花戴在头上，有时掐一些的狗尾巴草编个小蚂蚱，有时从地上捡起土疙瘩，往河里打个水漂，看波纹一圈圈地漾开，或者脱下鞋袜，卷起裤腿在乌黑的淤泥中挖芦苇或水草的嫩根放在嘴里咀嚼着，那根脆脆甜甜的。

太阳把河水晒得很暖，出于对水的敬畏，我很少到深水区玩，说是深水，对于爸爸来说也就刚刚没过膝盖，每次我都是被爸爸提溜着杀猪似的吱吱哇哇地按在水里接受河水的洗礼。妈妈常在河边洗衣服，有时也揽一些碱面回去当作肥皂用，甚至熬成碱水蒸馒头，乡亲们守望相助，一团和气，父亲更是说的一口好蒙古语，邻里之间都很熟悉，小伙伴们也都认识，有时大人们在河边相遇就围坐在一起，雨水好不好？牛羊好不好？家里的老人孩子怎么样，国家大事，地方小事都是话题，有时还摆起了酒滩帐，小伙伴们在小河边打水仗，造房子。现在比起父辈们，年轻的一代似乎疏远了许多，就在我探访这条小河时，车子差点被反锁在草场里，和主人互通姓名才得知是邻居，相视而笑，随后便畅通无阻。

总之，这条河用它不算宽广的胸怀包容着周围的一切。

后来，我要上小学了，房子归还给了大队，我们搬离了这条充满乐趣的小河，住在距离小河四五里的地方，只有在寒暑假里为找寻我家顶风跑在河畔上的羊儿偶尔才能看到它，小河依旧，只是河水一年不如一年多了，再后来，草牧场被承包了，家家户户建起了网围栏，小河被铁丝网围住了，乡亲们也不如之前往来频繁了，小河渐渐地淡出了我的视线。

多少次，我总是升腾起一股想看看它的愿望，我不知道河滩上湿漉漉的土地是否记得我、金黄的蒲公英花儿是否还记得我、天空飘飞的云朵是否记还得我、一声声的鸟鸣是否记还得我？于是，我来了，小河还在，除了模糊的记忆，已然找不到童年的任何印记，河堤上流水的痕迹记载着苍茫的时光，小河似乎没有了生命，裂纹纵横交错，有点惨烈，有点悲壮，它们无声的证词撕碎了我的记忆。

花草枯荣，日出日落，生命总在轮回，有朝一日，小河是否也能在生命的轮回中得到上苍的垂怜而再次苏醒，那干瘪的身躯也再次丰盈……

拽着秋天的尾巴去看花

偶然经过文化产业园，发现街道的北边一片缤纷，眼前顿时一亮，咦？是什么时候，这里居然形成如此规模的花海？记忆中，这里曾是一个简易的赛马场，荒草遍地，空旷无趣，如今却花儿摇曳，一片连着一片，一朵挨着一朵，粉色、紫色、白色，放眼望去，乱花渐欲迷人眼。

那天际之下，城市的一隅，花波荡漾，一朵朵粉嘟嘟的格桑花、金灿灿的小雏菊、红艳艳的猩猩菊给大地披上了盛装，犹如迎面而来的野蛮女友，热情奔放，活力四射。它们没有牡丹的雍容华贵，也没有玫瑰那样芳香四溢，每一朵花都散发着一股野味儿，花儿们如此张扬地展现在眼前，竟让我一时怀疑这里是否真的有春、夏、秋、冬的轮回？

我满心欢喜慢慢地走进了花海，格桑花、猩猩菊、小雏菊多姿多彩，在阳光下耀眼夺目，花海里点缀着的喜羊羊、灰太狼、熊大、熊二等卡通人物与周围的景色是那么和谐；长颈鹿、大公鸡神采奕奕，生动有趣；远处，红色的大风车为花海平添了异国情调；造型别致的绿雕和花架煞是可爱，我不禁陶醉在花的海洋中。

一阵微风拂过，大片格桑花轻轻摇动，我自由自在地在花海中奔跑，像一只蜜蜂不停地寻觅花蕊，一路追逐着花草的清香，此时，我多想化作一只蝴蝶在花丛中翩翩起舞，寻找花的踪迹、追逐花的脚步、拥抱花的海洋。格桑花开得千姿百态，挤挤挨挨，花海在秋风的吹拂下泛起了点点涟漪，我仿佛置身于一片梦幻中。花浪波涛翻滚，层层叠叠，我在花浪间穿梭着、翻飞着，我的脸被映得粉扑扑的，我的微笑变得更加灿烂，我的心也淹没在花海中。

花儿们舞动着、与秋风挑逗着、嬉戏着、亲吻着、尽情地绽放着，婀娜地展示着自己的舞姿，它们与蜜蜂为伴，与蝴蝶共舞，快乐地歌唱着。风儿袭过，花浪翻涌，花涛叠叠，花涛似乎在低声吟诵一首绮丽的小诗。我继续在花海中翻越一朵朵浪花，几乎所有花瓣的脸都笑盈盈地，眨巴眨巴着眼睛望着我，一朵朵一张张笑逐颜开，它们似乎都对我很友善，你拖住我的脚步，他拽住我的衣襟，它们身上都散发着愉快的、温馨的气息。我真的躲不掉这些花的诱惑，这粉色的温馨，我不能停留，前方还有花儿等待着我，稍作休息我又像一只自由的小鸟飞遍整个花海，如梦如幻醉在这片花海里。

置身其中，看格桑花儿汹涌的波浪，那些雕文织采的辞藻，那铺锦列绣的诗句，在这里竟无法得以抒发。我想，即使是技艺高超的画家，也无法描绘出如此浪漫唯美的意境。早晨的太阳把光照交给它们，格桑花儿就轻易地把遥远的天光剪辑得一派明朗，在这秋霜降临的季节里争奇斗艳，绽放活力。

抓着秋天的尾巴，漫步于如潮的花海中，感受着大自然的气息，天空也变得纯净、亮丽、清新，白云也变得更加温柔。嗅一缕淡淡的花香，掬一瓣娇艳花朵，我完全忘却了生活的丝丝烦闷，全身的细胞都是愉悦的，快乐得忘乎所以。

冬日随想

早晨，寒气袭人，干冷干冷的，隔着口罩呼吸空气，眼镜瞬间就蒙了雾，什么也看不清了，冬天戴眼镜真的是遭罪。轰油门、踩刹车，没想到刹车居然被冻住了，坐在车里，那是彻骨的冰，戴着厚厚的手套还是不敢去握方向盘，实在是太冷了。无论我怎样缩手缩脚，裹好围巾，扣好羽绒服，把自己包得严严实实，还是觉得腿上凉风飕飕，像是没穿裤子。无论是街道上赶着上学的孩子，还是上班的大人无不是把自己裹得和大面包似的，一摇一摆像极了南极企鹅。

整个小镇都被寒气笼罩了，街道上行人寥寥无几，树木单调寂寞，僵裸着身子在路旁挺立着，枝干突兀、干枯，这大概就是生命本来的颜色吧？杂乱纤细的枝丫似乎经不起鸟雀的跳跃，不知道平日里欢腾聒噪的它们哪里去了？这个冬天真的是冷，地都冻裂了，冷空气的势头根本没有减弱的意思，甚至有点变本加厉的趋势，天气地图上深蓝、浅蓝、深紫，整个北方触目惊心，老天似乎不留半点情面，势要把所有的冷气一股脑地送给这个冬天，北极也不过如此吧？

天很蓝，阳光也还算明媚，可丝毫感觉不到温暖。冷，成为这个冬天的主题，顶着寒风走在草原上，风辣辣的，辣得人泪流满面，前些日子的积雪还没有融化，满目的凄凄惨惨，草原愈发空旷荒芜。沙蒿、柠条顶着一头乱糟糟的须发，在风中摇摆，枯草在寒风中瑟瑟发抖，弱不禁风，皱皱巴巴得胡乱铺了一地。远处，几只老绵羊费劲地用蹄子在冻僵的土地上刨弄着植物的根，一路向前低头嗅着、追着，为了生存，牛羊也是拼了。

因为怕冷，我是不大喜欢冬天的，把自己一层一层地包裹起来，行动起来极不方便。即使穿着雪地靴，脚永远是冰凉的，接个电话手指是僵的，可生在北方，冬天的到来，就好像和穿衣吃饭一样，是件很平常的事，如同做某件事，虽然不喜欢，可又必须去做；如同某个人，虽然不喜欢，可不得不面对。细想，除了冷，除了装扮笨拙，没有漂亮衣服可穿，冬天好像也不是那么一无是处。

当冬日明媚的阳光照在小炕上，总是让人心底轻轻一颤，迫不及待地就想拥抱暖阳，那温暖的阳光让我激动得手忙脚乱。倚在橘色的、暖暖的光束里，前胸暖了，后背暖了，腿也暖了，鼻翼渗出汗珠，就连捧在手里的书似乎也暖了，小棉被散发着特殊的香气，那是阳光的味道，就这么惬意得像一只猫咪卧在羊皮上，简简单单，即使外面天寒地冻，屋里依然暖洋洋的。让温暖的阳光晒晒自己的心情，蒸发掉所有的烦恼，我们的人生就会多一些旖旎。

一场纷纷扬扬的大雪过后，眼前便是粉妆玉砌的世界，车辆厚了、屋顶厚了、大地厚了，这大概就是生命本该有的厚度。雪后初晴，树木的枝条凝结着雪絮，纵横交错、毛茸茸的，像分支鹿角、像绽开的珊瑚，发出璀璨的光芒。路旁的松柏树挂满了冰球，屋檐下，树枝上挂着晶莹剔透的冰凌，消融的雪水顺势滴答流下，微风中，隐隐听见“叮叮”玉佩的声音，仿佛有一位古代的美人穿越而来。雪，最能圆孩子们的童话梦，校园里、街道上、庭院里随处可见憨态可掬的雪人。这样浪漫纯净的美景，大概没有人因畏惧寒冷而拒绝欣赏吧？

由此看来，喜欢与不喜欢大概和心情有关，而心情，就源于我们自己。你郁闷，满天乌云；你开心，阳光灿烂；你微笑，世界便向你微笑；你张开双手，捧回的也许就是全世界。

小镇亮了

年末岁尾，在一个清凉甘冽的深夜，我独自一人驾驶着小汽车朝圣般地穿行在敖勒召其镇的大街小巷，只为寻找这寒冷寂寥的冬夜里小镇所蕴含的美丽。这座我奋斗着、努力着的小城，我从没有认真地去欣赏过它的夜晚，驻足过它安静下来的美丽，感受过它不那么忙碌的氛围。

夜晚的小镇，流光溢彩，沿途的路灯杆、树木、建筑物都被装扮上了彩灯，美丽的灯光扮亮了小镇的夜晚，到处灯火辉煌、绚丽夺目，小镇的夜晚呈现出和白天完全不同的画面，这让本来无比黑暗的夜晚，变成拥有斑斓色彩的神奇之地，各色的灯光为小镇披上了五彩的衣裳，使这座年轻的小城充满着活力和激情。

没有行人，没有车辆，灯宛然成了小镇长夜里的主角。中心转盘里矮矮的松树罩上了发光的彩衣，广场上的装饰灯柱变换着红的、黄的、蓝的、紫的光芒，各色的灯把整条街都染成彩色的了！陶伦南街的路灯杆挂着一串串大红灯笼，最吸引人的要数杨树上挂着的那些大大小小雪花状的装饰灯，连树干也被装点的发着耀眼的光。白天我曾路过这里，看到一棵棵树林挂着的白花，感觉有点怪异，夜晚来到这里却是另一番景象了，数不清的幽蓝的雪花灯发出宝石般的光，那蓝色好像过滤过，冷艳、饱满、安静、沉稳，摄人心魄，与大红灯笼交相呼应，红是红，蓝是蓝，整个街道都散发着一股超自然的神秘力量。陶伦北街的树木枝头挂满了葫芦似的景观灯，结一个葫芦还不过瘾，一结就是十来个，视野里它们错落有致，颗颗发光的葫芦上下起伏，全是七彩的奶油色笼着柔光。微风拂过，葫芦随着波浪晃动起来，闪烁着，像一串流动着的珍珠。树干底部被霓虹灯装饰成花篮状，不停地放射着流线型的光芒，这些灯和苍穹里的繁星互相辉映，好看极了，我的心，也走进了童话里的世界。

苏力迪大街和其巴嘎图大街清一色的马兰花装饰灯，两条街道的马兰花灯造型略有不同：苏力迪大街的马兰花灯饰，马兰花的叶子很像一大一小两双向上张开的纤纤玉手，状如柳叶，那是淡淡的绿，生命的绿，两双手托举着几朵盛开着的紫幽幽的马兰花，生动有趣，它们齐刷刷地排列在苏力迪大街的两边，一眼望不到头；其巴嘎图大街两边也安装了马兰花装饰灯，与苏力迪街相比，这些灯看起来就是一朵朵正在绽放马兰花，花和叶融为一体，像花又像叶，婉柔绰约的叶片如风儿拂过般，叶尖一致向外，花瓣也是如此，顺着其巴嘎图街穿行。朵朵马兰花就这样安祥、恬静地绽放在我眼里，青绿青绿的叶，绛紫绛紫的花，像极了京剧里花旦的兰花指，又像一只只展翅欲飞的凤凰，更像草原姑娘轻盈的舞姿，妙态绝伦。那是满街不说话的马兰花，那似乎又是马兰花欲言又止的表情啊，真佩服设计者的匠心独运，马兰花是鄂前旗的旗花，它象征着勤劳善良的各族人民用智慧的双手创造出幸福安康的生活。小镇街道的夜晚可以说是一街一景一特色，令人赏心悦目，民族风、中国风的灯饰把街道装扮地喜庆而热烈，有的街道上挂着一串串红红的大灯笼，红艳艳的，让原本清冷的大街透着温暖；有的街道上挂着蒙汉两种文字的“吉祥如意”中国结，简单大方；还有的街道挂着蒙古族人民最喜爱的祥云图案的装饰灯，所有这些设计元素无不渗透着中华民族特有的、纯粹的文化精髓。

如此亮丽的街道，就连散落在各处的建筑上的霓虹灯也不甘寂寞，各种建筑在灯光的照耀下，呈现出金碧辉煌、五彩斑斓的光影效果，令人叹为观止。

高高的天亨酒店披上了盛装，每隔几秒就变换着颜色，橙的似霞、紫的浪漫、黄的温柔，高大的外墙上，时而烈焰燃烧、时而骏马奔驰、时而展现鄂前旗的民风民俗，湛蓝的天空、碧绿的草原、洁白的羊群……

无穷无尽，曼妙自放，为夜晚增添了一分色彩与炫丽。旗门、涛龙宫、元丰商城、乒羽馆、游泳馆、大数据中心，这些建筑灿若星辰，灯光勾勒出秀美的立体轮廓，显得庄重、亲切、优雅，整个小镇变得缤纷而浪漫，富有强烈的时代气息。

尽管是寒冬，那些在白天看起来枝叶飘零的杨树、黄褐色的松树、干枯的草坪在各色灯光的照射下别具一格，高大的杨树披红挂绿，闪闪发光，紫色的树如海底珊瑚，绿色的树状如宝瓶，草坪绿得发亮。在马兰花广场和综合大楼门前还有两座巨大的花灯，造型新颖别致，猪八戒憨态可掬，骏马腾空，虽说风格混搭，但是充满了浓浓的春节味道。敖银线十字路口的一座装饰灯深深吸引了我的目光，那是一幅栩栩如生的蒙古风情图，草原、蒙古包、勒勒车，几位牧民正在拉响马头琴，一缕悠扬的琴声仿佛从草原深处传来，如泣如诉地演绎着一个动人故事。

行驶在小镇的流光溢彩里，恍若梦境，如诗如画，我想，生活应当如诗，生命应当有光。当这些光与诗结合在一起时，也许就是你不曾感知过的另一种美丽。

野狐湾里红柳情

总喜欢漫无目地在自家的草原上闲逛，一片草地，一湾水塘、一声蛙鸣，几头悠闲的草原红牛、几只撒欢的小羊，在我眼里都是诗意的风景。

野狐湾是我自己命名的，这里是我小时候上学的必经之路，之前这里有过白色的、红色的狐狸出没，狗、猫也未可知，没什么实质意思，只是图个仙气，期许真的能与那些花妖狐媚奇遇。野狐湾是我家这片半荒漠草原上再普通不过的一个沙湾。那些裸露的沙丘在阳光下熠熠生辉，细细软软的黄明沙纯净、温柔，温柔得让你抬不起脚步，除几蓬沙蒿，天地之间也只有踽踽独行的我了。

沙湾深处，几个不规则的小水塘拖拽出一片绿洲，使这片原本荒凉空旷的沙漠顿时有了灵气。水塘里长满了芦苇和蒲草，麻花鸭、百灵，还有一些不知名的鸟儿栖息在这里，长唳短鸣，打破沙湾的宁静，羊儿、牛儿静卧在水塘旁边的草滩上望着高远的天空。

生命中有许多遇见，总是让人猝不及防。紧挨着草滩边缘的沙畔下，几簇粉红的灌木闯入我的视野。不知何时，沙湾里竟然长出了几株红柳，它们与四周稀疏的草木和光秃秃的沙丘产生强烈的色彩碰撞，十分惹眼。这里原本有几座十多米高的大沙梁，因为沙质粗、干净，被一车车运往城市当作建筑材料，留下了一片湿地和这几洼小水塘，水塘边的空地上补种了许多柳树和杨树，大概是土地含碱量太大，成活率并不高，没有成活的树干东倒西歪着，倒是这几株红柳让人为之一振，真是无心插柳柳成荫。可是，这些红柳哪里来的呢？

它们很优雅地站在那儿，棕红色的枝丫，细碎朴素的花儿，极小极小，如米粒。红柳正逢花盛的时节，或粉红、或淡紫，密密匝匝不留缝隙地缀满枝条，看不见一点绿叶儿，也许是花儿开得太多了，枝条都被压弯了腰，微风中似乎有股淡淡的花香，那是一种透着苦味的香。“太古以来无寸草，借问春从何处归。”正是因这几株红柳的绿叶与飞花，使得这寸草不生、单调、扎眼的黄沙梁有了春的气息，红柳又名柽柳，花期从5月一直延续到10月，据说每年花开三次，所以它还有个别称——三春柳。

深邃的天空蓝得动人心魄，那不加修饰的云层美得炫目，四周静谧空旷，过度的宁静让人一时恍惚，我仿佛正在穿越时空，去赶赴一个美丽的约定。那时，鄂尔多斯盆地雨量充沛，气候温润，在红柳生长的地方，有一片茂密的森林，一条小河静静地由南向北缓缓流淌，鹿、黄羊、狐狸、野兔还有各种各样的鸟儿都栖息在林子里，大地一片祥和幸福。突然有一天，地动山摇，狂风肆虐，气温骤然下降，这片土地惨遭厄运，动物们四处逃散，小河、花草树木，这里的一切都被流沙掩埋，包括茂密的红柳林。

冬去春来，岁月轮回，红柳被厚厚的黄沙掩埋着，谁也不知道它的种子在地下沉睡了多少年，如果不是覆盖着的沙漠被搬走，它们或许还会继续被尘封。它们历经艰辛重见天日，便迅速生根发芽，钻出地面，伸出细枝，开出小花，以最美的姿态将自己完美地呈现，将生命绽放。它们能够抵御干旱、抗击严寒，成了西北地区百姓取暖、防风固沙的最好树种，碱滩、沙漠随处可见它的身影。

红柳还是一种中药，可以散风清热，治疗类风湿关节炎、新生儿湿疹和一些皮肤病。在我五六岁的时候，当地的父老乡亲还用红柳花来为孩子治疗麻疹，据说对那些高烧不退、消疹不利索的孩子很有效，因此，人们管它叫观音柳、菩萨树，这名字真的一点都不为过。

红柳长得并不好看，枝干盘根错节，表皮好像生了锈，不像杨树、柳树那么光滑，甚至有点棘手。对于艺术家来说或许是个宝，用它做个造型，再细细雕琢一下，不失为古朴典雅的盆景。红柳的新枝细瘦柔软，老枝比别的树枝要坚硬很多，可谓是铁骨铮铮，轻易是不容易折断的，因此深受农牧民喜爱，用它做筐子，扎羊圈，特别结实，几十年都不变形。

小时候，常和小伙伴玩的一种“击扣”游戏，就是用红柳做的。那是用红柳削成的一个像橄榄一样的短棍，我们管它叫“核（hú）子”，把它当作球，再找一块一尺长的木片当球拍，一抛一击，你来我往，简单而快乐。家里有一条极其精致的马鞭，是我父亲用红柳和牛皮条拧成的，嘎查里的牧民家门口也常常挂这样的鞭子，说是可以辟邪。

从生根到长大，万物都遵循着自然的节奏。对这几株红柳来说生命就是万里迢迢的征途，不知是何等的机缘巧合，才让我们在冥冥之中奇遇？我独自穿行于这几株红柳之间，红柳欢呼着，跳起了轻快的舞蹈，像是在身着盛装迎接着一位前来检阅的女王，又像是见到旧相识。“妹妹你要做一只绝情孤雁，哥哥做胡杨等你三千年。生也等你死也等你，等到地老天荒我的心不变。”这首民歌不知道是不是红柳唱给我的？我相信这是几株有故事的红柳。

春雨淅沥

西安的同学在微信朋友圈晒了几张盛开的桃花、梅花图，娇艳欲滴，春意盎然，我才感觉春天的脚步临近了。

牧区的春天总是姗姗来迟，当长江两岸柳枝发芽，鲜花盛开之时，牧区的草原上还是一片萧瑟，沙蒿、黄蒿在寒风中瑟瑟抖动，芨芨草挺着它那纤纤的腰杆随风摇曳，草原上丝毫不见春的气息，牛啊！羊啊！迈着慵懒步子，动物们依然穿着它们那厚厚的棉袄，不过已经显得破旧，老绵羊肚子下面一缕一缕的羊毛挂着褐色的杂草，仿佛在告诉我，它们比“春江水暖鸭先知”更易感知春天脚步，它们要换新装了。

早春的日子，虽然比之冬天气温有所回升，但并不温暖，草原上的春天总是到来得很慢很慢，她总是那么遥远，那么漫长，我已经迫不及待地等待春天的到来。

这不，一场淅淅沥沥的春雨给草原带来了惊喜，对于牧区来说，春天是沙尘肆虐的季节，能遇到这样一场绵绵的春雨可以说那是十年不遇的美事，没来由的，浮躁的心情静了下来，“好雨知时节，当春乃发生。随风潜入夜，润物细无声。”随之即来，杜甫的这首诗，总让我想起春雨的细腻、春雨的优雅和春雨的柔情。这雨来得真是及时，在草木抽绿，万物萌芽的时候她飘飘洒洒，雾非雾，雨非雨，天地间烟雨蒙蒙，如诗如画，置于其中仿佛走进童话中的仙境。

“春雨贵如油啊！”这场雨给近似荒漠的草原带来了生机，在这靠天吃饭的地方，雨水就是生命，就是希望，就是草原人民丰收的喜悦，草原贪婪地吮吸着雨水，散发出泥土的芳香。我仿佛看到了草原焕发生机，屋檐下燕子的归来、湛蓝的天空、碧绿的草地、成群的牛羊在草原上时隐时现，“天苍苍，野茫茫，风吹草低见牛羊”的诗句油然映入脑海。

坐在电脑前，听着窗外那春雨滴答滴答的声音，一个人静静地站在阳台凝望细雨在风中翩翩起舞，在灯光的照射下，散发出耀眼的光芒，这样的美景是何等的浪漫、惬意！也只有在这样的夜里，聆听着细腻的雨滴，心情才会和夜一样宁静。

草原上的春雨是灵动的，洒落无限美好的祝愿；草原上的春雨是飘逸的，布满整个天空潇潇洒洒；草原上的春雨是清新的，荡平所有尘埃沁人心扉；草原上的春雨还是洒脱的，冲散所有惆怅；草原上的春雨是喜悦的，给草原人民带来幸福的生活。

蓝天 白云 藏锦鸡儿

来到草原，你才能体验到：原来天是可以这么蓝的；云可以是这么洁白温柔的；草也可以是这样绿的。就是在这样的蓝天碧野之中有一种名叫藏锦鸡儿的植物，俗名叫作“黑猫头刺”。远远看去，它们真的就像一只只蹲在草丛里的大猫咪的脑袋，圆圆的、毛茸茸的，走近一看更是绚丽芬芳，不过，你可千万别被它的外表所打动，如果随意动手去采摘，它会刺得你龇牙咧嘴，稍不留神，就会让你付出血的代价，就连那草原上庞大骄傲的骆驼都不敢轻易碰它，我们岂敢招惹它？

初听藏锦鸡儿，你一定以为是那种长着漂亮羽毛的飞禽吧？作为土生土长的牧区人，我也不明白为什么植物学家把它叫作“藏锦鸡儿”，听起来很是别扭，其实它还有另一个名字——“金雀花”，大概是因为“藏锦鸡儿”的花瓣两端稍尖，向两旁分成两瓣，就像一只展翅欲飞的黄雀。怎么说“金雀花”这个名字多少有点城市味道，好像养在深闺大院的千金小姐，缺少了一股狂野与自然的美，又怎经得起风吹雨打呢？不过，我还是喜欢它的俗名“黑猫头刺”。

说到藏锦鸡儿花瓣的颜色，除了那一丛丛、一堆堆的金灿灿的花儿，还有一种类似藏锦鸡儿的植物开出紫色的花，或许它是藏锦鸡儿的近亲，这两种颜色的藏锦鸡儿，它们的分布很奇特，布拉格一带的梁地藏锦鸡儿普遍开黄花，而毛盖图一带的藏锦鸡儿却是紫色的、浅粉色的，这里的藏锦鸡儿不像布拉格一带连成整片，一望无际。它们只是在沙湾里、小路旁一簇一簇的，赶上雨水充沛，花朵儿十分饱满娇艳、肥厚，迎着风摇曳。据说，科学家总结出这样的科学知识，植物如果属于矮小的灌木，带刺并开黄色花朵的，地下应该有大量石灰岩和石膏，还有铜矿和锌矿，如果此地植物开的花颜色浅红或者紫色，地下应该埋藏有锰或者铀，如果真的是这样，我们鄂前旗的地下就蕴藏着巨大的宝库了。

藏锦鸡儿花开的时候，如果您驱车来到草原上，像是走进一幅瑰丽无比的画卷，一望无际的藏锦鸡儿连绵不断，那金黄色的花儿堆满了枝头，展现在你眼前的就是一团团金色的大花球，它们是那样的赏心悦目，娇艳动人，如果不去仔细观察，都找不到它那细细的、尖尖的犹如松针的叶子藏在哪里。

傍晚的藏锦鸡儿在晚霞的映衬下显得更加美丽，大地披上了红袍，一大丛一大丛的藏锦鸡儿镶上了金边，华丽、绚烂，像仙女们五彩的裙子，又像泛着红晕的少女的脸，多么神奇的自然景观啊！在这样空旷、宁静的景色里，你会觉得自己是多么的渺小，你将发自内心的感叹，大自然才是美的创造者。伟大的雕塑家罗丹曾经说过："我们缺少一双发现美的眼睛。"是啊，就算游遍祖国的名山大川，不来到鄂前旗，未必能见到如此独具魅力的美景。

藏锦鸡儿，这带刺的花，虽然比不上玫瑰那么芳香四溢，也未必能像玫瑰那样象征美好爱情，但是它更朴实自然，带点儿刺反而更让它别有味道。连用它骂人都可爱了几分，老乡们训斥孩子的头发凌乱："看你那颗脑袋，像不像猫头刺儿疙蛋！"仔细品味这句话，太形象了，简直让人忍俊不禁。

其实"带刺"的花人人爱，黑猫头刺也不例外。那么，要是人带点"刺儿"，又会怎么样呢？我们常听人抱怨，谁谁谁就是刺儿头，他指的"刺儿头"其实就是那些对领导的管理方法不满，常给别人提意见的那些人。至于为什么叫人家"刺儿头"？当然是因为人家不顺从、不好管，领导多喜欢的是老老实实、言听计从的人，可是事实上，这些个"刺儿头"却往往是有才干、有能力、有独特见解的人，如果能好好地利用起来，不是能为团队的发展提供更多的帮助吗？有位朋友曾经对我这样讲，他其实非常喜欢有这样一个"变裂子"人在身边，"变裂子"就是当地的方言“刺头儿”，因为他会时时监督你，让你走正道、做正事，发现一些自己发现不了的问题，了解到很多群众的心声，细细想想，还真的有一定的道理。

藏锦鸡儿是一种不起眼的植物，做饲草连动物们都嫌弃它，粗糙且营养含量不高，只有牛和山羊在它开花的时候吃它的花，冬天天气寒冷的时候，牧羊人随手点燃一棵藏锦鸡儿就地取暖，到了夏天人们用它挡在铁丝网围栏的下面，防止小羊、野兔钻进园地搞破坏。近年来，它才逐渐地被人们重视起来，原来它不但可以防风固沙、防止水土流失，而且它还可以作为花卉来观赏。同时它也是植物界的活化石，还有专门的保护区。我曾在一位朋友家里，见过用藏锦鸡儿做的微型植物盆景，当时只觉得眼前一亮，啊？黑猫头刺还可以养在家里，还能做成这个造型？是啊，就像我们把澳大利亚的仙人掌、海南的三角梅养在家里观赏一样，黑猫头刺当然也可以养在家里了。

藏锦鸡儿、金雀花、黑猫头刺，虽然你很不起眼，但是你却顽强地抵御着风沙的肆虐，在草原荒漠地带繁衍生息，不论环境有多恶劣，不在乎人们有什么评价，无声无息地装点着我们美丽的鄂托克草原，看见你，我总想感叹大自然赋予草原的神奇魅力。

小镇那片浪漫的紫

小镇最美的季节就在夏天，天空湛蓝如洗，洁白的云朵随风悠闲飘动，街道整洁干净，道路两旁摆满五颜六色的花篮，花坛里造型独特的绿雕生机勃勃，走在大街上扑面而来的是温暖和馨香。

入伏以来，小镇被夏日的高温炙烤着，稍做运动就大汗淋漓，感觉这个夏天比往年热了许多，如果不是万般的无奈，小镇的居民是不会轻易来到户外，只有在清晨或傍晚大家才扶老携幼来到小镇里到处散落的小公园散步。在小镇的西北角，据说那里今年打造了一片紫色的花海。

傍晚时分，我驱车来到这片传说中的花海，远远地望去，真的像是一片紫色的海洋，空气中隐隐浮动着一阵自然的花香，合着草木的味道，甜沁沁的，不久，车内便成了一个馨香四溢的世界。突然闻到这不经意的香味，顿时兴奋起来，深深地吸上一口，真舒服啊！那种惬意感立刻抵达我的四肢百骸，夏天的燥热与烦闷顿时一扫而光，我迫不及待地停车走入这片紫色的海洋中，拿着手机对着紫色一阵狂拍，感觉连屏幕也沾染了花的香气。

花海真大，紫波荡漾，目之所及，一片紫色，花海里人很少，显得十分清静，远处，有几个孩子在茅草亭周围嬉戏打闹，偶尔一两个游人在花海中摆姿势拍照，我沿着用石子铺设的弯弯曲曲的小路一路向前。微风吹过，花海泛起阵阵涟漪，在摇摇曳曳的绿色茎叶之上绽放着许多紫色的小花，像美丽的仙女，与整片紫色和蔚蓝的苍穹遥相呼应，神秘而浪漫，紫得让人眩晕，紫得让人仿佛进入了蓬莱仙境，我感觉自己正穿着紫色的纱衣，踩着凌波微步，仙气十足地游走在紫幽幽的海洋中，一时间恍恍惚惚。

这片规模巨大的紫色花儿叫马鞭草，这么娇小可爱的花儿不知为什么起了这么个很有草原味道的名字，野蛮、奔放，它的花儿不像鞭子，叶子也不像。极速百度，科普了一下：原来马鞭草为马鞭草科马鞭草属植物，以穗如鞭梢而得名，它还有个别名叫紫顶龙芽草，这个名字多好啊！马鞭草除了它的观赏性，还是中药，具有清热解毒、镇咳、止血的功效，能预报天气，还能当茶喝。马鞭草对土壤的要求不高，常长在路边、村边、田野、山坡。在宁夏的薰衣草庄园里我曾见到过大片的马鞭草，用来延续薰衣草采摘后无花可观赏的空白，它的紫色和薰衣草非常接近，达到以假乱真的效果。我想，马鞭草被这样大面积的种植，一定是与它的生长特点和绿化价值有关。

关于马鞭草还有一个古老的传说，相传在古埃及，有个女神叫伊西斯，她尽心辅佐丈夫奥西里斯治理国家。不料奥西里斯的弟弟设计杀害了哥哥夺去了王位，并且还想霸占伊西斯。伊西斯执意不从，她费尽周折找到丈夫的尸骨，流着一串串的眼泪投了江。后来，在伊西斯流下眼泪的地方长出了成片成片紫色的花，这种花有着极奇顽强的生命力和繁殖力，扎根在土壤里一年一年形成了紫色的海洋。

高过膝盖的马鞭草，花朵密密匝匝地分布在枝头，紫色的小花紧紧地簇拥在一根根细细的茎上，形成一支支紫色的像小伞一样的小花束，整齐有序，伫立在花海之中，淡淡的香味从四面包围过来，浅紫色的花朵中间，浅黄色的花蕊纤纤如丝，这片马鞭草，像梦中的薰衣草庄园一样美丽。花丛里蜂鸣虫唱，蝶飞凤舞，在傍晚的阳光下充满了浪漫迷离的色彩。

四周全是盛开着的一簇簇的紫色花儿，它们勾住了我的脚步，勾住了我的裙摆。单支马鞭草看起来并没有什么特别的地方，和普通的小野花并没什么区别，成片的马鞭草那才叫美呢，放眼望去，满世界紫色！走走停停，不知不觉就来到了花海中央。这时，花海里的人多了起来，晚饭后，居民们陆陆续续来到花海，这里可是休闲纳凉的好场所，人们在一天的繁忙工作之余来这里享受一下清新与宁静，让身心的疲惫得以释放。

落日余晖下，一眼望不到边的盛开着的马鞭草与晚霞、与周围高耸的建筑交相辉映，动人心魄！紫色，是浪漫的色彩，美丽的色彩，马鞭草不仅美丽了小镇，也美丽了我们的心情。

小城散记

我工作生活在鄂尔多斯的一个西部小城，城市不大，全旗连牧民加上也就七八万人。这里的街道，笔直宽阔，整洁而干净，两旁的建筑新颖又不乏民族特色，高高的白杨树永远都那么的帅气挺拔，秋风吹过，树叶随风舞动，那可真是“满城尽是黄金甲”啊，踩在这样的“黄金大道”上，你的心中只有一个字——爽！

我走过很多地方，江南水乡、彩云之南、古城西安、首都北京，可总是觉得家乡这座小镇别具一格，它没有大城市的那种喧闹与拥堵，更没有发达城市的那种功利和浮躁，这里处处使人感到温馨、平静与淡泊，在这里生活，你会觉得生活节奏变得很慢，人们说话慢条斯理、做事不慌不忙、吃饭不紧不慢，就连逛街都是优哉游哉，这真是一座懂得享受，适合养生，生活自在的城市。

如果你是在微风和煦的蓝天的拥抱下经过这座城市，那你一定会觉得这座拥有质朴民风的美丽小城是友好、热情的。除了拥有草原美景外，还有这里的人，小城的蒙古族人基本上都会说汉语，汉族人会说蒙古语的不多，但是人们的交流和沟通却不存在任何问题，如果碰到一个用蒙语一个用汉语的两个人在小区里聊天，你可千万别诧异，在这座小城这是司空见惯的事。当然这里还居住着许多外地人，山东、安徽、浙江、广州的都有，但是大多数汉族都来自陕西，出门在外，被别人认作陕北人是常有的事。这里的语言更是大杂烩，南腔北调，如同一个小小的“联合国”。

小城真的很小，走在大街上，有太多的熟面孔，朴实、善良还带点萌，我曾戏称这是小城专属的“面孔”，即使在外地碰到，你也会一眼就认出这是倍感亲切的家乡人的面孔。就说吃早点吧，走进门，一张张熟识的面孔，一阵寒暄，只要是熟人，可能在你毫不知情时，早有人已经替你买过单，这份热情可以暖到你的心底。

小城的人们非常喜欢艳丽的色彩，屋顶上、墙壁上都绘有蓝色的云纹，马头上有五色的丝巾，门前的玛尼宏杆子上飘扬着彩色的旗子，蓝灿灿的哈达、雪亮亮的白银、红艳艳的玛瑙、绿茵茵的翡翠，他们用这些去装点自己的蒙古袍，头饰、盅碗、马鞍，逢年过节，走亲访友，玛瑙鼻烟壶，丝绸哈达联系着亲情、友情，传递着温暖，五彩缤纷的蒙古服饰为节日平添了许多色彩。

时代在进步，社会在发展，在近年来小城里的汽车突然多了起来，走在大街上，不时地有汽车穿梭而过，小城的车牌号几乎都是“宁 A”，如果不是生活在这座小城，你准会以为自己来到了宁夏的某个小镇，是啊，这里距离银川市仅仅 100 多公里，除非有必须要去 300 多公里外的鄂尔多斯市办的事，否则，小城的人们购物、就医、娱乐几乎都选择银川市。周末走在银川的步行街上，遇见几个熟人再平常不过，孩子们假日的欢乐时光也在这里度过，附属医院的门前总是三三两两地停靠着许多小城的出租车，他们在等候看病返程的人，这里就像是小城居民的第二个生活区。

民以食为天，小城最吸引人的莫过于美食了，炒米、奶茶、酪蛋子、酥油，外加手把肉，这是小城蒙汉居民常吃的食物，这也是寻常人家娶媳妇、嫁女儿少不了的茶点。由于，小城的地理位置特殊，地处陕甘宁三角区，所以汇集了这些地区的饮食习惯，酸、辣是这里饮食的最大特点，冬季腌酸菜是小城居民的习惯，而猪肉烩酸菜便成了居民们常吃的一道菜，菜里除了酸菜和猪肉，还有土豆和粉条，酸菜被烩得蔫得看不出原来的样子，猪肉和土豆也灰头土脸，可就是这样不起眼的菜会让你馋涎欲滴，吃得停不下手中的筷子，不管哪里的客人，没有人说不习惯这里的饮食。这座小城还有数不清的火锅城、麻辣烫店，凉皮、凉粉等地方小吃也吸引着四面八方的客人，既是主食，又是零食，馋嘴的、开胃的，随时随地可以用它充饥解馋。

小城故事多的说不完，欢迎你到小城来做客。

如诗如梦大沙头

大沙头是毛乌素沙漠的源头，是鄂托克前旗标志性的自然景观。一座沙丘一个世界，每一粒沙子似乎都蕴藏着一个动人的传说。相传成吉思汗当年西征路过这里，战马停步不前，成吉思汗回首北望，只见在如今敖勒召其所在地一道霞光升起，这时战马亮蹄翻掌，一路向南飞驰，所到之处留下这一片绵绵的沙丘。当地人还有个传说，说是大沙头下埋着一座庙，庙里的和尚做过许多坏事，于是，上天为了惩罚他们，就把他们压在高高的沙丘下，让他们永世不得翻身。另有个传说，是说大沙头埋藏着一个聚宝盆，谁要找到这个聚宝盆，谁就可以坐拥天下。

传说归传说，大凡来大沙头的人，总要爬上峰顶，把旗子插在峰顶，再大声亮一嗓子："我来啦！"几乎没人能抵御住高高的沙头的诱惑。有位同事告诉我，只要站在大沙头顶峰，他就想高歌一曲。可见大沙头的胸怀是多么的宽广，它纵容着一切喜欢它的人，任人们在它的怀抱里，欢呼、雀跃、打滚、撒泼。

大沙头是个如诗似梦的地方，占尽了水的柔媚与沙山的苍茫。大沙头有四奇：一是沙山上那些白天被人从上践踏下来的沙，一夜之间便会被风吹得恢复原状；二是站在高高的峰顶，敖勒召其镇的美景尽收眼底；三是这里的黄沙色彩如金子，绵软如丝绸，赤脚走上去非常舒服；四是大沙头的沙没有任何的人工束缚，可是它却不会乱飞，大多数时间都安分地静卧着，形成了连绵的弧线，弯曲的形态，仿佛一位睡美人。在我的记忆中大沙头永远那么高，仿佛不曾移动过。

阳光像是一层滤色镜，经过滤色镜的处理高高隆起的沙包、波状的沙脊以及平滑的沙坡，大都被罩上了一层迷人的金黄色。脱去鞋袜，脚踩大地，让肌肤与沙粒亲密接触，感受沙的独特韵味，看着绵软的细沙从脚趾之间流出，是那么的惬意，让人不由得笑出声来。这里的沙细而无尘，洁而流畅，随手抓一把，又被风轻轻吹落，在落沙中仿佛能看到亘古的苍绝，偶尔一湾清水，几株苍劲的大树和妖娆的野草给大沙头增添了无限生机。

大沙头的沙坡下面有一个很大的人工湖，因湖边有个瓶子状的喷泉，当地人称之为"宝瓶湖"，湖的东边是一座假山，山上飞瀑直下，溅起无数的水花，清凉又调皮。湖中央有个小岛，岛上有个小小的仿古凉亭，湖的南边有个木制长廊，每逢周末或者旅游旺季，人们可以在这里休息纳凉，这座人工湖为大沙头画上一笔浓浓的重彩，俗话说“无水不成景”，正因为这座人工湖，才让大沙头变得更加妩媚生动。

在沙头上远望，时有一缕白烟在远处冉冉升起，袅娜于蓝天，许是哪个农家小院燃起的炊烟，却平空为大沙头添了一道景致，让你不觉想起“大漠孤烟直，长河落日圆”的诗句来，诗人笔下的塞外风光拥有苍茫壮阔的意境，这不正呈现在眼前吗？

悠然地躺在大沙头绵绵的沙滩上，欣赏着游人们骑着骆驼登上顶峰，叮当的驼铃声使人仿佛看到古代商贾行旅在丝绸之路的情景。

夕阳下的大沙头更是无限风光在眼前，落日的余晖在沙坡上跳着轻快的舞蹈，湛蓝的天空、洁白的云朵、一碧千里的草原、美丽的人工湖以及周围的建筑被晚霞披上了梦幻的衣裳，霞光照着每个人的脸，仿佛童话中的仙境。

大沙头，你是大自然赋予我们的一颗璀璨明珠，你所孕育的沙漠奇观，为小镇增添了无穷魅力，让我陶醉，让我流连忘返。

牧区的雪

我的家乡在鄂尔多斯鄂前旗牧区的一个偏僻小村子，水草丰美是牧区人民的心愿，生活在这里的人们盼望雨水到来的心情非常急切。然而，去年的雨水却少得可怜，从入秋到冬天，牧区没有一滴雨雪降落，整个冬天也如同阳春三月，姑娘小伙们甚至穿上了春装。照常理，雪是这个季节的常客，但却迟迟未到，老人们无不担忧地说：明年春天牲畜恐怕要遭灾了，牲畜要生病，大人小孩也会生病。因为冬天没有严寒的气温，没有下雪，病菌无法被冻死，当然就会肆无忌惮地生根发芽，老人们的担忧不无道理。

春节前后，天气更加温暖，真的是“五九六九，开门大走”了，就连沙湾里的小水塘都解冻了，人们都说，今年冬天是一个无雪的冬天。然而，老天似乎是和大家开了个玩笑，正月初五那天，天阴沉沉的，气温突降，中午时分，就已下起雪来，烦躁的生活，突然就变得安静了，窝在靠窗户的小炕上，看着窗外散散落落的雪花，心中满是欢喜。你有多久都没有这么安静地看过雪了？来到院子里，凉凉的空气，爽爽的被吸进了肺里，风不是很大，只是那凉凉的薄薄的气流，在胸前翻涌，看着几朵雪花落在窗前，那种感觉真是舒坦得让人无法表达。

这场雪以那样一种不屑一顾的态度，若隐若现，有时竟如鹅毛般地飘落下来，仿佛走进了时空隧道，雪花落在衣服上、头发上、手心里，冰凉冰凉的，很舒服。雪就这么落着，落着，落在了熄灭灯盏的窗前，落在了憨憨入睡的小院里，落在了空旷的草原上，牧区悄然无声，被大雪紧紧地包裹住，仿若初生的婴儿那般，纯真无邪！断断续续地下了两天，雪终于停了，这是我近年来见到的最大的一场雪，向窗外望去，大地白茫茫的一片，那么纯净，那么美丽。树上、房子上、远处的草地上，都铺上了厚厚的雪毯，简直就是一个粉妆玉砌的世界，就连家里的大白狗也兴奋的用鼻子拱着雪，表达它自己的快乐，牛儿们、羊儿们都披着洁白的雪袍归来，有时还舒舒懒腰，伸长脖子，惬意地哞哞几声，好像也在欣赏这难得的雪景。

我们姊妹几个兴奋不已，特意打扮了一番来到草原上，沙蒿、柠条等灌木被雪压得弯下了腰，草原已经被白茫茫的雪盖上了一层厚厚的被子，人踩在上面发出“咯吱咯吱”的响声，仿佛天籁之音。想起小时候，也是这样的雪天，这样的雪地，我们故意在雪地里用各种方式，留下那些或深或浅的小脚印，然后再附上一阵欢快的笑声，时间飞快，那情景仿佛在昨天。雪地里，野兔和一些不知名的小鸟留下一串串小脚印，几只受到惊吓的野鸡扑棱地拖着漂亮的长尾巴飞起，又落在不远的灌木丛中，好像在和我们玩捉迷藏，成群的胖乎乎的沙鸽子连滚带爬地在雪地里寻找食物，看到我们既不害怕也不慌乱，而是急速地向远处跑去，速度是那样的快，样子是那样的滑稽可笑。

树圐圙（kū lüē）里，往日张牙舞爪的树枝变成雾凇，枝条上的积雪显得那么温柔，毛茸茸的，可爱极了，在阳光下闪着晶莹的光芒。此时，我驻足其中，静静地欣赏那柔美的身躯，感受那雪后树木特有的优雅。

牧区的的雪，孤独中彰显清高，豪放中略带羞涩，朴素中富含端庄。是啊！雪是洁白的，雪是无私的，雪融化了，没有留下痕迹，只留下洁白的记忆和生命的千回百转，它将短暂的生命历程融入大地，融入一切需要的生命里。俗话说："瑞雪兆丰年！"我仿佛看到了春回大地，鸟语花香，万物复苏的草原，看到牛儿肥、马儿壮、羊儿跳的祥和景象，也看到了牧民们幸福的笑脸。

舞动的赛马场

赛马场，对于一个初来鄂前旗的外地人来说，可能以为是赛马的地方，但是对于生活在这里的居民来说，那是最熟悉不过的地方。赛马场坐落在敖勒召其镇的东北角，最早以前它真的就是那达慕大会赛马的地方。随着鄂前旗城市化建设的日益加快，这里便发展成一个规模较大、居民较为集中的小区，它包括云海家园、丽景苑、安居小区、地税家属区等。小区里有个圆形的广场，它的面积并不大，没有漂亮的地板砖，也没有喷泉、假山。围绕这个小广场种植着高大的紫槐、婆娑的垂柳、翠绿的松树和低矮的紫花苜蓿，还有一些不知名的淡紫色花儿。每到夏季，紫槐开出了紫花，紫花苜蓿也枝繁叶茂，连同那不知名的像云一样的紫花，把整个广场妆扮得像一位穿紫衣的少女，浪漫而又神秘。

天蒙蒙亮，当我还在梦乡的时候，准会被小广场的音乐叫醒，等我磨磨蹭蹭地迈出家门，准备上班。广场上已经聚集了很多人，跑步的、打篮球的、打太极拳的、跳广场舞的，还有亮嗓子的，一般都是20世纪五六十年代的经典歌曲，也有地道的蒙古民歌，这些歌曲总会让你回味无穷，不由得跟着哼上几句。那些跳舞的人们，踏着旋律的节拍，翩翩起舞。像一只只轻盈的蝴蝶，看得我也跃跃欲试，真想加入到她们的行列之中，舞上一曲。再看那些打太极拳的，他们身着宽松的白衣，一招一式，是那么的舒缓、柔美。整个身心是那么的投入，似乎整个广场只有他一个人，样子像极了电影里的太极宗师。紫槐旁边打篮球的男生们,不时发出一阵阵喝彩,那声音,仿佛生怕大家不知道他们又进了好球。

赛马场小区的广场最吸引人的并不是早晨，这里的夜晚极其热闹，忙碌了一天的人们，在这儿跳舞、谈笑、纳凉、散步，不分男女老幼，大家总爱在健身器械上显显身手。

晚上8点整，只要天公作美，音乐渐响起，大家便会聚集在这广场上。人们互相招呼，扶老携幼来到广场上。那一张张或陌生或熟悉的面孔聚集在一起载歌载舞。或三人一行或五人一排，没有追光灯也没有麦克风，只有一台老式的录音机，有时锣鼓大镲也出来凑凑热闹。大姑娘小媳妇们自发地走到广场中央，踏歌起舞，就连那六七十岁的老大爷，也抬抬腿、扭扭腰、伸伸胳膊……那些不会跳的，不由自主地晃动着僵硬的身体，笨拙的样子实在可爱。

跳舞的有老人、青年，甚至还有刚学会蹒跚步行的小孩，这些居民原本素不相识，就算是住在楼上楼下的邻居也都很陌生，却因这一个“舞动的小广场”大家走得更近，仿佛置身于温馨的大家庭当中，那么轻松、愉快，人们甩去一天的疲惫，留下欢乐的笑语。说真的，他们的舞步算不上美，他们的高矮胖瘦不尽相同，年龄也相差很大，从六七十岁的老人，到未成年的孩子，有时，也会有一两个小伙子跳进来，模仿着某个妇女，忘乎所以地踩着音乐的节拍舞之蹈之，更有那70岁的老汉咧着嘴，像猩猩一样，舞着胳膊加入其中。他们谁也不笑话谁，谁也不嫌弃谁，尽管舞姿并不优美，服装也不是统一的，但在这露天的舞场里，秧歌舞、广场舞、安代舞，太极拳，简直就是民族大联欢。

一曲激情悠扬的《最炫民族风》，不知让多少人走出家门，奔向这个充满动感的地方。夜晚的小广场宛如一个大磁场，犹如一道亮丽的风景，吸引着许多本以打牌、闲聊、喝酒和看电视来消磨时间的人。广场上还经常有一些业余文艺队在表演，主持人一口前旗普通话，歌唱家的口音一股浓浓的榆林味儿，朗诵诗歌的还冷不丁冒出一句宁夏方言，但这些都不影响节目的质量，反而更贴近人民贴近生活，受到大家的热烈欢迎。在这欢乐的海洋里，烦恼、忧愁和一切不快随音乐的节奏缓缓流走。亲人之间、邻里之间因为这个小小的广场，走得更近。舞动的肢体，洋溢的笑脸，不但见证了鄂前旗人民的富裕和安康，也大大地丰富了居民的业余文化生活。

浓烈的欢乐氛围，狂欢的舞蹈场面，在我们美丽的鄂前旗大大小小的广场上都有，而赛马场小区的广场更会让你流连忘返，这里是一个集娱乐、休憩为一体的地方，这里舞动的是健康，是心情，是幸福，是和谐！这小小的广场常常活力四射，永远散发着迷人的气息。

闲庭信步话小镇

在鄂尔多斯这片广袤的土地上，有一个宁静祥和的小镇，宛如一位仙女洒落在人间的晶莹剔透的翡翠，镶嵌在一望无际的大草原上，这就是我们美丽可爱的敖勒召其镇，它有着悠久的历史，深厚的文化积淀。宥州古城在唐代曾是军事重镇，绵延的明长城更是西北边疆的军事防御工事；三段地工委、王震井、延安民院，让人不由得联想起当年先辈们出生入死的场景，追忆起那个艰苦奋斗金戈铁马的年代；大沙头、大沟湾、巴音希泊尔草原景色秀丽迷人，吸引了许许多慕名而来的客人，从小就生长在这里的我常常为小镇厚重的历史和迷人的风情而陶醉。

小镇其实很年轻，40 多年前它还只是一个小村子，零零散散居住着几十户人家。1980 年经中央批准，把它从原来的鄂托克旗分设出来，建成了今天的鄂托克前旗，政府所在地就设在敖勒召其镇。

建旗五年的时候，我从榆林回到小镇读书，也算见证了小镇的发展，那时的小镇只有一条街道，还在建设中的小镇到处坑坑洼洼，街道基本没有硬化设施，更没有绿化工程。春天的街道总是黄沙漫天，夹杂着沙粒的狂风号叫着，几根电线被撕扯着发出刺耳的声响，小镇常常被笼罩在沙尘里，犹如世界末日的来临。

当时最繁华的地段可能就是鄂托克前旗中学和检察院附近，要说最大的商店，也就是“百货公司”，最高的楼房要数文化局，也就是今天元丰商场的位置，一条街从南到北不过 20 分钟路程，街道破烂不堪，骑自行车的行人都难以施展身手。街道上的小汽车少之又少，见得最多的就是绿色的吉普车，也只有它最适合小镇，其次是大卡车。各个乡镇的农牧民要想出行办点事非常困难。整个小镇的周边没有一条像样的公路，长途客车两天一趟，从来不管超载，能挤上去多少就挤上去多少，大家的想法都一样，没事谁出门啊？出门也要看天公是否作美，困在半道的事常有发生，上学期间我常常因为要回牧区家里深深感受到当时的交通有多么不便，30里的路程，坐在车上摇半天，又挤又晕，狼狈不堪，有时班车陷在沙子里，所有乘客都得下车用手推，用绳子拉，那景象很壮观，哪里是坐车呀，那就是人拉车，乘客们常常为大家齐心协力把车拉出去而欢欣鼓舞，遇到红胶泥路段，班车打滑，连司机也得扔下车跟着大伙一起步行10公里回到小镇，比起一些发达城市，小镇当时连南方一个富裕村子都不如。

历经40多年的风雨沧桑，家乡亦发生着巨变，它变得漂亮了，一幢幢拔地而起的高楼，一条条绿化带郁郁葱葱，还有那笔直的柏油马路，宽阔的广场、漂亮的校园、琳琅满目的商品、四通八达的道路像一张网络辐射四方，小镇到处充满了时代气息。漫步街头，街道两边婆娑的树木，尤其是高大的白杨树，微风吹过发出哗啦啦的声响，心情舒畅极了。再看那些建筑风格迥异的居民区，商店、酒店闪烁的霓虹灯，小区广场悠扬的乐曲以及街上来来往往的车辆，我已经很难再把现今的小镇和40多年前的小镇相比，现今的小镇颇有一些都市的味道了。

漫步街头，微风吹拂着我的脸庞，小镇的美景尽收眼底，体育馆、乒羽馆、游泳馆、圣火公园、植物园、大大小小的广场，人们三三两两，散步、休闲、锻炼、娱乐，到处一派幸福祥和的景象。在体验大城市那高温桑拿的天气，车辆拥堵的街道，人头攒动的商场，以及人们匆匆的脚步时，我总是由衷地称赞小镇的清新和悠闲，它虽然不够繁华，但是它的蓝天、碧草、清新的空气让人心闲气定，它那纯朴的民风，干净整洁的街道，慢而有序的生活节奏，无不让人感到优哉游哉。

宿世情人马兰花

“马兰花，马兰花，开放在六月的草原；马兰花，马兰花，一身傲骨映着那蓝天，马兰花，马兰花，微笑在家乡的牧场……”腾格尔的一曲《马兰花》红遍大江南北，你可知道，马兰花它是我们鄂前旗的旗花，象征着鄂前旗正迈开阔步，昂首向前，经济建设蒸蒸日上，生态建设锦上添花。马兰花是“幸福”“和谐”的象征，马兰花的五朵花瓣代表了“勤劳、善良、勇敢、诚实、友爱”的五种美德，也象征着我们鄂前旗美丽富饶，祥和宁静的当下。

马兰花，也叫马蔺、马莲花、紫蓝草、兰花草，是鸢尾科，属多年生草本宿根植物。马兰花广泛分布于我国东北、华北、西北等地，以草原地区分布较为普遍。马兰花抗逆性强，尤其耐盐碱，耐旱，农牧民常常把它种植在田埂、水道边，就是因为它是多年生草本植物，根状茎粗壮，呈木质状态，有多数须根，繁殖又快，可以固沙，用它做防护既美观又科学。由于马兰花具有独特的生态生物学特性和较高的观赏价值，近年来逐渐被用作水保护坡、园林绿化，目前已成为一种时尚的装饰花卉。

在鄂前旗西部的上海庙镇就有万亩野生马兰花基地，每到五六月份，在湛蓝色的天空和洁白的云朵映衬下，青幽幽的马兰花一望无际，蔚为壮观，那绽放的马兰花朵舒展身姿迎风舞动，多么像一位美丽的蒙古族姑娘翩翩起舞，欢迎远方客人的到来，马兰花的花朵很大，色彩艳丽，光彩夺目，那紫幽幽的花儿，十分娇艳，吸引着无数的摄影家和旅游爱好者前来观赏。

老乡有话：“越是漂亮的花儿，越有毒！”鄂前旗是花的海洋，舞的故乡，这里的草原上盛开着各种各样的野花，它们吸引着无数的蝴蝶蜜蜂翩翩起舞，同样也吸引了儿童时代的我们，吃花是我小时候的一大乐趣，柠条花、苦豆花、苜蓿花，几乎被我们尝了个遍，一株苦豆上的花不一会儿会被我们摘光，一朵一朵地吮吸过，再把嫩嫩的花瓣吃掉，因为每朵金黄色的花儿根部都是甜甜的。但是，马兰花却给了我一个至今不能忘怀的教训，让我谈花色变。一天，在野外玩耍时，我看看到几株马莲开花了，花瓣水嫩、娇艳，紫得发亮，那么招人喜爱，摘了几朵就放进嘴里，就因为这几朵马兰花，我发现自己的舌头失去了知觉，半天都不会转动，嘴唇发麻，那木木的滋味至今记忆犹新，所以我真的相信美丽的马兰花是有毒的，至于是不是真的，只能留给植物学家去验证了，到目前为止我还没有见到任何有关马兰花有毒的资料。

马兰花还有一个寓意：宿世的情人，有些地方把它叫作“祝英台花”，这些名字听起来是那么的浪漫、迷人，就好像传唱着一曲曲动人的爱情故事。假如你漫步在我们鄂前旗的街道、校园、庭院，你总会看到那一簇簇、一丛丛、一片片的马兰花，它是那么挺拔俊秀，富有生机，郁郁葱葱。

小时候常常和小伙伴跳皮筋，一边跳一边唱：“马兰花呀，马兰花，风吹雨打都不怕，勤劳的人在说话，请你现在就开花！”是啊！这句经典的童谣，伴随着每个中国孩子的童年，流淌在每个孩子内心的最柔软的地方，是每一代人童年最经典的美好回忆。故事里有个美丽的传说，有一朵神奇的马兰花，能给勤劳勇敢的人带来幸福，只要吟诵这首儿歌，就会出现自己想要的好多珍贵礼物。这首儿歌里唱的不正是我们鄂前旗人民吗？马兰花，它多么像我们鄂前旗广大的劳动者，他们坚韧不拔；他们勤劳勇敢；他们善良热情，任凭风吹任凭雨打，总是那么乐观、向上、朴实无华。

马兰花，幸福的花，它是不会凭空给你幸福的生活，也不会像《马兰花》故事中讲到的，只要马兰花开了，就会变出许多金银财宝那么神奇。幸福生活是要靠劳动来创造的，我们不学那贪心的老猫和懒惰的大兰，要像马郎和小兰那样用我们勤劳的双手去发家致富，去建设美好的家园！

去那音太叔叔家拜年

农历正月初四早晨，我们姊妹跟父亲去西大梁的那音太叔叔家拜年，那音太叔叔浓眉大眼，红红的脸颊，说话声音很洪亮，是典型的蒙古族汉子形象。记忆中的他总是骑一匹大走马，如果喝了酒就会一边策马扬鞭，一边在马背上放声高歌，让你在很远的地方就知道他来了，我常常想，他喝醉了怎么在马背上坐得那么稳呢？如果不小心掉下去怎么办？路上，我不由得想起小时候的很多事。

我家在牧区的一个村子里，蒙古语把村子叫嘎查，一个嘎查也就百十户人家，所谓的邻居，距离最近的也有五六里的路程，但是全嘎查的人相处得非常和睦。父亲有很多的莫逆之交，他们大都是蒙古族，大都姓黄，他们那一辈人闲着无事时总爱凑在一起喝几盅，东家长西家短地聊个遍，再互相调侃一番，尽兴而归。据我所知，他们根据个人特点给几乎整个嘎查的人都起了个外号："高总统""沙所长""黄六子""马六子""肉脑""干脑"，等等，有的人已经作古，在这里提起实属不敬。就连他们自己也都有外号，那音太叔叔是老大，父亲叫他"黄大帅"，因为他还有两个弟弟，遗憾的是，他们早已因病英年早逝，只剩那音太叔叔一人了。这些外号伴随他们快有半个世纪了，以至于人们有时候都忘记他们本来的名字，只记得他们的外号，一次，父亲的另一个朋友来我家，听见狗叫声，五妹从门口探头往外一看，对屋里人说是“脑爷”来了，逗得全家人哈哈大笑，父亲教训她说要称叔叔，大家这才想起这位叔叔原来的名字，绰号叫得久了，就忘记了原来的名字。

那音太叔叔非常喜欢喝酒。小时候，我们非常害怕那音太叔叔，因为他来到我家很自由，要吃要喝，还要偷酒喝，一次父母都去水利队上劳动了，他来我家，从衣柜里翻走了两瓶“二锅头”，不明白他怎么知道柜子里有酒，连我们子女也不知道柜子里藏着酒，小孩子家的又不敢和他往回要，可是酒丢了，生怕父亲回来责骂，我便带领着妹妹们藏到沙蒿林子里，害的父母大中午找了半天，那时候，我打心底里不喜欢他。其实，父亲根本不会因为两瓶酒骂我们，是我们自己担心而已。自此以后，只要远远看见那音太叔叔骑马过来，我们便大声喊：“大拿牙太来了，快跑！”大家就溜之大吉。有时候他会趁着酒劲和我们小孩子开玩笑，“把钩子，耙子拉得来！让我看看！”所谓的钩子、耙子是五妹和六妹的小名，五妹、六妹的小名也不是那个样，只是被那音太叔叔用蒙古腔调说出来就变了味儿，这时的五妹、六妹早被吓得跑得没影儿了。

那音太叔叔和父亲已经有五六十年的交情，从孩童时代他们就一起玩，直到现在，他们还和从前一样，见面总有说不完的话。听妈妈说，去年夏天的一个晚上，那音太叔叔去昂素镇办事，回来得太晚，距他家还很远，于是，路过我家就住下了，他到我家的时候很清醒，有说有笑的，吃过晚饭后和我父母聊到很晚，父亲把他安顿在旧房子的大炕上休息，可是第二天早上，那音太叔叔醉了，走路摇摇晃晃，说话吐字不清，我父母很是奇怪，原来，他一个人把柜子里的一瓶好酒偷喝了，父母把他的故事讲给我们听，我觉得实在是好笑，那音太叔叔怎么还和年轻时候一样呢？

不知不觉中，几间高大的砖房呈现在我眼前，远远看见那音太叔叔在门口迎接我们，我们赶紧下车和那音太叔叔问好，那音太叔叔高兴极了。我环顾周围，只见威严的红铜大门、明亮的窗户、干净的小院，门前玛尼宏杆子上各色鲜艳的旗子在风中飘扬，玛尼宏杆子的东南方有一堆篝火的痕迹，估计是他们除夕之夜，祭祀祖先留下的。房子的周围打扫得干干净净，没有一点白色垃圾。一直以来，我就认为蒙古人特别爱干净，不管贫富，房子周围、牲畜棚圈、家里都非常整洁干净，不像我们汉族人家，东西到处扔，猪窝、狗窝堆得乱七八糟，房子周围杂乱无章，看看人家，就连柴垛都堆得很有特点，我们真的应该学习蒙古族同胞讲究卫生的好习惯。其实，蒙古族有很多优点是我们汉族无法比拟的，他们热情好客、粗犷豪放、待人真诚，从不斤斤计较，我有很多的蒙古族朋友，我也见过好多的蒙古族朋友，昨天还因为酒官司打得你死我活，今天又嘻嘻哈哈，好像从没发生过什么。

那音太叔叔把我们迎进屋，屋子里很整洁、很温暖，家电水暖设施非常齐全，绝不比城里人家差。正对门的炕桌上摆着茶点，也有奶皮、奶酪、酥油等，记得父亲以前说过，那张桌子的东西一般不能动，要摆一个正月，我估计是有敬奉祖先的意思，或者是只有长辈才能坐在此处享用，因为正对着这份茶点的墙上挂着蒙古人心中的大英雄成吉思汗的画像。我们就在地上的方桌前坐下，这张桌子上同样摆放着的茶点，不过比炕桌上更丰富。阿姨为我们沏上茶，只见她在碗里放了几粒炒米，蒙古族喝茶是有讲究的，给客人上茶绝对不能空碗，加点炒米带有祝福来年生活富裕的意思，然后阿姨将热腾腾的奶茶端给我们，我连忙双手接过，浓浓的奶茶香溢满整个屋子，这碗茶客人是一定要喝干净的，否则就是对主人的不敬，第一遍奶茶过后，我们要举行拜年仪式了，那音太叔叔端过一小盅奶酪，让我们挨个儿尝尝，这叫“德吉”，有敬天敬地敬火的意思，因为我们都是汉族，妹夫更是来自陕西，递鼻烟壶和献哈达的礼节就免了，我们把带来的烟酒茶等礼物摆好，并在上面搁了几颗大红枣和糖果，据说，去蒙古族同胞家拜年，红枣和糖果一定要带，这两样和送“羊背子”同等意义，象征着吉祥如意，然后双手把礼物一并端给那音太叔叔，那音太叔叔高兴地收下了，我们又回到桌前。阿姨给我们倒上第二遍茶，这时，我们随意了许多，吃着香醇的奶皮和厚厚的羊油饼子，这让我又想起小时候拜年的事了，那时牧区的生活不是太好，物资匮乏，家家户户拜年总是背着八个羊油饼子，一瓶烧酒，有时这些饼子要在一个正月转好多人家，等春节过后，硬得都硌牙。

我们一边敬酒，一边聊天，谈到过去的生活有多么的艰苦。那音太叔叔说他们想都不敢想能有今天这样的好生活，盖起了新房，买了汽车，吃得比以前更丰富，冬天也能吃上新鲜的蔬菜。这时，阿姨插话说她是被那音太叔叔骗来的。我们都很惊讶，原来那时候那音太叔叔家儿子多，生活非常艰苦，快30了还没有老婆，后来通过朋友介绍，认识了阿姨，结婚的时候婆家答应给一件二毛子皮衣，一块手表。那时候，这些东西在当时都算是奢侈品，她以为这户人家生活不错，就嫁过来了，谁想到过门以后才知道结婚的东西都是借的，把她娶过来后东西又都还了给了人家，她气得就赖在介绍人家不走，哭着闹着要回娘家，因为阿姨的娘家生活还比较好，阿姨年轻时长得也漂亮，再后来，因为有了孩子，没办法了，只好回来过日子，不然早离婚了，我们听了都笑了。是啊，牧区生活真的是发生了翻天覆地的变化，高兴之余，阿姨还为我们唱起了蒙古民歌，那熟悉的歌曲，深沉悠远，让我彻彻底底地体验了一回蒙古人的生活。

中午，那音太叔叔为我们端上来炖好的牛肉，鲜美的牛大骨头，看着都叫人眼馋，叔叔生活在牧区，是杀羊、杀牛、煮羊背子的好手。父亲常说，没有那音太叔叔，我家就没法吃上牛肉，因为，虽然我家养着牛，可是没人会宰牛，我没有亲眼见过宰牛的场景，据说，那音太叔叔是一个人宰牛，无法想象，杀羊都那么难，一个人怎么可能宰掉那么大，看起来那么凶的牛呢？

弟弟结婚时，那音太叔叔早早几天就来我家帮忙，因为陕西客人多，父亲要在宴席上摆羊背子，主要是想让远方的客人看看，羊背子到底是什么样的，那音太叔叔就为我家煮了两只羊背子，羊背子是当地蒙古族同胞最喜欢、最名贵的佳肴。只有在祭祀、婚嫁喜事、老人过寿或欢迎亲朋贵宾宴席上才能见到。所谓羊背子，是把全羊卸成七大件，除去胸叉，带尾入锅，羊必须是大尾巴绵羊，杀的时候不能见血，要从肚子上杀，加盐煮熟。用大铜盘或者大木盘盛，先摆四肢、羊背颈胛并把羊头放羊背上，那样子就像一只羊爬卧姿势，并保持这一姿势端上桌。吃时每人先用蒙古刀从羊尾巴上拉下一条先吃掉，而后就可各取所需。可惜，我家的羊背子，还没等念祝颂词，尝“德吉”就被客人们三下五除二地消灭完了。这就不能因为客人不懂礼节而责怪客人了，由此也说明那音太叔叔煮的羊背子的确鲜美，连那些不吃肉的陕西亲戚都大口大口地吃起来，看的我眼馋。

酒足饭饱后，我们和那音太叔叔一家恋恋不舍地告别了，已经离开那音太叔叔家很远了，还看见他们站在大门口目送我们。真心祝愿那音太叔叔一家幸福安康，日子越过越红火。

敲冰戛玉抓羊码

一群孩子凑在一起踢毽子、打猴子、跳盒子、抓羊码，这大概是所有七〇后和八〇后童年的记忆。如今的孩子，被淹没在花样繁多、不断翻新的玩具中，电动的、智能的、网络的……现在的孩子们对于曾给父辈们带来无尽乐趣的那些传统玩具已经非常陌生，更体会不到那些玩具带来的充实与快乐。

前些天，我看见有几个孩子拿着一副塑料羊码在楼道里玩，那羊码造型逼真，颜色鲜艳透明，很是可爱，孩子们并不懂抓羊码的游戏规则，只是在那里瞎抓。看着这些玲珑剔透的羊码，我感叹这些传统的玩具随着时代的变迁还并未走远，它还在我们身边。看着这些精致小巧的羊码，记忆的闸门瞬间打开，把我带回到了学生时代。

上学时，每到课间或周末，几个小伙伴总是围在一起抓羊码，圆圆的小脑袋凑在一起，玩的、看的、喊的，给校园平添了一道有趣的风景。那时，谁要有一副羊码，可算是富翁了，大家都会羡慕不已，他的屁股后面会跟着一群小伙伴。为了让羊码好看一点儿，我们给羊码涂上颜色；为了让羊码站得更稳，积分更多，我们把它磨成长方形，一抛一抓，眼疾手快，乐此不疲。

关于这个游戏的来历据说与金代王爷金兀术有关。在金兀术少年时，有一次，他的父母让他进山打猎，锻炼他的意志。金兀术在森林里克服重重困难，与野兽斗智斗勇，最终取下四种最凶猛的野兽的腿膜骨，并将其带回了家。从此，金兀术的勇敢和强悍便成为当地的佳话，故事也流传至今。后来，女真人为了让自己的后代像金兀术那样勇敢，便让孩子们抓玩野兽髌骨“嘎拉哈”，也就是羊码，这块骨头出自羊的腿部关节处，叫羊拐，在我们当地称之为“羊码码”，“码码”是不是听起来更萌？这读音大概与我的祖籍陕北有点联系，那里的人们称“羊码码”为“羊码杏（her）”“弹杏核”叫“弹杏（her）胡子”，发音实在是有点古怪，需要方言专家去研究，我还是习惯叫它羊码码。当然羊码码不止是羊身上有，牛、马、骆驼这些动物身上都有，也可以是猪码码、牛码码，但是这些动物的“码码”实在太大，不像羊码码这样小巧，对于孩子们稚嫩的小手来说，抓不住，女孩子也不太喜欢它。倒是一些男孩子特别喜欢推着“牛码码”当小汽车玩。

积攒羊码是一种乐趣，想要积攒够一副上好的羊码，需要一个漫长的过程。羊码这块小骨头，只在羊的后腿有，一只羊只有两个。自己家里吃炖羊肉毕竟不是天天有，即使天天吃炖羊肉也不一定能遇到上好的羊码，羊码也有可能被砍刀损坏，品相不好，拿出去也不好意思。我们孩提时代，积攒羊码一靠家长；二靠拿酪蛋、咸萝卜干等零食去和小伙伴换取人家多余的羊码；三是向亲戚和邻居们寻求帮助。积攒到的羊码，央求大人将其放到锅里加上碱用水煮，去油污，剔除残余的肉和筋，收拾得干干净净，一副精巧的羊码就积攒成功了，如果不小心丢掉一颗一整天都会魂不守舍。比起过去，我们现在处理羊码的方式就很方便了，把积攒到的羊码浸泡到双氧水里，放置一个晚上，这样不但去油脂，就连骨头里的黑色斑点都能去得干干净净，再用刷子刷去上面被泡的发白的残留腐肉就大功告成了。也有人用 84 消毒液浸泡，听说泡出来的羊码色泽惨白，不如双氧水泡出来的好看，我是没有尝试过。这副经过处理的羊码泛着象牙一样的光泽，莹润细腻，奢侈贵气，很像玉雕艺术品，让人爱不释手，如果时间长了，玩出胞浆那可就成了宝贝了。

抓羊码游戏主要以它的四个面为主，虽然羊码凹凸不平，但却很有规则，我们把这四个面分别叫作肚、背、大耳朵、小耳朵，如果在沙滩上玩，羊码可能会两脚竖着立起来，但这样的概率很小，真出现了，那就幸运地成了自由人，可以复活两次。我们把立起来的羊码圆的一头叫绵羊，尖的一头叫山羊，以五个为一副，两三个人或四五个人一起玩都可以。先由一人用单手抓起五个羊码抛撒在地上或桌面上，沙地更好，便于羊码立起来，立起来的羊码积分很高，然后将其中的一颗抛向上方，用单手快速地将羊码摆成同一面朝上，再用手接住落下来的羊码。如果一次摆不成就两次、三次、四次重复第一个动作，在同一面摆成后，再摆第二面、第三面、第四面，最后一次将羊码全都抓在手里，再将空中那颗羊码接住就赢了，如果有一次没有接住空中的那颗羊码就算输了，由下一个人接着玩。

也有把五颗羊码全部抓起在地上或桌子上撒开，拿起其中一颗羊码向上抛的，趁向上抛的羊码未落桌面前，抓起桌面上相同面的羊码，再来接住刚才向上抛的羊码，每依次类推，抓起第三颗、第四颗，如果四颗羊码同时接住，再同时往上抛，此时手掌迅速翻过来，使四颗羊码落于手背上，然后再往上抛，若能接住四颗羊码码，即游戏成功。如果抛起的羊码没被接住，或者桌面上的羊码没被抓起，结束游戏，对方开始。

简单的游戏，简单的玩具，趣味无穷、创意无穷。抓羊码这个游戏最讲究手疾眼快、动作敏捷。无论怎么玩都可以一样玩得精彩，规则可以自定也可以自创，没有固定的场地，颗粒不够可以几个人凑一副一起玩，教室里、操场上、院子里、沙滩上，随时可以摆开阵势，一时间羊码上下翻飞，发出敲冰戛玉般的碰撞声，清脆悦耳，和着孩子们的笑声、叫声，就像正在演奏一曲悠美的乐曲。

小城之恋

择一城而居，居久则不能离。

——题记

每个人心中大概都有一座属于自己的小城，或是抹不去的乡愁，或是偶然闯入一处惊喜，或是深藏于心的情愫。可能为了一个人，为了一件事而爱上一座城，而我却因一份职业而选择了一座城。

小城正处于不惑之年，比起那些文化名城，他很年轻，很小，小的让你无论如何也不能把他列为城市。他就静静的躺在草原深处，朴素、清静、整洁，不算繁华，却是很多人心中的牵挂。城里只有几条街道，鹰骏路、陶伦路、上海庙路、苏力迪大街、毛盖图街，查干陶勒盖街，由南到北不足十分钟车程，绕城一周也不过三四十分钟，小城的居民似乎从不关注这些具有地域特色的街道名称，外地的客人问路，主人未必能说清街巷具体的方位，尽管如此，却从没听说哪位客人在此迷失了方向。

小城实在是太小了，城市的这一端发生的故事，不出半天准会像长了翅膀一样飞的满城皆知，临时的聚会保不准就能攀成亲戚，以至于小城的人似乎都有一副小城特有的面孔，无论走到哪里，脸熟。

小城虽小，却别有一番滋味。我曾循着小城的足迹，走遍城里的大街小巷，品味着花的芬芳，草的清香，摘一朵闲云、揽一方晴空，恣意徜徉。小城的上空总是飘荡着麻辣烫、烤红薯的香味，时刻诱惑着人们的味蕾。更多的时候，我和小城居民一样，日出而作，日落而息，过着一种不紧不慢、有苦有甜的日子，偶尔驱车回牧区小住，偶尔在草原上闲逛，小城总是用母亲般的博大胸怀包容着我的一丝懒惰与安逸，生活在这样的小城里很是知足。

小城虽小，但是很美，出城半步就是草原，说不上一望无垠，却也绿的舒爽，大片大片的草原包围着小城，小城酣然醉在天然的氧吧里。城里的小区，街道、机关、学校也到处塞满了绿意，金叶榆、中华槐临风摇曳，那一行行顶天立地的白杨树是小城最早的见证者，一圈圈的年轮静静诉说着小城的故事。春天，小城东北角的植物园风景如画，金色的沙滩，绿意盎然的树木、雪白的梨花、粉红的桃花和翩翩起舞的蝴蝶全都沉浸在旖旎的春色里。草坪、雕塑、汉白玉小桥一览无余，在阳光的照耀下赏心悦目，清澈的湖水为小城平添了几许浪漫与妩媚，风乍起，吹皱一池湖水；夏天，我会到小城西南角的圣火公园里散步，听蛙鸣鸟叫，看杨柳婆娑，步道旁绿草茵茵、花团锦簇，火炬树举着高高的火把，红艳艳的，山胡桃青绿的果实压弯了枝头，一只雄鹰盘旋在纯净高远的蓝天，俯视着大地，不经意间，你就收获了满满的诗意，人生如花，岁月静好莫不过如此吧？秋天，小区里密密层层的爬山虎艳如朝霞，微风拂过，叶子纷纷飘落，红遍了大地，捡一枚捧在手心里，惊叹大自然的巧夺天工，惊叹它的完美，透着斑驳，我似乎看到了生命的本真；冬天，大雪纷纷扬扬，冷，却快乐着，玉宇苍穹一尘不染，周围的一切似乎都变得厚重了，饱满了，连空气都凝固了，大地白茫茫的一片真干净，此刻，“红泥小火炉，能饮一杯无？”远不如“过天阴”来的更直接，更具小城人朴实与豪爽的性情。

喜欢小城，喜欢小城的夜色阑珊， 苏力迪大街的马兰花灯饰，像一大一小两双向上张开的纤纤玉手，托举着几朵盛开着的紫幽幽的马兰花，齐刷刷的排列在街道两边，一眼望不到头；其巴嘎图大街两边的灯看起来就是一朵朵正在绽放马兰花，叶尖一致向外，青绿青绿的叶，绛紫绛紫的花，像极了京剧里花旦的兰花指；旗门、涛龙宫、元丰商城、乒羽馆、大数据中心、这些建筑灿若星辰，勾勒出秀美的立体轮廓，显得庄重、亲切、优雅。

每当夜幕降临，音乐广场上热闹非凡，高亢的音乐响彻整个小城，居民们扶老携幼来到音乐喷泉广场，现代感与高科技同时上演，一时间光影交织，精彩纷呈，仿佛置身于梦幻的世界。多姿多彩的水柱随着音乐的旋律和节奏翩翩起舞，激昂时，水柱如一条条巨龙直冲云霄，温柔时如少女曼妙的身姿袅袅娜娜，《草原夜色美》、《金蛇狂舞》、《远方》，伴随着一首首耳熟能详的乐曲，忽而朵朵马兰绽放，忽而万马奔腾，忽而雄狮猛兽出没，忽而川剧变脸，千姿百态，美轮美奂，微风袭来，水雾打在脸上，凉沁沁的。

小城的人，小城的水，小城周围那一片片长势喜人的庄稼地，青青的草原、绵绵的沙丘、成群的牛羊，连同些拦路的骆驼都是一道道美丽的风景。是小城的风雨和阳光滋养着我，我习惯了她的一草一木，习惯了她的日出日落，习惯了她的悠闲与散淡，突然觉得，是小城选择了我，而不是我选择了小城。

很喜欢林徽因的那段话：有人说，爱上一座城，是因为城中住着某个喜欢的人。其实不然，爱上一座城，也许是为城里的一道生动风景，为一段青梅往事，为一座熟悉老宅。或许，仅仅为的只是这座城。就像爱上一个人，有时候不需要任何理由，没有前因，无关风月，只是爱了。

那粉红的泽蒙花

我们这里有一种花儿，是可以吃的，它叫泽蒙花，也有人叫它翟麻花，当地人都习惯叫它“宰木耳”。查阅很多资料，都无法考证它到底是一种什么植物。

春天里，一场雨后，在沙湾寸草滩的阳坡地、芨芨草滩上才能找到它的身影，在这些其它植物一般不能生长的贫瘠的土地上，它们总是一丛丛、一簇簇，你挨着我、我挤着你地竞相钻出地面，好奇地欣赏着这个世界，在这样贫瘠的土地上，也只有青草和它为伴。

泽蒙花一般有 20 厘米高，它的样子很像沙葱，但是叶子不像沙葱的叶子那样圆滑，那样嫩，它粗糙得像青草，却很有韧性，但不能食用，我有一次就把它的叶子割下几根，用牙咬了咬，辛辣苦涩，实在不能下咽。它的花很像韭菜花，却比韭菜花小了许多，看起来很是娇弱，它没有韭菜花那么丰满娇艳，韭菜花也没有它的独特香味。泽蒙花真正散发香味的就是它开得不起眼的、粉白色夹杂着紫红色的小花。但那味道对于烹饪大师来说，就是一种难得的佐料，既有蒜的香味也有葱的辛味，用泽蒙花做汤，那才叫绝，把胡麻油烧热，放进泽蒙花，可不能烧焦，等泽蒙花花变成金黄时立即倒进调好的柿子汤，这柿子汤是一种当地人叫凉粉的酸汤，“嗞”的一声，浓香四溢，泽蒙花连同油花漂在水上面，不知道的人还以为有虫子漂在上面。看起来其貌不扬其实香味十足，那味道简直让你馋涎欲滴。

泽蒙花一般在初夏开放，数伏天采摘最合适，那时花朵里结了花籽，这些花籽含有丰富的蛋白质和植物油，这个时间采摘的泽蒙花，才有味道，一直以来，我总认为，泽蒙花就是一种食物香料。

采摘泽蒙花是一件很辛苦的事，虽然这里是草原，不像山区那样山路崎岖，但是草原的盛夏，各种动物在草丛中出没，说不定还能碰到蛇。尽管辽阔的草原没有大树遮阴，矮矮的沙蒿和苦豆草被夏日的阳光晒得耷拉着头，只有泽蒙花挺着腰板，在微风中摇曳。

泽蒙花分布很分散，花很小，但是草原上的泽蒙花总是一片一片的，运气好了，你可以在某个地方采摘几个小时，放眼望去，整个草滩就是花的海洋，那一朵朵盛开的粉红色的花儿，足以让你忘记疲劳、忘记烦恼，哼着小曲儿一路向前。采摘泽蒙花也是有讲究的，在泽蒙花丛里总会出现一个滥竽充数的家伙，老人们叫它蛇葱，我不知道它为什么叫蛇葱，难道是蛇吃的葱？也或许是因为它长得像蛇，尖尖的脑袋，细细的身子，总之这种花比泽蒙花花朵要大，味道奇臭，叶子也比泽蒙花粗壮一些，两者在一起真假难辨，很难分清，这种花是万万不能掺合进去的，听说掺进去它，泽蒙花就失去了原有的味道。

泽蒙花虽说是多年生的植物，但是在采摘泽蒙花的时候，老乡们总会手下留情，用食指和中指夹住泽蒙花头，轻轻一捋，留下一两根小枝和它没有开放的花朵，希望它在来年繁衍更多。采摘回来的泽蒙花必须放在阴凉的地方，赶走虫子，蒸发水汽，保持色泽，等泽蒙花晾成半干的时候，用石臼把花朵捣碎，但千万不能捣成糊状，虽然味道一样，但是失去了泽蒙花原有的风貌，再加上盐，捏成圆饼状，用线绳穿起挂在屋檐下，继续阴干，等完全阴干后就可以收藏起来，随时食用。

有人说，鄂前旗的羊肉没膻味，尤其是布拉格、特布德的梁地羊肉，味道特别鲜美，撒把盐，煮熟了就可以吃，说是因为大地的厚爱，这里的羊吃着中草药，麻黄、大黄、甘草、地椒遍地都是。其实，我觉得我们当地的羊肉香的原因,除了那些中草药,其实还有这泽蒙花,味道怎能不鲜美?

泽蒙花，那粉红的花，它是那么的不起眼，却又那么顽强地生长在贫瘠的土地上，不求回报，无私奉献，它多么像草原上那些默默耕耘的劳动者啊!

姊妹树

我家树圐圙里有很多的树木，桃树、杏树、苹果树，还有文冠树、海棠树，最常见的就数杨树、沙枣树，还有苍劲挺拔的榆树了。这些榆树，有大的、小的，还有刚发芽的，我常想，榆树恐怕是一种最皮实的树了，耐寒、耐旱，只要有一点土地，有一点雨水，它们便生根发芽，直到长成参天大树。

这些种类不同、作用不同、姿态各异的树中最值得一提的是我家旧房子门口的那两棵高大遒劲又有力的大榆树了，它们足足有四五层楼房那么高，像姊妹似的并排站立、扎根大地，头顶着瓦蓝瓦蓝的天，树冠互相连接，布满虬枝，撑起了一大片醉人的绿！这两棵榆树大约有 30 多年的树龄了，是当年盖起新房时，父亲从园子里移栽到院子门前的，那时这两棵树只有一米来高，大拇指那么粗。后来，我家搬家到了距离老房子一公里的地方，老房子连同两棵老榆树保留了下来。

十几年过去了，老榆树长得越来越茂密，枝头都穿过院墙伸到了院子里了，老榆树不但长得挺拔有型，树冠郁郁葱葱，遮天蔽日，而且树干特别粗壮，四五个大人都围不拢。我们寒暑假回去总是不忘去看看它们，在树下聊聊天，拍拍照，寻找童年的记忆。

老房子建在高速路旁，又是土木结构的建筑，黄土夯筑的院墙，经过岁月的洗礼，部分墙壁破损，实在有碍市容市貌，去年，父亲把老房子拆了改建成现在的砖混结构的新房。建房时，因为这两棵大榆树的存在，让大家颇费心思，母亲患有风湿病，如果在原址上建设新房，因大榆树遮挡，采光较差，一旦到了冬天，大半天就见不到阳光，不利于母亲的健康；姊妹们因为老榆树见证了彼此的童年时光，因恋旧的情结也不忍砍掉它们；弟弟更是因为这两棵树和他同岁，恨不得当文物保护起来，当然舍不得砍掉，这么大的树，移栽根本不可能。因此，盖新房选址的时候，父亲特意把新址向西移出 20 多米，这才保住了这两棵大榆树。

大地回春的时候，墨绿色的榆树叶与淡绿色的榆钱已掩盖住了枯干的看似没有生机的枯杈，淡绿、油绿、碧绿的树叶，让人赏心悦目，满眼翠色！无论你从哪个角度看，这两棵榆树都不失为一幅天然的美景！那些小时候一伸手就撸到榆钱的枝条现在根本够不着，看着树叶挤挤挨挨，孩童时吃榆钱，吃树叶，吃树皮的情景又涌上心头，那甜甜的味道、黏黏的口感好像还在口中回味。

炎热的夏天，大榆树像巨型遮阳伞，遮挡住酷暑，它们与新建的房屋还有周围的景致浑然一体，令人心旷神怡。树上居住了喜鹊、麻雀、啄木鸟，它们群栖树上，晨去夕归，热闹非凡。我家这两棵榆树就像天然形成的大盆景，粗糙的树皮龟裂出道道沟壑，甚至有的地方还往外渗水，周围滋生出许多小榆树，那都是榆钱飞落后生根发芽，子子孙孙，繁衍生息，微风拂过，树叶婆娑，光影斑驳，长成参天大树的榆树显得更加枝繁叶茂！

春日絮语

冬与春之间，正在举行一场盛大的交接仪式，刚才还是雨雾弥漫，瞬间转为大雪纷飞，飘飘洒洒的持续了一个下午，雪花轻盈的舞动着，一朵，两朵……在空中自由地旋转着，缤纷着，投向屋顶、树枝、汽车与大地，像是等待了千年，只为这一刻的自由飞翔，随即融化，滋润了整个世界。连日来被沙尘笼罩着的混沌的小镇渐渐露出了原来的模样，一切都鲜亮起来，就连高远的天空也不知不觉疏朗起来、明丽起来……这雨雪仿佛是专门来为春天烘托气氛的。

季节的过渡，总是以这样隆重的形式，奏响春的序曲，自此，一个崭新的历程应运而生，大自然开始了又一季的轮回。

早春时节，万物复苏，各种生命以最简单、最自然的方式繁衍着、蓬勃着，虽然羞涩，但却热烈，貌似静谧，实则喧腾，春天的模样从生命的每个细节涌动出来。几只花大姐在窗户缝隙间，探险似的爬来爬去，楼下的树丛中，两只花狸猫慵懒的卧在空地上，亲昵的就着暖阳打着盹儿。榆叶梅的枝桠斜斜地划过来，枯瘦，苍劲，节骨上已是“小蕾深藏数点红”。蓬乱的蒿草再也掩盖不住睡眼惺忪的草芽儿，蛰伏于土地之中的青草跌跌撞撞钻出松软的泥土，呼朋唤友，一下子窜出许多鹅黄嫩绿的小脑袋。花池里、小路旁、阳坡地泛着翠生生的绿意，垂柳的那柔美的枝条一顺朝下，在蓝天的映衬下特别的养眼，柳芽儿粒粒饱满，胖嘟嘟的，很像蚕宝宝，微风中，曼妙的身姿是那么的优雅，轻盈。高高的杨树也蓄势待发，褐色的花苞鼓鼓的倒吊着，饱胀的似乎马上就会从空中播撒下来。大诗人韩愈那首脍炙人口的《早春呈水部张十八员外》的诗仿佛就在眼前：“天街小雨润如酥，草色遥看近却无。最是一年春好处，绝胜烟柳满皇都。”小镇虽然比不得“皇都”那么雍容华贵，但也别有一番情趣，无关风月，这是初春应有的模样。

喜欢春天窗外树丛中那些小鸟，它们比闹钟还准时，六点左右就开始呢呢喃喃、唧唧啾啾、咕咕咯咯，我特别好奇它们每天早晨都在讨论些什么，你一言我一语聊得的那么热闹。它们有时飞到窗台上，扑棱着，跳跃着，歪着小小的脑袋，用又黑又亮的小眼睛往窗户里瞅，有时用小嘴“噔噔”啄一下玻璃，估计是色盲，对我视而不见，有时我把手一挥逗它一下，它也只是飞起又落下，大概知道隔着玻璃我拿它没办法，也不会伤害它。

对于猫，鸟儿们就警觉多了，一有风吹草动便“忒儿”地一声从这棵树飞到那棵树上了，有时它们会群起而攻之，在树上叽叽喳喳，气势汹汹，像是在训斥地上的猫，尤其是小燕子那一声声清脆婉转的鸣叫，娇滴滴，脆生生，想起小时候问妈妈，小燕子在说什么呢？妈妈笑着说：“不吃你家米 --，不吃你家面 --，就在你家拉泡屎一儿。”那延长又带点拐弯的尾音，太形象了，猫便在群鸟的一片声讨中无奈逃走了。

春日里，通往教学楼小径旁的花池里的芍药是我最大的牵挂，我把它当做大自然赠与的最好的礼物，每每路过，目光总会追着它，从发芽到开花，从开花到结果，一年一轮回。昨天的这场暴风雪与寒潮过后，它们还好吗？一大早，我便疾步来到花池旁，还好，还好，芍药那些绛紫色的小手举的更高了，腰板也更直了，亲亲密密的挤在一起，有的蜷缩着小手，有的已经展开了，过不了几天，它们就会顶满绿叶，变得稠密起来。

到了暮春时节，一大丛，一大丛的芍药枝繁叶茂，生机勃勃，墨绿的叶丛中隐藏着许多像毛桃似的饱满的花骨朵。等待开花的日子是漫长的，几乎耗尽了整个春天，今天去看看，花苞是绿的，明天去看，花苞还是绿的，它完全是处事不惊的样子，慢条斯理，哪管看花的我是什么心情。直到有一天，绿苞绽开了，露出一抹猩红的内衣，红是红，绿是绿，我便又惊又喜。这只是的简单的开幕式，等它完全盛放还需要时日。于是，每天上下班，路过那里，我总忍不住绕道看看它。芍药终于开花了，羞羞答答，静悄悄的，起初一两朵，在绿叶丛中袅袅娜娜，飘飘摇摇，后来如同打翻了花篓子，每丛之上，花朵密密匝匝，惊天动地，大团大团烂漫的开着，像是用丝绸扎染出来似的，粉的，紫的，朵朵丰腴，朵朵惊艳，如云锦落入凡尘。

春天如同一幅大自然的油画，无论城市还是乡村，走到哪里满眼都是鲜嫩的，簇新的，草啊，树呀，麦苗呀满天满地的绿铺展开来，绿色就是这幅画的主色调，桃花、杏花、苹果花和各种各样的野花点缀其中，再加上鸟儿啁啾，蝴蝶翩翩，蜜蜂嗡嗡，这幅画就活了。

这世上，很多时候苦乐自知，你看这春天的花，春天的草，无论卑微与否，它们总是认真的活着，该发芽就发芽，该开花就开花，我们每个人也正满怀憧憬的走春天，或许，就是为赶赴一场花的盛会，就让我们在这春的舞台上，从容的，安静的做一个赏春的观众。

夏日垂柳

八月的天气，热情四溢，十几棵垂柳排成两列站在道路两边，树干挺拔，扶摇直上青天，垂柳凌空张开它那巨大的手臂，恰到好处地遮蔽了整个街道。穿行在树荫下，一丝丝凉意柔柔的，水一样地漫过来，眉形的柳叶将绿色肆意地渲染，细碎的阳光透过树叶洒着金光，柔软至极的枝条，纤细绵长，千万条枝条垂下来，丝丝缕缕，彼此相依，随风摇摆着，摇得安逸慵懒，摆得轻柔随意，鸟儿在看得见、看不见的地方扑棱着，鸣叫着，叫出了夏日的欢喜，鸟雀之声穿过树梢，犹如班得瑞的轻音乐，空灵、神秘、清爽，让人悠然神往。

微风吹过，柳枝在我的脸上、身上摩挲着，柔柔的、凉凉的、麻酥酥的，散发出略带点苦味的而又泛着馨香的树的味道。顺着风来的方向，柳条舞蹈起来，娉娉婷婷，优美的身姿如同唐代仕女《捣练图》一样，一举一动都撩拨着我的思绪，那动作太细腻了，细腻得让人不由得屏住呼吸，来欣赏这大自然最美的画。我很想轻轻地伸出手，抓两条柳枝抚摸，收藏起这永恒的美丽，却又担心破坏了这如诗如画的景致。

阵雨过后，空气中散发着泥土的清香，垂柳经过雨水的洗礼，一尘不染，千金难买水中色啊，柳枝柳叶的颜色变化多端，即使是最高明的画家也无法把这些颜色描绘出来，翠绿、深绿、墨绿……垂柳仿佛要和蓝天、白云以及周围的花木一争高下，金灿灿的阳光照射在垂柳上，幻影迷离。树上的水珠闪烁着钻石般的光芒，顺着柳枝慢慢地流下来，一颗、两颗，叮—咚—落在脚下的积水里，泛起一圈圈涟漪，向远处漾开，是那么的富有诗情画意。偶尔，树上的水珠滴落在头上、脖子上，调皮又清凉，一切都那么自然，那么舒爽。积水里，几片柳叶像小舟似的在水里自由地荡来荡去，俯下身子，捡起一片落叶，它躺在我的手掌里，翠翠的、湿湿的、亮亮的、小小的，如一个酣睡的婴儿，和我对视着，萌萌的惹人怜爱。

小时候，常把一片柳叶夹在两个大拇指中间，吹出清脆悦耳的、长的、短的鸟叫声，啾啾声引得小鸟一起和我们欢唱。女孩子最爱编花环了，折几支柳枝，缠绕几下就做成合适的圆形帽子，绿叶之间插上采的几朵鲜艳的野花，将这花环戴在头上再摆弄几个姿势，不经意间就圆了自己的公主梦。做“咪咪”（谐音“蜜蜜”），也是童年的乐趣之一，一直以来，不知道大家为什么管柳笛叫“咪咪”，也许是受陕北方言的影响，比起柳笛这个文化味十足的名词，我倒是觉得“咪咪”更具有童趣。开春的时候，柳枝刚刚发芽，找一枝嫩嫩的柳条，用小刀费劲地割下，然后在褐色的树皮上轻轻环绕，截取手指长的一段，用手轻轻地拧几下，抽出牙白色的柳骨，含在嘴里吹出高亢清亮的“呜呜”声，尽管没腔没调，却乐在其中，多年以后，那种黏黏的、甜甜的、清新的“咪咪”的味道依然留在唇边。

大人们坐在柳树下，打着牌，唠着家常，小孩子在柳树下嬉戏着，共同享受着垂柳赐予的清凉。亭亭玉立、丰姿绰约的垂柳，让赛马场小区的整个夏天都葱葱绿绿，目之所及皆生机蓬勃，沐浴在青绿色的凉意下，某种无可名状的情绪被洗涤，四肢百骸乃至身体的每一个细胞都被一阵阵快感与轻松偷袭，一切好像都回到了原来的模样，给人以返回大自然的惬意。

早秋物语

天，蓝蓝的，好高，好远，几朵白云漫不经心的飘来荡去，悠闲的让人羡慕。几只大雁飞过，咕噜咕噜，那是秋天的浅唱低吟，渐行渐远，融入天际。

空气中弥漫着一丝丝静谧与安详，秋风夹带着泥土和草木的清香阵阵袭来，吹拂着我的脸颊，凌乱了我的头发，真舒服，心情也 随之一振，瞬间，把所有的不快和烦恼都遗忘在这初秋的黄昏。

早秋是温婉柔和的，除了一早一晚有些寒意，并没有秋风萧瑟的身影，庄稼依然郁郁葱葱，草原依然碧绿，唯有那满坡盛开的野菊花和一簇簇迎风摇曳的狗尾巴草，才让人感觉到一丝秋的气息。街道边两排沉静而挺拔的白杨树也似乎忘记了凋落的迷惘，依旧枝繁叶茂，在夕阳下闪着生命的光，绿色之间夹杂着零星的黄叶，偶尔一两片黄绿相间的子叶悄然飘落，如泣如诉，我的心微微一颤，它们曾经多么亮丽，多么生机盎然，如今还不是落入尘埃，什么也没留下，这一片片凋零的落叶，是那么的渺小，渺小得连微风都不能感觉到它的存在，可它又是多么的伟大，任凭土地贫瘠、沙尘肆虐，它总是顽强的生长，回馈大自然一份绿意，一份美丽。忽然间，我好象明白了很多，生命虽然渺小，过程一样精彩，万般绚丽过后，它尽力的延续夏日的繁华，抓住斑斓的色彩，它想把握住所有美丽的痕迹，哪怕是一点也不肯遗失。是啊！生命的意义不在于它有多么伟大，多么富有，多么美丽，而在于那种顽强不屈、极尽所能，生生不息的精神！

早秋的夜空似乎比别的时节更加清朗，无数半明半暗的星星闪闪烁烁，忽远忽近，像一颗颗晶莹的的钻石镶嵌在天幕上，一颗流星划过夜空，照亮黑暗，我赶忙合起双掌许下心中最美好的愿望。凉风习习，甜丝丝的，真想高歌起舞，把早秋的夜晚留驻心间，更想写一封封浓浓的情书，带着我的问候和祝福，送给我最爱的人和朋友，共同分享我的快乐和寂寥。

经历了酷热无雨的夏季，躲过牧民望眼欲穿的双眸，雨，总算来了，秋雨沥沥的下着，缠缠绵绵。耳畔似乎传来母亲的声音"秋凉了，能加衣服了。"小区里的垂柳经过雨水的洗礼一尘不染，翠绿、深绿、墨绿、浅绿，它们似乎还没有感受到秋的到来……水珠顺着柳枝慢慢地流下来，一颗，两颗，叮－咚－落在脚下的积水里，泛起一圈圈涟漪，向远处漾开，是那么的富有诗情画意。偶尔，树上的水珠滴落在头上，脖子上，调皮，清凉，是那么自然，那么舒爽。积水里，几片金色的、绿色的柳叶像小舟似的在水里自由的荡来荡去。俯下身子，捡起一片落叶，它躺在我的手掌里，湿湿的、亮亮的、纤纤的，如一个酣睡的婴儿和我对视着，萌萌的惹人怜爱。手轻轻一松，落叶打着旋儿飘然落下，展露它最后的美丽。是雨诞生了这宁静、单纯一览无遗的美，也诞生了肮脏、让人警醒，给人力量的泥泞！透过烟雨朦胧，把时光的记忆刻在树叶上。

天似暗非暗，昏沉沉的，这样的日子最适合窝在软沓沓得沙发里听歌读书。窗前的树木更加苍翠了，在微风中婆娑，只是不见了往日那群聒噪的麻雀。

季节的更迭往往让人猝不及防，一转眼夏天就成了故事，秋天就这么款款而来，带着清凉，带着露珠，带着淡淡的忧伤，走过春天的姹紫嫣红，走过夏日的葱葱茏茏，走进月明风清，走进绵绵秋雨里，思绪一阵莫名的零乱，不久，红叶绚烂，白露成霜，秋天将会是另一种模样，时间之上，光阴之外，愿得一份平淡简静的生活，告别喧嚣，放下浮躁，怀一颗从容的心，寻找属于自己的风景。

树之情

隔着窗子，总能望见那棵老榆树。粗壮、高大、干皮嶙峋、扭曲向天，树冠如巨大的伞，细碎的阳光在绿叶间闪动，鸟儿们在绿影婆娑的树荫里发出清脆的叫声，忽而扑棱棱地惊起，是那么的灵动而又富有生机。

那棵老榆树站在那里，很多年了。它是父亲种过的六棵榆树中唯一存活下来的一棵。在只能勉强解决温饱问题的六七十年代，人们没有绿化意识，那时的牧区，很少有人种树。我家附近也是没有一棵树的，干沙硬梁，荒草遍地。每到春季，狂风肆虐，沙子围门，看着屋前那片空旷单调的草地，父亲不知从哪里找来了几棵榆树苗，带着年少的我一起种下了这几棵树，他只要有空，就会给这几棵树培土、施肥、浇水，像是在抚育自己的儿女，充满爱意地期盼着它们长大。有时父亲会赶着小驴车到三四里外的饮羊井拉几桶水回来给树浇水，对于孩童时代的我们，浇水也算是一项快乐的游戏，兄弟姐妹们总是围着小树欢呼雀跃，有帮着抬水的，有帮着用沙土围树坑的，更多时候是在戏水，尽管每个人衣衫上、脸上抹的都是泥巴，还是玩得不亦乐乎，这六棵小树我们兄妹每人承包了一棵，小树在我们的呵护下茁壮成长着。

十六岁那年，我参军离开了家乡，两年后父亲因病去世，复员回来的我找了份离家很远的差事，弟弟妹妹都还很小，也就没人再精心打理这几棵树了，之后的十几年，干旱、风沙加之病虫害，慢慢地，榆树一棵一棵死去，最后只剩下这一棵榆树在这块贫瘠的土地上倔强地活了下来……

时间一晃几十年过去了，我已经不再年轻，老榆树却愈发苍翠蓬勃。兄弟姐妹们也都长大了，变老了，他们远离故土，常年在外奔波打拼，偶尔也会放慢脚步回到思念的故乡，每每回来，总是要到曾经生活过的地方看看，不经意间父亲种下的这棵老榆树就成了他们的牵挂！只是，再也见不到父亲那忙碌的身影，这棵老榆树记录着我们很多不曾忘却的记忆啊！

我喜欢这棵老榆树，更喜欢种树，长期以来，我的心底总是埋藏着一个愿望，就是要让房前屋后绿树成荫，花果飘香，我自在地徜徉在丛林中，闻草木的清香，听草虫的鸣叫……

又是一年春来时，今年该种哪些树了呢？闲暇之余我总是不忘种树，经过无数次的栽种，无数次的失败，我的种树愿望却从来没有因此改变。后来，我幸运地种活了成片的柠条，柠条花开的时候，心中那种树的热情更加高涨，便萌生了种植耐旱树木的想法。于是，我在房前屋后种下了上万棵树木，杨树、沙枣树、松树，它们绿意盎然，长势喜人，沙丘逐渐退去，草原上的植被也逐渐繁茂起来，黑猫头刺、甘草、麻黄、柴胡随处可见。树多了，野兔、沙鸽、刺猬、布谷鸟等野生动物也多了，有时它们居然跑到院子里凑热闹。

荒芜的土地上泛起的片片绿色，看着都让人心情舒畅，老榆树成了我心目中的一座丰碑，它记录着沧桑的历史，也见证着社会的变迁，它就像一位睿智的老人屹立在天地间，俯视着生命，我仿佛又看见了父亲那坚强的背影。种树寄托着我对父亲的思念，也让我像虔诚的教徒一样继续把生命的绿色播撒，享受一片宁静与安逸，不再苛求，不再委屈，让心灵安然若素。

牧区美食之——奶皮

炒米、奶茶、手把肉、奶酪、奶皮这些牧区人日常饮食对于生与牧区，长于牧区的我，可以说再熟悉不过。今天要特别说说奶皮。

奶皮的制作一般在夏季，这个季节冬天的羊羔长大了，母羊快到了断奶期，奶水减少，牧民因为羊奶数量少，需要等待好多天才积满一缸，时间久，发酵时间长，奶酪就发酸，弃之可惜。这时候的鲜羊奶就最适合制作奶皮了，而且因为奶子比较黏稠，制作的奶皮厚，味道更鲜美。

制作奶皮需要一个平底的直径约三十公分搪瓷盆，用小火将锅里的刚挤的新鲜羊奶煮沸，火大了容易焦，制作的奶皮发黄，发苦，煮奶子过程中要不停地用勺子拂扬，让鲜奶冒起泡沫，形成一种粗粒麻状的油层，表面凝结一层蜡状脂肪，做好的奶皮子要用一根干净的木棍从中间挑起，放在透气性好的簸箕或者笸箩里，然后找一个阴凉通风的地方晾干，不能直接暴晒在太阳下，等奶皮子彻底干了之后，就存放在凉爽的库房里，以备冬春季节食用。揭过奶皮的奶子可以点奶茶，可以泡炒米、泡饭，鲜美的很哪！

晾干了的奶皮看起来就像一把扇子，表皮有很多圆圆的孔洞，内里光滑，发出酥油的光泽，吃奶皮要一点一点品尝的，入口有一种奶香味。奶皮子分鲜奶皮子和干奶皮子。鲜奶皮子平常要放冰箱里冷冻，吃的时候再取出来，否则就都化了。如果放时间长从里面到外面都会变黄，吃起来有奶香味，泡到奶茶里会有一层黄油和白色的奶皮子漂在上面不会化掉。不过，真正的牧区人一般是不吃鲜奶皮的。干奶皮子是把鲜奶皮晾的干干的，绝不是在太阳底下晒，而是在通风的库房去阴干，吃起来脆脆的香香的、油油的，泡到奶茶里也和鲜奶皮子一样，只是更筋道，更有味。牧区奶皮子是纯奶制作的乳制品，里面没有任何的添加。

奶皮分为羊奶皮和牛奶皮，羊奶皮和牛奶皮又分为奶羊奶皮和奶牛奶皮，因为现在草原牛大多数人家不去挤奶，所以我们在奶食品店见到的大多是奶牛的奶皮，也有奶羊的奶皮。奶皮里味道最鲜美，纯正的就是牧民们自己养的绵羊、山羊所产的羊奶所制作的，别的无法与之媲美。

奶皮子是招待客人的上品，在牧区每逢过年、过节，红白喜事，牧民都会摆上一张正宗的奶皮放在茶点中，供人们直接掰成小块食用，因为稀缺，有时也有切成小块上桌的，味道格外浓郁。另一种就是喝奶茶的时候，掰几块奶皮子，浸泡进去，撒少许炒米，加点奶酪、酥油，手把肉什么的，别具风味，有时候觉得，每次的宴请，有茶点就足够饱口福了。家乡还有一种吃法叫“乳香飘”，其实就是用炒米熬制的一种粥，又香又软的奶皮子合着炒米粥一同吃，闻起来奶香四溢，那可真让人馋涎欲滴。

夜路

天黑透了，没有星星也没有月亮，四周漆黑一片。我把自己缩在轿车里，仿佛此时只有车里是最安全的，打开车灯一路向前，只听见车轮摩擦地面发出的呜呜响声，怎么白天就没注意到车子还会有如此声响？汽车远光照射下只有路面有光亮，剩下的范围都被黑暗包裹。短短的一段乡村柏油路，静得让人发怵，车子行驶的声音也不能安慰我这忐忑的小心脏，虽然只有二十几分钟的车程，但我仍感觉非常遥远，对面偶尔有车经过，立刻好像见到了亲人，忙调节灯光和人家套近乎，摁下喇叭，制造点声响，试图打破夜的宁静。

短暂的会车过后，周围又被黑暗笼罩，本来就不爱走夜路的我，在黑暗的包围下有些小小的惊慌了。虽然手心冒汗、头皮发紧，但还是强自镇定，往前走去，弯曲的道路看不到一丝光亮，更看不到尽头。虽然心里有些紧张，但是那点小小的逞强好胜心又在作怪，继续向前，大不了撞见鬼。

道路两侧的沙枣树被车灯照的灰蒙蒙的，随着车子的行驶一路后退，远处漆黑如墨，只能靠着路牌识别方向，身处这样的黑暗中，周围变得那么陌生，与白天相比完全是两个世界，稍稍地放慢车速，抬眼往前看，已经远离镇区，四周平坦了许多，连沙枣树的身影都不见了，矮胖的野草在风中婆娑，像这个、像那个……更像所罗门的魔鬼张牙舞爪，草原上星星点点灯光隐隐约约，怎么会有这么多灯光？白天里不曾见过有这么多人家呀，刚刚放松的心又紧绷了起来，这莫非是人们说的鬼火？灯光依然在闪烁，不知到底距离有多远，它们像幽灵一样游动，一瞬间，民间传说的鬼故事一个一个地浮现在脑海，一时间毛骨悚然，毛发都竖起来了，甚至连后视镜也不敢看了，生怕传说中的鬼蹭上车来坐在后座上，只得一脚油门，加快速度，心里祈祷，阿弥陀佛，上帝呀，赶快过来一辆车吧！天哪！前边出现一个庞然大物，哎呀呀，了不得，真有鬼，放慢速度，走近一看，唉！原来是一头牛，这不是自己吓自己吗？

习惯了镇区灯火辉煌的夜晚，我好像忘记了走没有灯光的夜路是怎样的感觉。上学时，一次下晚自习，由于大家回家路径的不同，和同学告别后我要独自穿过一条偏僻幽静的小巷，我曾在那里被一个陌生人尾随过，从此再不敢走夜路，每次都是绕很远很远的有路灯的街道回家，每次都是揣着担心与害怕，小跑回家，这样的状况持续了整整四年，我想也许这就是我不敢走夜路的原因。

工作后，从城市回到了牧区，突然就不适应小时候走过的路了，单位到家里要穿过许多沙梁和空旷的原野，每次都惴惴不安，即使是大白天走路，一个人也绝不敢走进沙湾，总要走在高高的沙梁上，总觉得那里最安全，有时还大声唱着不着调的歌，自己给自己壮胆，幸亏也没碰到熟人，要不然别人以为我是个疯子。夜晚更是从不敢一个人走路，即使需要走夜路也必须有人在左右陪伴，但还是不敢左顾右盼，总担心有什么怪物出现。

就这么短短一段夜路，让我不知胡思乱想了多少。有时候，当我们面对人生黑暗时刻时，也像面对这黑漆漆的夜路一样，无助、胆怯、不安，但却必须勇敢地向前。

遭遇沙尘暴

五月末的一个下午，正要从牧区返回小镇的我，发现天地变得一片混沌，透过窗户看远处的草原，灰蒙蒙的一片，沙丘失去了原有的轮廓，整个天空犹如穆桂英摆出的天门阵，笼罩在沙尘中，伴着淡淡的土腥气，室内渐渐暗了下来，树头摇晃着，发出沙沙的响声，接着便听到家里的山羊“咩，咩……”声音此起彼伏，山羊们纷纷往圈里跑，我总觉得山羊是感知天气变化最敏感的动物，只要有一滴雨滴落在它们身上，你就看它们那着急火燎的样子，这样的天气它们更是娇贵得不得了，尖声拉气地撒着娇，更何况它们刚刚被笊过绒，平时慢吞吞的老绵羊还是那不紧不慢地随着山羊的脚步走进圈里，只有老牛依然站立不动，高傲地咀嚼着料草，目视着远方。

紧接着狂风大作，大风卷着沙尘滚滚而来，似有排山倒海之势，又像装甲车隆隆驶过，刹那间，整个世界陡然间变暗变黑，“黑云压城城欲摧”之感随之涌上心头。沙子、树叶、纸屑、塑料袋腾空而起，满天飞扬，西北风飕飕地呼啸着，院子里不知是盆子还是什么器物发出“哐啷，哐啷”的声响，老态龙钟的榆树、沙枣树，前仰后合，偶尔，一枝刚刚吐出新绿的枝条随风折断，被甩出几米远，屋子里打开灯都觉得昏暗。

天空越来越暗了，空气里弥漫着呛人的土腥味，似雾非雾的尘土笼罩了一切，百步以外视野模糊，尽管窗户关得很严，但尘土仍然乘虚而入。窗台上、茶儿上、地板上，甚至连我自己都变得土里土气，感觉鼻子、耳朵、嘴里都是沙土。

望着窗外，我不由得想起 1983 年的那次沙尘暴，那时我正在榆林上学，沙尘暴到榆林时我已经下了晚自习，所以没有看到沙尘暴到底是什么样子，后来听家里人说起那次沙尘暴，大家管它叫“大黑风”，就冲这称谓也能感到那次的风暴对牧区人民带来的恐惧，当时西房子旁边的邻居的两个外孙子被风刮到阿日来的后梁上，找到时已奄奄一息，哥哥为了保护妹妹把衣服都给妹妹穿上了，自己却失去了生命，邻近嘎查的一户人家的绵羊被风刮到沙湾里，找到时被黄沙埋住三四十只，那一次的风暴让牧区损失的财产不计其数。

妹妹们正在毛盖图汉校读书，下午学校通知有沙尘暴，让学生早点回家，但是四妹为了等快要毕业正在复习的二妹没有及时回家，正上一年级的五妹等不及，便沿着每天上学的路独自往家走。大黑风来的时候，爸爸妈妈在家里看到天气不对劲，又正值学生放学回家的时间，连忙出门往孩子们放学的路上去寻找。学校距我家大约两公里，途经一片沙漠，心急如焚的爸爸妈妈在学校西北部的沙漠里迎头拦住了正顶风低头急着往家走的二妹和四妹，却不见最小的五妹，妈妈当时心里就咯噔一下：“完了，完了。”眼前一黑感觉快要瘫软在地，爸爸几乎是跑步来到学校，老师们一听说孩子回家去了也都着了急，当时和妹妹们同样跑校的还有住在东水利康家的孩子，大家急忙分成两拨分头找，由于能见度较低，加之心里着急，跌跌撞撞，身子撞上铁丝网刺都没感觉到。

父亲因为五妹的走失都急地哭了，所有人都认为这孩子凶多吉少了，虽然风慢慢地变小了，但是已经到了晚上，40 多年前的牧区黑灯瞎火，居住分散，再要寻找已经是难上加难，四五月的天气，乍暖还寒，五妹才 7 岁，饥寒交加，结果是可想而知的。就在大家伤心的时候，五妹却安然无恙地回到了家中。事后，据五妹描述，黑风来的时候，她已经分辨不出自己走到哪里了，一路碰到过一些土台子、土墙子，而这些东西在我家的周围是没有的，也许是在苏木后面的树圐圙里迷路了，那里有很多的土墙和被拆除的房屋，与她的描述一致。她顶着风，满嘴沙子，又看不清方向，本想坐在路上等姐姐们，没想到刚一坐下，书包就被沙子埋了，只好站起继续往前走，几小时后，不知所措的她遇到了一段沙蒿墙，认得那是毛盖图苏木后面到乌兰呼舒嘎查的一段沙蒿墙，这段沙蒿墙一直连接到我家门口，五妹沿着沙蒿墙深一脚浅一脚地就走回家了，这着实让伤心不已的父母惊喜一番。第二天上课时，五妹的班主任在课堂上正好讲到《司马光砸缸》那篇文章，说司马光聪明、勇敢，便拿五妹的英勇事迹做榜样，要求同学们都向她学习，五妹到现在都耿耿于怀，觉得很没面子。

渐渐地，沙尘暴已经没有了刚才的嚣张，我也从记忆中回到现实。一段回忆，总让人永远温馨；一段里程，令人永远难忘；一些平凡事，总能让你感动。

梦想在乡间有座房子

梦想在乡间有座房子，不需要太大，木栅栏爬满牵牛花，房前种菜种豆，屋后栽树种瓜，门前最好还有一条潺潺的小河经过，喂一只白狗，养几只红公鸡，身后还要跟着一只黑白相间的小花猫。

梦想在乡间有座房子，早晨，叫醒我的不再是闹钟，不再是汽车的喇叭声，更不是南腔北调的叫卖声，而是那乌鸦鸟鹊婉转的叫声，伸伸懒腰，揉着惺忪的睡眼，穿着睡衣，踩着鞋跟走出门，听风声掠过原野，闻着草木的馨香、泥土的芬芳；呼吸着清新的空气，看满眼的绿意盎然。这所房子，应该是金屋藏娇般让人迷恋，给我带来惊喜，闭上眼睛，感受那远离城市喧嚣的静谧，与大自然来个近距离拥抱。

梦想在乡间有座房子，午后，听着一支乐曲，翻几页书，览几则新闻，在音乐中放松身心，在书卷里追寻远去的历史。偶尔，画一画石头、美女，还有那些花花草草，不为外物烦心，不被世俗所困，与时间和自然为伴，尽情享受那午后的宁静与安逸，在纷纷扰扰的世界里保持从容，随心所欲地放空心情。

梦想在乡间有座房子，夜晚，月光如水，周围的一切都笼罩在轻纱里，仿佛童话中的仙境，摘一片草叶含在嘴里，吹几声高亢的口哨和蛐蛐、青蛙一起鸣奏，苍穹当被，大地为床，以最舒适的姿态在草地上撒泼，不担心被谁看见如此的没有正形，心血来潮，对着旷野大声吆喝，看那惊起野兔四处狂奔，在月色中发出放诞的笑声。

梦想在乡间有这么一所房子，不必要谨言慎行，更不需要去揣测他人，以一朵花的姿态穿过四季的轮回，以一片叶的姿态守望满眼的翠绿，用一种心情去品味我的世外桃源，希望那所小房子，让自己体会到一种从容，一种自在，一种悠闲，一种豁达。

梦想在乡间有所房子，就像老陶那样采菊东篱！

黑美人

黑美人可不是什么真正的美人，它是我在超市里见到的一种西瓜，这种西瓜呈椭圆形，瓜型较小，瓜皮墨绿色，有不明显的条纹，摸起来很是厚实，就像常晒日光浴的美丽女子的皮肤，健康、丰满，为它取名的那个人可真是一位审美大师。

炎热的夏季到来，吃西瓜可算得上是平常事，如果我说自己一年能吃 500 斤西瓜，能把大家都吓呆了，仔细计量，我们吃西瓜的数字恐怕远远高于此。如今，虽说一年四季都可以吃到西瓜，但是唯独在夏季吃西瓜才让人吃得最为尽兴，刀落瓜开，声音清脆悦耳，瓤红籽黑，皮薄肉脆，甘美甜爽，入口即化，想起来总是让人馋涎欲滴。

不知从什么时候开始，总觉得西瓜没有小时候吃到的那么香甜可口，那么的有味道，那时候的西瓜没有现在的西瓜那么个儿大，现在的西瓜瓜瓤有红的，有黄的，瓜子又黑又大，但就是没有西瓜味。小时候的西瓜闻着就是西瓜的清香，就连那些半粉半白没有熟透的瓜吃起来也很甜。

在我小的时候，家家户户是不允许有自留地的，只有大队的水利地上每年才会种上一大片西瓜，藤缠藤，叶搭叶，我几乎是瞅着它发芽、开花、长叶，直到结出一颗颗水灵灵、青翠翠的西瓜。因为水利地距离我家很近，大人们劳动的时候，总会把孩子们带到身边，一群小伙伴在田间地头玩得不亦乐乎，偶尔也当害人精，溜进那片西瓜地玩，摘花、掐果、扯断瓜秧，说起来够丢人，西瓜成熟时，几个人就趁大人们不注意，合起伙来偷西瓜。

那片瓜地的周围有带刺的铁丝网，倒不是为了防贼，牧区的人们对吃吃喝喝的事情总是很大方的，那是防止羊或者别的什么动物误进瓜地搞破坏。我们藏在瓜地旁的玉米地里、水道里，听周围有没有动静，学着电影里的解放军的样子用苦豆草和树枝每人编一个草帽戴着做掩护，自认为伪装地不错，就匍匐前进，慢慢地爬到瓜地里，为了偷瓜，不是上衣勾个口子，就是裤子被铁丝网划破，偷到西瓜就抱着往回爬。运气好了，偷到熟好了的瓜，红瓤黑籽，几个人就兴奋地尖叫起来，突然，想起这瓜是偷来的，又都赶紧捂上嘴，互相挤眉弄眼，稀里呼噜直吃得满脸西瓜汁，活像大花猫，没有开瓜工具就用拳头砸开，用手掏着吃，没地方洗手，黏糊糊的只好连同沙子都擦在衣服上，被大人们发现就是一顿骂。运气不好偷到了“羊油罄”，也就是生西瓜，只好在沙地上挖个坑埋掉，那些日子可真的是没少瞎糟害那片瓜。当然，偷来的西瓜也有吃不完的，谁也不敢带回家，怕父母训斥，就把瓜藏在沙蒿林子里，做上记号，第二天再相约去找着吃。现在，想起当时的情景就觉得好笑，那么窄的水道咋能藏住几个孩子？玉米地里沙沙声又咋能掩盖住几个孩子叽叽咕咕的声响？周围的小脚印更是最好的证据，完全就是掩耳盗铃嘛。也正是因为长辈们的宽容，给了孩提时代的我们一个自由自在，无比快乐的童年。

后来，大队实行了包产到户，牧民们允许有自留地了，大人们开始忙自家的事，小伙伴们也都长大上学了，水利地上逐渐冷清，那片绿油油的瓜地变成永久的美好回忆。

天气暖和了，母亲就在门前开辟了一块空地，种上几行香瓜、西瓜，我家种的西瓜并不多，仅供家里人享用，最早种瓜没什么讲究，那些不知名的品种估计现在已经绝迹了，印象最深的是黄瓤西瓜，就是所谓的土西瓜，瓜子很大，皮很厚，可以拌凉菜，这种西瓜虽然皮厚，但是水分多，口感又沙又甜。再后来，家里开始种植一些新品种，“新红宝”这一品种的西瓜在我家种了很多年，这种瓜瓜型很大，皮薄且脆，经不起磕碰，如果拿刀轻轻一触，瓜就“砰”地裂开了，沙瓤，瓜子很少也很小，口感真得可以甜掉牙。西瓜吃得多了，见得多了，渐渐地，我便学会了挑瓜，熟了的新红宝瓜皮泛白，带有一定的光泽，瓜蒂发蔫、瓜脐部位向里凹，藤柄向下贴近瓜皮，成熟得越好的西瓜，一般都比较轻。有时，还会学着大人用中指弹弹西瓜，有模有样地根据声音判断瓜的成熟度。我的挑瓜技术比起六妹的挑瓜技术还是差了许多，有时难免判断失误，摘到生瓜，好在自家种的瓜，半生半熟也好吃。每年的中秋节，父母总会在已经枯萎的瓜秧的掩盖下搬出几颗为我们藏匿好的新红宝，一家人围坐在一起赏月、品瓜，其乐融融。

李时珍在《本草纲目》中把吃西瓜的好处叙述得非常详尽，他说西瓜甘寒无毒，不仅“消烦止渴，解暑热”，而且“宽中下气，利小水，治血痢，解酒毒，治口疮”。西瓜可入药的部分还有被中医称作“西瓜翠衣”的瓜皮，瓜皮只要经过简单加工，就能成为夏季里一道难得的解暑菜品，凉拌、热炒、腌制都行，还可利用家里的冰箱做成西瓜冰球、西瓜冰棒，西瓜汁还可做各种西瓜雪糕。我吃瓜的方式可就与众不同了。夏季里，牧区不缺酸奶，打开西瓜，挖掉几勺，随即倒入酸奶，酸酸甜甜的非常爽口，能和水果沙拉相媲美，只是酸奶西瓜吃相看起来野蛮一些，倒也符合牧区人的粗犷、豪放、不拘小节的性格特点。我还自创了“炒米西瓜”的吃法，找一颗比较小的西瓜，在西瓜上挖个小洞，吃掉几口瓜瓤，把炒米倒进去，用小勺搅和一下，脆生生的，边吃西瓜边倒炒米，那感觉真是好极了，有时我把西瓜雕成一朵莲花，再一牙一牙地消灭掉，有时在瓜皮上雕刻一些图案当工艺品，有时又在瓜皮靠里的位置用小勺剔出个小储藏窝，放置西瓜籽，红的瓤、黑的籽，美观又省事。

现在，西瓜的品种越来越多，什么“红小玉”“黄小玉”“小麒麟”，就像这黑美人，光是听着名字都觉得美，吃起来肯定很爽口。每到夏季，我依然少不了吃西瓜，对我来说，没有西瓜的夏天不算夏天，只是没了小时候的奇妙创意和乐趣，更多的是对童年生活美好的记忆。

草原黑珍珠——羊粪蛋

前些日子，家里的一盆木槿叶子打蔫了，原本深绿色的叶子有点发黄，花朵也开得垂头丧气，大家都说是缺肥了。于是，便到附近的花店咨询，花店老板告诉我这种情况要上珍珠肥。珍珠肥？多么好听的名字啊，那就买两袋吧。老板给我取出一袋大约 500 克的珍珠肥，说是一袋 5 元。好便宜的肥料，于是就买了两袋，也没仔细看，只是黑色的颗粒，听名称还以为是人家做珍珠剩下的杂物压制的肥料，回到家里仔细阅读袋子上的使用说明书，才发现珍珠肥就是羊粪蛋，真是让人啼笑皆非，什么珍珠肥呀，不就是我家沙梁上、草丛里、羊圈周围甚至墙角旮旯里那些羊粪蛋嘛。

羊的地位在六畜中虽不领先，羊粪的质量却在畜粪中首屈一指。羊对饲草择优而食，嫩芽、嫩草、鲜花、绿叶是它们采食的对象，而这部分都是植物氮素集中的部位。因此，同样数量的羊粪施到土壤中，肥效远高于其他畜粪，羊粪适用于碱性土地、贫瘠土地的土质改善，俗话说“一斤粪土一斤粮，万斤粪土粮满仓”。据说，现在好多地方牧民都搞个发酵池，用羊粪制造沼气，既节约能源，还不污染环境。

羊粪的确是很好的有机肥，咱先不表扬，其实，十几年前，羊粪一直都是牧区人民做饭、取暖必不可少的燃料之一，它比柴火耐烧，生活在牧区的人们，家家户户都会有一个堆放得很整齐的柴垛和一个装满羊粪的粪仓子，要看这户人家日子过得怎么样，首先得看看他家的羊粪仓子满不满，柴垛大不大。

牧民们烧炉子、做饭、煨炕都离不开它，当然，并不是所有的羊粪都有这样的效果，羊粪是分季节的，春季、夏季、秋季的羊粪因为羊吃的是青草，水分含量大，羊粪无形，只能等干透了像拾牛粪那样去一筐一筐的捡，这样的羊粪使用时火头不硬，还得时时刻刻关注火苗是否熄灭，灰又大，处理起来很是麻烦。真正耐用的羊粪就是像花生粒大小的羊粪蛋，它可以和木炭相媲美，牧民们用的羊粪都是在冬天，有枯草季节积攒的，因此，扫羊粪便成了牧民们除接生羊羔以外的另一项重要的农活。

扫羊粪要选择一个有微风的日子，这样的天气里便于清理羊粪中的尘土、碎屑和其他的杂物，扫羊粪的工具就是一把用芨芨草扎成的扫帚，最好是一把用旧的，有点秃的扫帚，这种扫帚扫起来很是利索，不带沙、不带土，柴柴草草的无所谓了。羊粪最多的地方就是平时卧羊的地方，羊圈周围也很多，等羊儿们外出，我们便可以大显身手，以扫帚为半径，边扫边向内收缩，羊圈的周围便形成了一个又一个的小羊粪堆，每个堆大概只能盛两三簸箕，这只是扫羊粪的第一步，等把这些小粪堆一个一个完成了，便用簸箕盛起羊粪，站在稍高一点风头展的地方，迎风站好，双手托起盛满羊粪的簸箕，侧着向下倾斜并缓缓抖动，高兴的时候，嘴里还吹着“嘘嘘嘘”的口哨，好像在召唤风儿再大些，羊粪珠随之哗啦啦而下，尘土、杂物随风向后飘去，不一会儿，那一个个小圆堆消失了，积攒变成一个大大的羊粪堆，黑油油的羊粪蛋在阳光下闪着珍珠般的光彩。

这个大大的羊粪堆有时有点潮湿，不能及时送入羊粪仓，这里便成了母羊们栖息的场所，小羊羔们也在粪堆上跳上蹦下追逐打闹，牧民们也不责骂它们。干透了的羊粪要及时装入麻袋，一次一次地运回羊粪仓，一个冬天要集满整个羊粪仓，才能保证春季、夏季、秋季三个季节做饭，取暖的需要。

用羊粪煮饭、烧茶绝对是技术活，做饭、烧茶时先把灶膛里的余灰清理干净，烧羊粪的灶火炉齿不能太稀疏，必须保证羊粪蛋不被漏下去，然后，取一簸箕干燥的羊粪蛋倒入灶膛，不能太满，三分之二即可，这时便在羊粪上面放上柴火作为引燃物，一根火柴划过，在柴火的引燃下，羊粪蛋呼呼地燃烧起来，发出很畅快的轰轰声，屋子里顿时暖洋洋的，有时半截炉筒子都被烧得发红。用羊粪蛋做饭非常利索，但是总是比不上煤炭燃烧时间那么久，做饭中途还得再添加一次，羊粪燃尽后会积成一个很厚的炉砾，炉砾保护羊粪不被漏下去，只要有一丝星火，就可以随时加粪，继续燃烧，直到炉膛里的灰满得再也装不下。潮湿的和有碎屑的羊粪燃火不旺还容易冒烟，烟熏火燎，让人的心情极度糟糕，羊粪炉子一般都是用土和转砌成的，我曾经因为炉火不旺，弄得满家羊粪烟，气急败坏地把一个羊粪炉子一脚踢翻，被大人狠狠地训斥了一顿。

羊粪蛋作为燃料，它为牧区人民带来温暖，为人们的生活提供了方便；作为有机肥，它更是农业生产的好助手，用于为瓜果蔬菜、经济作物、苗木花卉提供营养，使其价值增值数倍。因此把羊粪蛋称作草原黑珍珠绝不为过。

美味那达慕

原本清净的敖勒召其镇这几日处在亢奋状态，半个小镇几乎被招揽观众和吆喝生意的喇叭声所笼罩，虽然分贝有点高，但是听起来热闹非凡。大街上的行人和车辆也明显比往日多，这是小镇一年一度的那达慕盛会，那达慕蒙古语为：娱乐、游戏。本地人称之为交流会，不知从哪年哪月开始，每到七八月，小镇都要举行这样的盛会，那达慕多少有点像陕北的庙会，只是少了些迷信色彩，多了些娱乐活动的意味。农牧民们利用农闲时节到镇上逛逛，采购一些生活必需品，看看红火热闹的街道，也有趁机走亲访友，参加同学聚会的。

20世纪八十年代，这样的那达慕盛会在全旗各嘎查村都有，尤其是在牧区，由于人们居住分散，平时不容易见到，只有在那达慕会上才能相聚，大家在一起欢声笑语，家长里短，其乐融融。人们拖家带口一起看电影，看乌兰牧骑演出，还参加一些娱乐和体育活动，赛马、摔跤、射箭等传统的体育项目一直延续至今。现在，全旗举办那达慕大会的嘎查村已经很少了。小时候，感觉那达慕最多的就是人，小孩子们总喜欢在人群中钻来钻去，看各种新奇古怪的玩意儿，而售卖花花绿绿的漂亮衣服堆，数不胜数的小吃摊反而不受我们青睐，令人眼花缭乱的我们停留时间最长的地方是出售各种新奇玩意摊铺，那种热闹和喧嚣，快乐和兴奋，那些儿时的记忆随着时光的飞逝渐行渐远。

今年那达慕大会，适逢假期，我决定去会场看看，一来感受一下风土人情；二来追寻一下远去的记忆；三呢，是为寻找美食。正好五妹来电话也要去会场找感觉，于是，便一同欣然前往。

会场并不远，十几分钟的路程，附近的街道两旁停满了汽车，零零散散地有一些小摊贩在路边售卖瓜果、蔬菜、地毯坐垫等，主会场有几座大棚，红色的横幅高悬在大棚顶端，为大会平添了几分喜庆，各种餐饮小吃、娱乐游戏、家居用品、民族饰品等摊点向东延伸出数百米。赶会的人一拨一拨地涌进大棚，里面花花绿绿的，服装、布匹、鞋袜、工艺品应有尽有。听说比起往年，外地客商少了许多，大棚也有所减少，倒是小镇的个体户，他们把商品都搬到了会场，便宜甩卖积压的货物，吆喝声、讨价还价声、笑语声、音乐声不绝于耳，偶尔，还听到多年未见，会场相逢的惊喜之声。买这些物品的人，大多是上了年纪的一些农牧民，但像我们这样闲逛的也不在少数。

事实上，赶会的人一部分是和我们一样带着怀旧情结去的，一部分是看杂技歌舞表演，或陪孩子到游乐场玩的，一部分是冲着交流会上的特色小吃去的，还有一部分是为了买锅碗瓢盆、鞋袜衣帽去的，更多的人则纯粹是凑热闹去的，在物流和快递如此便捷的今天，购物已经不是重点……但网购有网购的便捷，赶会有赶会的热闹，我们纯粹是属于凑热闹找美食的。

有人聚集的地方，必然就有别具特色的饮食市场，会场南边，搭建起了很多饮食摊点，地方小吃、民间饮食都在这里大显身手，凉皮、凉粉、麻辣烫、串串香、刀削面、臊子面、饸烙面，各种面食一应俱全，羊蹄、羊杂碎、羊肥肠瞅得人馋涎欲滴，最诱惑人的莫过于在大铁锅里咕嘟嘟泛着香气的羊肉还有那吱吱冒油的猪肉烩酸菜，此时，你说你不咽口水都是假的。

我先说说大锅炖羊肉吧：在内蒙古，特别是逢年过节，贵客来访，都要用炖羊肉去招待客人，炖羊肉不仅承载着几千年来的蒙古族游牧文化和汉族农耕文化的融合，而且它独特的民族风情，被人们世世代代以各种方式延续着，经久不衰。每年举行那达慕的时候，炖羊肉也就成了一道亮丽的美食文化风景线。会场餐饮区两边的大棚挂着“大庙羊肉”“希里羊肉”“昂素羊肉”“横山羊肉”的招牌，每个摊点门口都支着一口大锅，炭火烤的黑色的锅沿吱吱作响，大块羊肉在汤里翻滚，散发着诱人的香味，刺激着我的嗅觉和味蕾，也吸引着众多美食爱好者。

小镇的羊肉均来自周围牧区，味道很特别，当地牧民常常自豪地说，我们牧区的羊“吃着中草药，喝着矿泉水”，这里的羊肉是最好的纯天然美食！是呀，草原上的麻黄、地椒、沙葱加上地下含有丰富微量元素的井水，可不就是天然的中草药和矿泉水吗？这些羊肉“肥而不腻、香而不腥、鲜而不膻”，当香喷喷羊肉端上来时，满屋飘香，那汤、那肉、那味，绝对是“天下一绝”！羊腥汤泡米饭，绝对杠杠的。

另一道菜就是猪肉烩酸菜了，猪肉烩酸菜的做法比较简单，小镇的家庭主妇几乎都会，做菜时选取新鲜五花肉口感最好，纯瘦肉太噎，纯肥肉太腻，做出的猪肉烩酸菜口感太差，把猪肉切成大片爆炒，当炒出一定的油脂时，锅底看起来油汪汪的，飘起香味，再加上酱油、葱、蒜、姜等调料一烹，加少量水，等肉煮八成熟的时候加入土豆继续烩，最后加入酸菜，酸菜首选长白菜才够味，晋白菜就大打折扣了，猪肉烩酸菜一定要做到肉熟、土豆软、酸菜烂，火候还得不紧不慢，逐渐入味，尽量把汤汆干。猪肉烩酸菜看起来糊糊的、土头土脑的，没有什么品相，登不了大雅之堂，但是，可这却是小镇人民百吃不厌的一道家常菜。

绕美食区转了一圈，我们选了一个既有大锅羊肉又有猪肉烩酸菜的摊位坐了下来，上一壶红茶，点一份大锅羊肉和一份猪肉烩酸菜，慢慢品、慢慢吃，味道依然是那味道，记忆仿佛不曾远去，还是那么热闹，那么鲜活生动。

大黑马

我当教师纯属偶然，作为一个在城市里长大的孩子，从没有想到过自己会从一个牧区的教学点开启自己的工作历程，而且辗转几所学校，一干就是几十年。教师这个职业好像就是最适合我的一项职业。每天上课、下课；教室、办公室；备课、改作业。从喧闹到寂静，生活节奏松了又紧，紧了又松，一路跋涉，人生的年轮一圈圈扩大，每一圈都写满了我对教育工作的坚守与热情。

这些年里，有过事业取得成功的喜悦，有过与毕业生离别的不舍，有过外出学习的激动。彷徨过、郁闷过，甚至有过怨气，但从没有改变过我对教育事业的执着和对学生的爱。我很想落笔生花，把这几十年的经历与大家分享。可记忆却不由得让我想起最初工作的那几间土坯房还有那匹曾经伴我同行的大黑马。

在牧区教学点工作，每次回家是个大难题，试着想一想，一个女孩子，荒野中步行 50 多里地，周围没有人烟，路上空无一人，那是什么样的感觉，有时，能遇到一群羊都感觉心情放松了很多，直到现在我都无法想象自己当年是怎么在那条路上循环往复的。

同事万老师有一匹黑走马，毛皮发亮，长得很精神，目光炯炯有神，两只耳朵总是竖起来，很是灵敏，它的主人给它配了一套上好的马鞍、马镫和马笼头，脖子上还挂着串铃，显得帅呆了。万老师家就在学校西边十几里地的地方，他常常骑着马儿回家，又骑着马儿来上班，茫茫天地间，人马合一，随心所欲，那匹马就像闪着黑色釉彩的云朵，在绿草如茵的草原上奔驰，马玲儿响彻云霄，样子潇洒极了。

我虽然生长在牧区，但是因为常年在外地学习，没骑过马，每次看着那匹大黑走马，心里特别羡慕，大黑马看起来很温顺，可是一看见我就脑袋一歪，发出“突、突、突”的声音，蹄子还不高兴地刨几下，很不友好。尽管万老师说他的马很乖，可我就是不敢靠近。也许是那匹马天天看见我，见得多了，它好像认识我了，有一天，我揪了把青草给它吃，它居然脖子一伸，张开嘴把草拽走了，我好一阵激动，受宠若惊，便试着慢慢接近它，摸摸它的脸，摸摸它的脖子，它一点都不讨厌我，还用脑袋亲昵地蹭我，我开心极了，课余时间就请万老师教我骑马。

大黑马果然很听话，万老师只给我示范了一次，我便可以借着土台子踏上马镫，保持平衡，难得的是那匹大黑马会自己掌握平衡，真的了不起，时间久了，大黑马和我更熟悉了，我便常骑着大黑马回家。

第一次骑着大黑马回家，因为大黑马不熟悉我家的路，显得极不情愿，它才不管我有多么焦急，慢慢吞吞，踢踢踏踏，咋看都没有万老师骑马的姿势那么潇洒，感觉自己好狼狈，大黑马任我吆喝，就是不加快步伐，更过分的是，它专门从沙蒿中间或者路边走，偶尔还悠然自得地停下来咀嚼草叶，有几次，我都快从它脖子上滑下来了。

再后来，就顺利多了，回家的路上，只要我拉一下缰绳，它就仰头长嘶，四蹄飘飞，迎风飞扬般地奔跑起来，它跑的是那样的轻盈平稳，让我毫无危机感，有时怕它跑得太累，我就下马牵着它走一段，它紧跟在身后像个保镖，有的时候我就坐在路边休息，任它在周围自由地走动，它也不走远，与原来大不相同了，大黑马似乎懂我的意思，除了不会说话，它知道我要去哪里，返回时更是连缰绳都不用拉，可以松开它的口嚼子，任它自由驰骋，它会准确地把我带回学校。

一个夏日的午后，我骑着大黑马走到距毛盖图苏木大约5公里的地方，天空雷鸣电闪，下起了冰雹，大黑马居然停步不前了，马头向下一甩一甩的，要不是有马鞍，它好像要把我甩下去的样子，我急得不知所措，只好翻身下马，雨越来越大，冰雹虽然不大，但是打在身上还是火辣辣的疼，看见大黑马还是纹丝不动，用它那明亮的大眼睛扑闪地看着我，我点着它的脑门恨恨地对它说：“你这个见死不救的家伙，看我一会怎么收拾你！”看见大黑马依然站在那里稳如泰山，对我置之不理，我便灵机一动，心想，那我藏在它肚子下面，让它受苦吧。于是就把雨衣披在它身上，蹲下身子钻到马肚子下面，有了大黑马的身子和马骣的遮蔽，我不用淋雨了，不知为什么，大黑马竟然还是一动不动，任我在它肚子下面避雨，不一会儿，雨停了，太阳出来了，我从马肚子下钻出来，拍拍大黑马的脖子表示感谢，它居然点了点头，好像在笑，真的，好像在笑哦。

我跨上马背和大黑马继续踏上征程，怀着对这匹黑马的感激之情，回到家中，我特意给它加了一碗玉米粒，犒劳它，它抬起头看了我一眼，眼神深邃睫毛翻飞，至此，我相信马儿是通人性的。

山羊妈妈绵羊娃

说起牧区，人们总是把它和老舍笔下的草原联系在一起，喜欢它的一碧千里，静静的奶牛，云朵般的羊群，策马扬鞭的牧民，其实这只是人们眼中夏天的草原。

从小生活在牧区的我，对牧区的冬天情有独钟，因为那是孕育生命的季节，也是牧区人最为忙碌的季节，接羊羔大概是一年中最隆重的事情了。为了方便照看，牧民们白天总要把快要下羔的母羊赶到附近的草圐圙里，或者圈在羊圈里，添加点饲草料，晚上要起夜好几次，等待小生命的降临，稍不留神，刚出生的小羊羔便会被冻伤或被冻死，遇到母羊难产更是头疼，有时甚至母子不保，至于为什么非要选择在冬季接羔，据说冬羔只要成活，免疫力极高，春季不容易生病。

我最喜欢看那刚出生的小羊羔，山羊羔长得十分可爱，双眼皮、大眼睛、高鼻梁、淡红的嘴唇；绵羊羔，卷毛、大耳朵、清亮的圆眼睛，多么可爱的生灵。滴水成冰的天气里，是母羊产羔的高峰期，刚出生的小羊羔，带着母体的黏液与淡淡的红色血丝，母羊用舌头将羔羊舔得干干净净，寒冷的冬天，母羊要在最快的时间里舔干小羊，否则小羊羔就有冻伤或者冻死的可能，出生十几分钟后小羊羔，晃晃悠悠地站起来了，在寒风中没走几步一个趔趄又倒在地上，身旁的羊妈妈急了，不停地呼唤着小羊羔，还一个劲地舔着它身上的黏液，小羊羔再次颤颤巍巍地站起来，然后又跪下，再义无反顾地站起来，它本能地去找母亲那甘甜的乳汁，使劲儿地吸吮着。有时，母羊把小羊羔生在草原上，我们就得把小羊羔抱回来，羊妈妈看我们抱着它的宝贝，以为要抢走它的孩子，就咩咩地叫着，不顾产后的虚弱，追着我们左拦右挡，一直回到羊圈里。从踉踉跄跄的小羊羔到活蹦乱跳的大羊，它们陪着牧民们度过了一个难熬而漫长的冬天，牧民们陪伴它们走过了生命中最美好的一段时光。

羊儿们各有各的名字，各有各的故事，以至于山羊和绵羊也有了故事，家里的一只黑眼睛绵羊居然生了三胞胎，最小的孩子身体很弱，刚生下不会吃奶，我们就把它抱回家，给它灌牛奶，可是，等到第二天再把小绵羊羔送给羊妈妈时，它居然不要自己的孩子了，要么用头顶它，要么带着另外两个孩子扬长而去，可怜的小羊羔在寒风中咩咩地微弱地叫着，它找不到自己的妈妈，它被妈妈抛弃了。老牧民说，因为这只小羊羔身上有了人的气息，所以才被羊妈妈嫌弃。

每年冬天，我们要买很多牛奶，来喂养这些被抛弃的孩子，这也不能怪羊妈妈不负责任，它自己带三个孩子已经非常吃力，为了增加营养，我们每天要给它准备营养餐，不让它的身体垮下去，随着小羊羔的长大，羊妈妈会非常的辛苦。

一群羊里，每年会有七八只被抛弃的孩子，这些小羊羔没有了母亲，于是它们把第一个喂它们牛奶的人当作了妈妈。它们特别黏人，我们走到哪里，它们便跟到哪里。只要听到人的声音就一哄而上，争着要吃奶，爬到你身上，舔你的脸，吮吸你的手，拽你的衣服，用小蹄子刨你，有时它们还会追着大羊找奶吃，不管公母，就是一只大公鸡它们也会凑到人家肚皮底下找奶头，被这些弃儿骚扰的心烦的大羊们，便你一头，它一头地把它们顶翻在地，这时它们看起来好可怜。

牛奶喂养的羊羔其实很不阳光，每天佝偻着腰，缩着身子，理短似地躲在羊圈的角落里。为此，我们就会给这些弃儿找妈妈，有的羊妈妈因为失去孩子，很容易就会领养一个孤儿，有的羊妈妈就得采取一些非常手段：把它和弃儿关在单独设置的羊圈里，捆绑在栅子上，让弃儿随时可以吃到奶而不被顶翻。用萝卜、玉米糁子等食物诱惑它，总之，为了让弃儿们都有妈妈认领，牧民是要费一番脑筋和精力的。

绵羊和山羊都是羊，但是它们有本质的区别。绵羊性情温顺、老实、行动缓慢，山羊调皮、行动迅速，总是走在羊群的最前面，如果顺风，它们每天跑个百十里地都不在话下，谁都不曾想到还能给小绵羊羔找个山羊妈妈。

那个冬天，一只老山羊把孩子生在了草原上，在零下 20 度的天气里夭折了，山羊妈妈看着别的羊都有孩子，于是每天守在羊圈门前咩咩地叫着，等它的孩子，而小绵羊正好也被妈妈抛弃了，到处找妈妈，我们便决定让小绵羊羔认个山羊妈妈，毕竟人工喂养的羊羔体质是很孱弱的。

刚开始，山羊妈妈很是抵触，每天给小绵羊羔喂奶时便是我们人羊大战的时候，食物利诱，武力镇压，各种手段用尽，三天以后山羊妈妈依然冷若冰霜，看见我们就把头一歪，前蹄乱刨，一副极不情愿的样子。

和这只山羊僵持了大约五天左右的时间，我们也失去耐心，准备罢休，山羊妈妈却母性萌发，居然主动给小绵羊羔喂起奶来，小绵羊不在身边时，竟然咩咩地呼唤孩子，我们高兴极了。

于是，它们成了真正的“母子”，每到中午，羊儿们归圈时，山羊妈妈总是跑在伙伴们的最前面，远远地看见它的绵羊宝宝，欢喜的好像全世界再没有比这更欢喜的事了，咩—咩—，你呼我应，绵羊宝宝撒着欢连蹦带跳地跑向它的山羊妈妈，偶尔还来个后空翻，那样子感觉真的是高兴得不得了，有妈的孩子就是不一样哦，从此，我家的羊群中便出现了山羊妈妈领着绵羊孩子的另类母子。

三张布票

在我集邮册里有三张内蒙古自治区的布票，天蓝色的底纹，深蓝色的边框，正上方印有内蒙古商业厅的圆印章，五角星依然鲜红，印章下方的大黑体字写着五市尺，黑体字的下方用红色数字显示着 1979 年，其中一张还残缺不全，可我把它们当成价值连城的宝贝来珍藏，妹妹们常要拿起看看，我总是支支吾吾，生怕弄坏了，弄脏了，只有在她们郑重地洗了手后，拿上小镊子，才可以获得欣赏权。这三张布票勾起了我太多的记忆，转眼40年过去了，儿童时代的天真烂漫随着岁月已然流逝，已经找不到任何印迹，只有这三张布票让我常常怀念那个年代，也更加珍惜现在所拥有的一切。

40多年前，牧区的交通很不方便，商品也很匮乏，孩子们的学习用品很简单，图书几乎没有，有一次，爸爸出了趟远门，带回了一个黑色方盒转笔刀，上面贴着一只大白鹅，鹅的脖子还会动，这让我和妹妹们欢呼雀跃，晚上睡觉都拿在手里，谁都不让碰，爸爸带回来的十几张动物黑白照片更让我们爱不释手。小人书是那时小孩子的最爱，生活不算宽裕的父母，还是常常买一两本小人书回来，那时的小人书一本才几毛钱。我们常常学着小人书里的情节，和水利队几个比较合得来小朋友在一起挖陷阱，由其中的一个人引来其他的小朋友，谁要是把人带到陷阱旁，并让他掉下去，大伙便乐得人仰马翻。现在的小孩无法感受到挖陷阱的快乐了。小人书也早已换成很精美的铜板书，甚至电子书、有声书。信息畅通，互联网、移动电话、数字电视，应有尽有，但儿时的记忆还是那么地让人难以忘怀，想起来总会忍俊不禁。

40多年前能吃到的蔬菜、水果很少，菜窖里除了土豆、白菜、萝卜外，就是苹果了。苹果也不是常有，过春节前买十来八斤苹果，爸爸总是提前给我们每人一颗，其余的放进菜窖，拿到苹果后我们并不急于下口，而是用细线把苹果拴起来吊着闻味道，实在馋得不得了，就用牙齿啃一啃，也不咬破它，直到玩得尽兴了，苹果也已经“鼻青脸肿”了，才一小口一小口地抿着吃，感觉是那样的香甜，每次父亲去菜窖，我都兴奋异常，知道又可以吃到苹果了。不知为什么，那时的苹果总是那么香。现在，再也不用那么稀罕苹果了，只要不浪费，不让好苹果烂掉就是对苹果最大的爱护了，市场上的水果琳琅满目，种类繁多，天南的、海北的，没有吃不到的，连王母娘娘的蟠桃也能吃到，可怎么也吃不出过去那个味儿。

40年多年前人们好像很少用钱买东西，家家户户用的是布票、粮票、油票，这些票似乎可以能替代钱买很多东西。那时的人家都不怎么富裕，我们几个小孩子根本没有零花钱。有一次回陕西老家，爸爸要给外婆家买东西，余下一些粮票，我磨了好半天，爸爸才给我。我小心翼翼地把那些粮票放在自己认为最保险的地方，鞋垫下面。搂着我那双鞋，我盼望着天亮，盼望着去街上换上一串冰糖葫芦。而现在无论什么季节都能吃到冰糖葫芦，想吃多少就能吃多少，只要自己的胃和牙能承受得起。我至今记得小时候的拍手歌：

你拍一，我拍一，一分的铅笔我用过；

你拍二，我拍二，二分的橡皮我擦过；

你拍三，我拍三，三分的本子我买过；

你拍四，我拍四，四分的冰棍我吃过；

……

过去的一分钱多值钱呀，过年时，谁要是有 5 角的压岁钱，那可就是大财主了，小伙伴也足有一个加强排，100 元钱可以让一家人过个奢侈的春节了。而现在，压岁钱已经不是真正意义的压岁钱了！ 1000 块钱还办不了一桌年夜饭。人们富裕了，春节变成“候鸟的迁徙”，愿意去哪里过就可以去哪里过，便利的交通把整个地球变成村子。

三张布票，让我浮想联翩，在回忆过去的同时，也让我倍感珍惜改革开放的今天，憧憬着更加美好的未来。

牧区女教师

去年，我去参加一位同事的新婚庆典，她家在牧区的一个叫圐圙嘎查的地方，我曾经在那里工作生活过，时间过得可真快，转眼间，离开那里已经 30 多年了，开车踏上那条平坦的乡村油路，我便沉浸在对往事的回忆里。

16 岁那年，本已经决定上高中的我，却因为当时毛盖图苏木圐圙民校急需一位汉族教师，分管教办工作的领导问父亲，看我愿不愿意去。因此，我放弃了学业，选择了教学，当时的毛盖图苏木街道还算比较热闹繁华，人也很多，学校、粮站、供销社、综合站等部门一应俱全，大家都不愿意去嘎查民校教学，就如同现在都不愿意去基层学校一样。我是个新手，没人愿意代我去偏僻的教学点工作，于是，还是孩子的我便成了一名牧区女教师。

临行前，爸爸给我买了个红色的皮箱，准备了一些生活用品，这个红皮箱和一把不锈钢菜刀，两柄铝制的铲子、勺子，虽然已经很破旧但几经搬家我都不舍得丢弃。开学一个星期后，爸爸驾着骡子车送我去教学点。虽说圐圙嘎查距离我家只有 50 多里地，但是当时全旗境内都没有一条像样的公路，更别说是通往牧区的小路了，人走得多了就成了路。那些路全凭牧民的感觉走，有的路段就是羊肠小道，从苏木的南边出去，基本就是踩荒路。一路上，只有一户姓包的人家，他家里有一条凶猛异常的狗，我常常绕道而行，从未进去过，这条路在我以后的一年半的教学生涯中途径了好多次，每次都被它折磨得筋疲力尽，当时，感觉回一次家是那么的艰难。骡车载着爸爸和我，还有我的行李以及给我解闷的一只小白猫，长途奔波把家里那头骡子累得直喘粗气，爸爸有时不得不下车牵着它步行，从早晨出发，也不知走了多长时间，翻过了多少个沙梁，绕了多少弯路，临近傍晚时分，才赶到圐圙嘎查。

圐圙民校的教师加上我才三个人：一位开朗活泼的蒙古族女陶豪庆（蒙古语意为做饭的师傅），一位英俊潇洒的姓万的蒙古族青年男教师，他们热情地欢迎我的到来，孩子们也叽叽喳喳地围拢过来，一位蒙古族男孩卷着舌头问我是几年级的学生？是不是和他们一起来上学的？万老师连忙走过来帮我解围，告诉他们，这是新来的“巴格西”，“巴格西”是蒙古语老师的意思，孩子们惊讶极了。就连万老师后来也开玩笑地对我说，他当时看见我的样子也很吃惊，心里想，苏木怎么派来个小女孩，漂亮得像个仙女，看起来还没那些学生大，怀疑我能干得了这份工作吗？

学生们大多来自附近的牧民家，年龄不同，大部分孩子是寄宿制，有几位学生的年龄比我还大，他们只是为了方便照顾弟弟妹妹，给弟弟妹妹们洗衣做饭而一起参加学习的，他们在学生宿舍的前面临时搭建的几间土房子里做饭、休息，我的到来让孩子们非常开心。

这个教学点比我想象的要简陋而复杂得多，几间土房包含有教师宿舍、学生宿舍、伙房、教室全在内，学生 40 多人，汉文班二、三年级设两个班，每班六到八个人，在一间教室里采用复式班教学的模式，给三年级学生讲课时，二年级的同学只能在旁边写作业，有聪明一点的孩子，边写作业边把三年级的知识也学会了，抢着要发言，我也听之任之，上完主课后，我会给他们讲讲故事，教教歌曲，画个图画，不知是记忆模糊还是怎么回事，好像当时就只有这么几门功课，我们有的是大把时间到处闲逛。

我常常和孩子们一起去嘎查西边的席笈滩捡牛粪，牧区教学点的炕全部是用牛粪煨的，冬天睡在炕上很温暖，屋子里也暖和，真的是“家暖一盘炕”哪！我们到学校南边的沙漠里拾柴，为冬天做储备。有时站在学校后面的土墙上，就在西边的大梁上放声高歌，不管好听不好听，调子跑得有多远，反正没人听，孩子们教我说蒙古语，唱蒙古歌曲，学习陕北民歌，直到现在，“扎米扎哈嘟，扎古赛哈……”“珍珠倒卷帘”等歌曲依然记忆犹新。偶尔，因为天气恶劣，我不敢单独居住，就和孩子们挤在一个大炕上，不着边际地瞎聊，现在早已想不起自己当时说了什么。

牧区教学点吃饭是个大问题，集体灶的饭菜毕竟不那么可口，我便把自己的口粮和孩子们的混在一起，大家一起做饭，孩子手脚很勤快，我做饭技术虽说很一般，但是比大灶好吃那么一点点。多少年来，一位女老师，几个孩子，一只白猫一起吃饭的场景，仿佛是一张定格的照片，早已印入脑海，那么温馨而又那么快乐。有时候万老师外出打回一只野兔来，大家便一起“打牙祭”，像老大哥一样的万老师虽然是蒙古族，但是汉语很好，还做得一手好饭，教室门前有个压水井，夏天，万老师就用纱布包着黑豆埋在压水井旁，一周以后我们便吃上了自产的豆芽了，万老师有匹大黑马，后来成了我回家的坐骑，这匹大黑马，我会单独写写它。

圐圙学校的后面有一排房子，那是供销社的分销店，也是一个比较热闹的地方。有时，牧民们从四面八方来分销店卖绒毛，购买日用品，大伙便凑在一起喝烧酒，打排球，我和孩子们就当啦啦队围着看热闹，最有趣的是，比赛正进行得激烈，一位牧民的裤子不知被什么撕坏了，从裤腿扯到裤裆，露出红红的线裤，直接就变成裙子，他还觉得不够幽默，拉起裤腿来了个西班牙斗牛的姿势，逗得大家前俯后仰。

学校的东边有一户姓侯的人家，他家的小女儿是我的学生，三女儿和我年纪相仿，一来二去，我们便成了好朋友，放学没事干的时候，不是她来找我玩，就是我去她家找她，帮她赶羊，给羊灌药、种地、割草，甚至发动三匹马力的柴油机浇水，我的农活技术基本都是从她家学来的，牧区真是个锻炼人的地方。

孤独、寂寞不算什么，没人说话才叫难过，大约是那年冬天的一个早晨，同学解俊琴和她爸爸开着大卡车来圐圙嘎查拉羊粪经过学校时看到了我，我好激动，以至于在今后的日子里总是对她念念不忘，她是第一个到牧区看我的同学。

在这个教学点工作一年半以后，我就调回了苏木幼儿园，汉族学生也随之合并到毛盖图学校，只留下部分蒙古族学生和一位蒙古族老师和煮饭的大师傅，以后的日子里，我不止一次有想回去看看的念头，但总是因为各种原因未能成行。

不知不觉，已经到了圐圙嘎查，我特意停车参观了这个曾经工作的地方，展现在眼前的是两排房屋，那是原来的分销店，如今已经变成嘎查的办公区，房屋粉刷一新，并且新做了院墙。我迫不及待地走下土坡来到当年的教学点的所在地，眼前，除了一处新建牧民的新居坐落在原来学校的东南角，校舍全部被夷为平地，不复存在，四周显得更加平坦空旷。这个我人生转折的地方，我成长历练的地方，曾经它是那样熟悉，如今却变得如此陌生，杂草早已经覆盖了我和学生们嬉戏过的院子，耳边仿佛传来那个破铃铛"当当"的下课声。大师傅用蒙古腔调喊话"来，来，吃饭了！"还有那匹大黑马"突突"的声音。

草丛中几只鸟儿或起或落，偶尔传来的几声"啾啾"的鸣叫声。踏着地下的野草，隐约看见一抹隆起的土墙残垣，它还在那里的啊，曾经这里有过那么一群孩子和一位女教师，可是现在，那些欢笑声，那些有趣的事，都不会再有了，这里已成为永远抹不去的记忆。

收音机的蜕变

十一长假里，姊妹们从各地赶回牧区帮父母搬家，一些老旧的物品也随之被翻了出来：马灯、牡丹牌缝纫机、皮匠的铁铲子、手工推子、绿皮水壶，每一件物品的出现都让大家唏嘘不止，这些没有生命的旧物品，在岁月的流逝中，辗转，遗落，被抛弃在犄角旮旯，但依然完好无损，看起来更是弥足珍贵。

随着一台锈迹斑斑、布满灰尘的收音机被四妹翻出，感叹之余，不免勾起了那难忘的记忆。尽管我国在1958年就研制出了第一台半导体收音机，但是收音机普及到老百姓家中已是20世纪70年代末，据父亲讲，以前他也是道听途说，真正第一次见到收音机是在60年代末期，那是南京知青插队到草原时随身带来的，当时能拥有一台小型半导体收音机，真是很拉风，不仅可以随时收听时事要闻，而且还是很有面子又聚人气的事，知青们用收音机排解对故乡和亲人的思念，还了解国家大事，年轻时的父亲因和知青们年龄相仿，也就常常和他们聚在一起玩，一起听广播，再把听到的信息传递给邻居和朋友，牧民眼中的父亲是个很有见识的人。那是个凭票供给的年代，牧民们都不富裕，没见过什么大世面，大家对那个会说话的小匣子感到无比新奇，可以说收音机在牧民的心中就是奢侈品。

不过，在那个敏感的年代，收听无线电广播也是有风险的，我家的一位亲戚就是被人举报收听敌台而被关了两年禁闭，虽然后来证明根本不是那回事，这才恢复了原职，但是精神饱受折磨，家也散了……

到了80年代初，收音机基本普及，个别人家还购买了黑白电视机，也就称得上是真正的家用电器了。那段时间我正在榆林上学，住在城里大姨家，姨父有一台灰色的砖头似的收音机，下班回到家，他只做三件事：吃饭、抽雪茄、听广播。只要他在家，那台收音机就咿咿呀呀地响个没完，大姨老是责怪他，埋怨他成天就知道抱个“洋戏盒子”啥也不管。不过，我们小孩子们却喜欢得很，他老人家要是高兴，还能为我们播放“小喇叭”广播，“嗒嘀嗒—嗒嘀嗒—小喇叭开始广播啦！”那悦耳的声音至今回荡在耳边。他还爱听评书，什么单田芳的《隋唐演义》《五鼠闹东京》《三侠五义》；刘兰芳的《岳飞传》《杨家将》《赵匡胤演义》《刘金定大战南唐》《小将岳云》；王刚的《夜幕下的哈尔滨》；听得人五迷三道的。

每天的午饭后和晚饭后，是大家最开心的时候，我和四合院里的小伙伴们还有一些大人就像今天某明星的粉丝一样，全部挤在北屋里，端着饭碗听评书，每每到了情节跌宕起伏、惊险异常的时刻，我们都屏住呼吸，激动不已，仿佛自己也成了除暴安良的大侠，直到惊堂木“啪”的响起：“预知后事如何，且听下回分解！”大伙才都无奈地端着碗，扒拉着已经凉了的饭，带着对明天故事的期望，听着大人的絮叨离开。回到学校，再把听到的故事眉飞色舞地卖弄给同学听，时不时还做几个舞枪弄棒的动作，说上几句经典的台词，顿时感觉自己太有才了。

80年代中期，我回到内蒙古上学，改革开放的春风吹遍了祖国各地，西方的一些文化元素逐步渗透到街头巷尾，偏远的牧区也不例外，电子表、传呼机、收录两用机等电子产品进入千家万户。年轻人走在了时代的最前沿，他们打扮得更时尚，爆炸头、蛤蟆镜，女青年穿着松松垮垮的蝙蝠衫，男青年身着花格子衬衫，清一色牛仔喇叭裤着地，名曰扫地裤！还有那哒哒作响的尖头皮鞋。老乡们总开玩笑说，供销社的花格子布都被街上那些年轻人穿衬衣了！如果提着一个四喇叭的录音机，回头率绝对暴涨。一时间，文化站、学校旁都开起了舞厅，迪斯科、四步舞、华尔兹舞的不亦乐乎，录音机当然是舞会必不可少的设备，一盘节奏感强烈的舞曲磁带就可以办一个大型 path。那段时间，父亲也给家里添置了一台“燕舞”牌收录两用机，双卡、双喇叭，看起来很气派，比今天的台式电脑还大、还长，我们把它摆在家中最显眼的位置，为它绣了一块防尘布，还购买了一些磁带，除了收听新闻和地方频道的综艺栏目，兴趣来时录个音，最多的时候就是听歌、听戏曲，父母喜欢陕北民歌，我们喜欢流行曲，听得多了，随便一首曲子都会哼哼几句。这收录两用机看起来很大，其实里面比较空，携带很不方便，在牧区还没有通电的时候，光靠电池来维持它，也是一笔不小的开支，于是，“燕舞”用了没几年便送给了邻居。

大约 90 年代初，我家有了风力发电机，添置了黑白电视，收音机在很长一段时间里备受冷落，电视机成了主流，不过，当时的转播台记得好像只在晚上转播节目，有时还没信号，满屏雪花，风力发电机有时也不给力，电瓶总亏电，只有晚上才能看两三个小时，平时用起来到底不如收音机方便。这时的收音机在外观上也有了很大改变，款式很多，父亲就又买了一台小收音机，出去看羊的时候把它装在兜里，边走边听，去地里劳动就挂在树上，边劳动边听广播。一个周末，我到家里的果树地里逛，远远就听见哇啦哇啦的声音，以为果园里有人，来回转了几圈还是没发现人，耳边总传来说话声，实在是诡异。回到家里告诉父亲，父亲说是他把收音机挂在树上照看鸟儿，果子成熟的时候，鸟儿们专拣熟了的果子欺负，把收音机挂在果树上吓唬鸟，也太有想法了，不过这办法还真管用。

再后来，父亲又换过几台大大小小、形态各异的收音机，每天早上他都要打开收音机听听国家大事，我们也习惯了听广播，直到几年前父亲开始用智能手机了，智能手机的功能很多，既可以接打电话又可以当收音机用。于是，旧式收音机便退居二线，被放在角落里。

如今，电子产品层出不穷，其功能甚至超越我们的想象力，看的人眼花缭乱，计算机、DVD、MP5 种类繁多，收音机也趋于个性化、智能化，旧式收音机逐步被淘汰。父亲看信息、听新闻全靠手机和电视机。而且，一些电子产品本身就具有收音机的功能，手机、电视、汽车，随时随地只要你愿意，都可以收听广播，就拿我的电脑小音箱来说说，如不细心看，它就是一个卡宴汽车模型，外观很炫，非常有创意，实则它是一个音箱，除了具有播放声音的功能外，还可以实现调频，收听到更清晰的电台广播，语音清晰，内容丰富，通过USB端口可以输入自己喜欢的曲目，旧式的收音机和它相比，完全不在一个水平线。小时候听广播，不是杂音大，就是波段串了，声音时有时无，转天线、找信号是常有的事。如今的收音机更像玩具、艺术品，既具有观赏性，又不失其功能。

时代在变迁，社会在进步，科技的发展让人跟不上脚步。“只有想不到，没有做不到”这句话恐怕一点都不夸张，未来会是什么样谁也说不上来？但一个高智能化的时代已经悄然来到。

儿时的月饼

“小时不识月，呼作白玉盘，又疑瑶台镜，飞在青云端”，每每吟诵李白这首《古朗月行》时，总能让我想起“嫦娥奔月”“玉兔捣药”“吴刚砍树”这些民间故事来。又是一年中秋节，一轮圆月让我的记忆大门一下子打开。

我的祖籍在陕北，虽然从祖辈开始就居住在内蒙古，但是饮食习惯和一些传统节日习俗一直没有改变，因此，每到中秋节，大人们总会为我们准备上丰盛的食品，除了一顿丰盛的午餐，还要为晚上的献月做准备，西瓜、葡萄、苹果，当然少不了月饼，甚至感觉月饼就是为月亮准备的。

我们家里的月饼在一年之中比较隆重的上桌分为两次，一次是在中秋节，还有一次在春节。如今，月饼并不是什么稀罕物，它就像为营造节日浓情氛围而制作的一种装饰品。每到中秋节，大街小巷、店铺商场里，花团锦簇、琳琅满目的月饼，弥漫着浓浓的饼香，再看那月饼的种类：水果的、蔬菜的、豆沙的、五仁的；袋装的、散装的、盒装的；红的、黄的、绿的、紫的……可就是没吃出儿时那月饼的滋味来。现在生活好了，月饼已不再稀罕，但从那个物质匮乏年代走过来的人，每次吃月饼，总会勾起我儿时的回忆。

月饼在我小时候那是渴望的一种奢侈食品，能吃到一块月饼，真是件幸福的事，看着那个馋，却舍不得吃，那小半块月饼又弥足金贵，有时还吝啬地私藏起来。现在想起，儿时每次去供销社总要去看看月饼，仅仅是为闻闻柜台里散发的月饼香味，如今想来只有酸楚，而丝毫没有感到自己当时是多么的年幼无知。

儿时，榆林亲戚有时会带来一两包月饼给我们，那些月饼用粉色的纸包装，一包十个，香气扑鼻，品种也只有两种。一种是五仁的，一种是枣馅的，掰开五仁月饼，青红丝鲜绿分明。花生仁、核桃仁、杏仁、瓜子仁，还有芝麻等，看得见，吃着香，实实在在；掰开枣馅的月饼，芝麻、枣剁成馅，枣香四溢。通俗一点讲，就是用糖和枣混合而制成的。

儿时，因为买月饼很不容易，爸爸就用家里的大黑锅给我们打月饼，我常常打下手，于是也就学会了打月饼。首先要讲讲我家的月饼馅是如何配料的。尤其是那八宝馅的月饼，它的内容很丰富，我常常跟着父亲去供销社采购，水果糖、冰糖、白糖这三种糖必不可少，其次是青红丝，除点缀月饼之外，它也是果脯，是小孩子们的最爱，还需要芝麻、花生、核桃等果仁，这些物品买回来，用小石臼敲碎水果糖和冰糖，但不能敲得太碎，为保持水果的香味，需要切碎青红丝，与芝麻、花生等果仁搅拌起来，记忆中那叫个香啊！我常常趁大家不注意时用手抓一把吃，满嘴留香。至今，我们姊妹几个叽叽喳喳坐在炕栏边一边剥花生、敲核桃，一边吃一边聊天的情景犹如昨天发生一般在眼前闪现。等到准备好配料，大半的花生、核桃已经被我们吃掉了，只有一小部分拌入馅内，至此，拌月饼馅这道工序还没有完，为了让月饼更加饱满，也为了节省那些果仁之类的配料，还需要拌入炒面，炒面就是把白面放在锅里炒，炒的面需要掌握好火候，火大了容易炒焦，火小了炒不熟，影响后面的工序，等把面炒好，加入羊酥油，和前面准备的配料一起搅拌，一盆香喷喷的八宝月饼馅就拌成功了。

枣馅制作就很简单了，把红枣煮熟，一颗一颗去核，乱刀剁碎，加入芝麻、香油、糖等辅料，搅拌即可。

接下来就是月饼面皮了，月饼的面皮也很有讲究，分酥皮的和死面的，酥皮就是先将面均匀地揪成若干团。接着，一手揉一手团，揉搓十来个回合，光滑了、瓷实了、圆溜了，用手心按平，再用擀面杖一下一下地推开成半厘米厚、直径 45 厘米大的一张面饼，将胡麻油均匀地涂抹一遍，黄澄澄的，清香扑鼻，然后撒上陈皮等香料，还要撒上一层厚厚的白面，为的是出现千层的效果，最后把擀好的面皮紧紧地卷成一卷，压成一团，压实了，再擀成刚才的形状，再撒上一遍，如法炮制，擀上一层又一层，等到面皮做好了，就把月饼馅包在里面，包成包子的形状，然后把包子压在一个木制的模子里，轻轻按平，感觉成型了就倒出来，摆在案板上用筷子头蘸上食用红或者食用绿在月饼上点上一朵朵红花，八宝馅的点一朵小梅花，枣馅的点两个小点，预示好事成双，当然主要还是为了让吃的人能够分辨出哪个是八宝馅也就是糖馅，哪个是枣馅的，有了红色便有了色彩，也便有了喜庆的气氛。这样，月饼就剩最后一道工序了，上炉烘烤。

做死面皮月饼就简单多了，把白面饧好，直接擀皮，将馅料像包包子那样包进一个个面团，再将它们压在一个木制的模子里，轻轻按平，感觉成型了就倒出来，制作工序和酥皮月饼一个样。

每年打月饼的时候我都是爸爸的“烧火丫头”，为的是能看到第一锅月饼出锅，能够吃到第一个月饼，闻闻那散发出来的浓郁饼香。当时因为家里没有专门的烤炉，我家的月饼都是用一口直径约一米五的煮牛肉的大锅烤出来的，爸爸把做好的月饼一个个的摆在锅里，每次十几个，盖上锅盖，用柴火烤，月饼烤得好不好主要看火候，要用文火慢慢来，大约十几分钟后要把月饼挨个翻转，酥皮月饼翻动时要特别小心，否则就会掉皮，死面月饼就不怕了，直到月饼皮泛黄，就可以出锅了。

月饼烤焦也是常有的事，吃烤煳的月饼很有趣，不知为什么，我对那烤煳的月饼记忆犹新，也许是为了闻那烤焦的味道，也许是爱吃甜食的我，为了掏月饼硬壳里面的八宝馅吃，直吃得嘴唇周围染了一圈黑，两手沾染一圈黑，偶尔脸上也蹭着一道黑，也全然不顾。每次月饼出锅，父亲总是把品相不好的月饼留下来我们自己吃，外形闩整的留着中秋节献月，或者春节拜年，或者留下待客。

中秋月夜。当皎洁的月亮爬过树梢立在屋顶时，深邃的天空澄澈透明，往日的繁星似有若无，亮汪汪的月光如水般洒落在牧区宽敞的院子里，甚至比白昼更亮堂。我们便搬出自家方桌，端一盘月饼，把西瓜雕成莲花形状，苹果也雕成莲花形状，恭恭敬敬地供献在方桌中央，等献月完毕，这些食物就被我们瓜分了。

在牧区，除了中秋节，春节也是月饼大显身手的舞台，家家户户在腊月十八左右就开始打月饼了，小时候拜年总是背着八个羊油炸的饼子挨家挨户地转，偶尔有人家拜年送来月饼，老人孩子都刮目相看，毕竟，那个年代，月饼算是奢侈品。

回草原

写在南京知青 50 周年返乡的日子里

／

前言

知青，这个带有浓重时代烙印的名词，曾影响了全中国千千万万的青年，这段历史“前无古人后无来者”，在那段特殊的岁月里，他们响应号召远离家乡，从遥远的南京来到鄂尔多斯高原，挥洒着自己的青春，谱写了一曲曲青春岁月的歌，那段在内蒙古插队的日子，也将永远刻在那代人的心里，永远地留在草原上。

时光匆匆，一晃就是50年。50多年里，他们各奔东西，为生活奔波，年华如流水般逝去，当年的青葱少年，大多已是古稀之年，可是，他们都有着共同的回忆，这回忆与草原有着千丝万缕剪不断的情愫。由于我的父亲当时和知青的年龄相仿，常和当时隶属于鄂旗的毛盖图公社（现昂素镇毛盖图社区）乌兰胡舒嘎查（红旗大队）的部分知青一起放牧、修水利，一起生活，结下了深厚的友谊，他们一直保持着联系，作为下一代人的我，经常充当联络人的角色，这次知青重返第二故乡我也有幸全程参与，一路走来，故事多多，我将以纪实的形式讲述给大家听。

故事一　生怕慢待

几个月前，王小仲叔叔通过微信告诉我，他们一家要回来，并电话告知了爸爸，爸爸非常高兴，临近他们到来的那几天，爸爸每天给我一个电话，需要什么蔬菜啦，吃什么饭呀，谁去接机呀。总之，生怕我慢待了王叔叔一家。王叔叔与爸爸已经有50多年的交情，当年王叔叔插队的时候，大队给王叔叔和父亲分了一群羊，他们在一个叫十三敖包的地方一起放羊，每天的任务就是找羊、放羊、做饭，由于交通不便，每隔十几天要去公社一趟，取信、取报，有时也一同去知青点聚聚，年轻人沟通起来容易，在那段特殊的岁月里，他们朝夕相伴，尽管炎炎烈日、寒风刺骨、寂寞劳累，他们相互关照，情同手足，同甘苦共患难，如同兄弟一般。后来王叔叔去了水利上的知青点，再后来去了哈业胡同采石场，几年之后又回到了南京，但是他们的联系一直没有中断过。

同在乌兰胡舒嘎查插队的知青共有13位，一位旅居国外，一位已去世多年，一位下落不明，还有几位原本要回来的知青也因照顾家人和突然发病未能成行，这次回来的只有张天佐、黄少鹤和郁建华、郁建民姐妹四人，他们跟爸爸关系都很好，特别是张叔叔，十多年前爸爸妈妈曾经去过他家，两口子一路陪同他们游玩，那种热情让他们回来后总是念念不忘，多次邀请他们一家来我家玩，这次听说张叔两口子都来，爸爸妈妈别提有多高兴了。

从乌兰镇到达前旗的当晚，知青们要在食品饭店座谈并宴请老乡，黄少鹤叔叔叮嘱我要把他们接过来一起参加，黄叔叔也是爸爸常常念叨的人，很小的时候，家中有一张他穿着皮袄骑在马上的照片，从那时起我便知道他的名字，在南京知青30周年聚会上，我们曾碰过面，爸爸听说知青宴请，一个劲地表示歉意，说他们来这里应该我们好好招待，怎么能让人家宴请，并嘱咐我要是知青们下牧区需要用车的话一定要陪同。

第二天，在我陪同知青们回队里看望牧民的途中，爸爸总是打电话问走哪里了，一定要带知青们回家里吃饭，他为知青们准备了羊肉和饺子，还总觉得不够，生怕慢待了客人。殊不知，知青所到之处，家家户户都热情迎接，蒙古茶点、手把肉，一天下来，知青们足足吃了五顿饭。

故事二　40 年的寻找

曾在鄂前旗实验小学工作过的南京知青仰剑豪老师的学生钟斌强和郭伟志晚上要在蒙古包招呼老师吃饭，邀请我一同参加，陪同她一起回来的有她的爱人和姐姐，还有一对姓李的老夫妻。

席间，那对姓李的夫妻居然用蒙古语唱了几首歌，让我这个当地人听了都感到汗颜，他们的蒙古语好纯正哪。出于好奇，我和他们攀谈起来，原来，他们也是南京知青，得知他们在东胜绒衫厂待了十年，我突然想起爸爸的另一位知青朋友张天佐叔叔，他也在绒衫厂待过，就问他们是否认识张叔叔，回答是肯定的："当然了，他后来改名叫张兵，我们都找了他 40 年了。他现在哪里？"

世界可真的好小，也很巧，我告诉他们我有张叔叔的微信，如果需要我可以帮他们联系，他们非常惊讶，马上要我联系，我把他们的照片发给张叔叔，问他是否认识这两个人，他们在找他。张叔叔立刻回复我："认识，认识啊，这是哪里，他们怎么会和你在一起。"因为这对老夫妻当时在鄂托克旗插队，在他看来怎么都不会和我有什么交集，所以张叔叔看到信息很纳闷，当即拨通了我的微信视频，我忙把手机递给他们，两位老人立马激动起来，对着视频便聊了起来，那情景仿佛要把 40 年的话语一下子倾诉完，我看着他们百感交集，亲切熟稔的样子，感叹友情的伟大，它不会因时间与时空的变化而改变，一旦入住心里，无论时隔多久，都会永远长存。

故事三　插队是不守秩序

插队是指城市知识青年"上山下乡"，说白了就为了解决因厂矿企业停滞不前，造成的青年就业难和生存难的问题，这个话题很遥远也很沉重，大约在 1968 年左右，从初中到大学的大部分城市青年，在统一安排下到农村去生活，从事农牧业劳动，接受贫下中农再教育。这些人统称为知青，他们到农村，一开始是住在老乡家里的，后来，专门成立了知青点。他们在这里待了三四年后，便逐渐通过招工、当兵，工农兵推荐上大学以及恢复高考后考大学等方式离开了农村，也有些人在农村成家，而后就留在了当地。插队也是历史特定时期的一个称谓，对于今天的年轻人来说可能很难理解。

鲍小妞是王叔叔的外孙女，一位上海小姑娘，今年上二年级了，这次跟着外公外婆和妈妈一起来鄂托克前旗玩，这是她第二次来我家，上次应该是六年前，孩子总归是孩子，天生好动，来到牧区，算是有了撒欢的地方了。不过，她到哪里，哪里可就遭殃了，我家的小黑猫自从她进门就躲到草圐圙里不回家，那只啄人的大公鸡看见她落荒而逃。看到牧民家的小羊羔，她要抱一抱，纵然踩一脚羊屎，刮破了裤子，爱小羊羔的心情仍不改，孩子总有她柔软的一面，爱小动物是天性。

一天，我和她妈妈聊天，没人陪她玩，她百无聊赖，夹在几个大人中间也的确为难她了，听我们聊到叔叔阿姨们当时插队的情景时，她插嘴问："你们说的插队、插队，插队是什么，是不是买东西不排队？"看到大人们笑翻了，她有点不好意思了，我笑着逗她，对啊，就是不守秩序，插队嘛！此刻，如果告诉一个孩子插队是什么，还真不是一时半会能说清楚的。

孩子的话引起我的沉思，这段历史本不该被淹没，我们有责任让下一代人对此有所了解。

故事四　鬼故事

那音太叔叔是这次知青重返故乡去看望的第一户牧民家，他热情地为客人们当向导并兼做翻译，带领大家参观知青们过去生活劳动过的地方，对自己曾和知青们一同在水利队参加劳动的情景历历在目。那时候生产劳动，完全靠挣工分，如今的年轻人可能对此非常陌生，我也只是一知半解，听说，谁家的劳力多，工分多，谁家就是富裕户，相当于现在的土豪了，工分维系着一家人的生活，人们把工分看得很重，工分堪比今天的人民币。

那音太叔叔那时很年轻，可能还有些调皮捣蛋，队长在记分时总是不给他记满分，一样的劳动，工分却不同，叔叔很不服气，心里老想着整整队长，以示抗议。水利队有一位姓白的老汉，他有一件黑色的山羊皮袄，那音太叔叔便打起了那件黑山羊皮袄的主意，借衣服的时候，急得白老汉问他要干什么，他笑着说穿穿，那个时节可不是穿皮袄的季节。

一天夜晚，那音太叔叔反穿着那件黑山羊皮袄，隐藏在队长回家必经小路的沙蒿林里，草原的夜晚静悄悄的，四周黑漆漆的，看到队长快要经过的时候，那音太叔叔便穿着黑色的皮袄张牙舞爪地跳起来，队长不停地“咳！咳！咳！”想吓跑这个怪物，可是，那音太叔叔还是不停地跳，队长不敢再向前，头皮发麻的返回队里。第二天，他心有余悸地告诉人们，那条小路闹鬼呢！一时间，恐惧笼罩了整个小队，人们都传得神乎其神的，有一位胆大的知青不信这个邪，他亲自到那个小路查看，发现那里有许多杂乱无章的脚印，知道是有人在搞恶作剧，就告诉人们，哪里有什么鬼，分明是人嘛，小路上有鬼的传说才算告一段落了。

这事就这么默默地悬在了人们的心中，多少年之后，那音太叔叔再次见到当年的知青们时依旧是感慨万千。世间本无鬼，鬼都是人们编造出来，或是亲自扮演的。

故事五　长头发马

知青们来到队里的时候，还是大集体时代，队里还放养着很多只羊以及牛马等牲畜。他们有的被分配去放一群羊，有的去放一群马。既然是来到牧区，不去放牧也就不像牧区人了，想放牧就必须得学会骑马，那时牧区的交通不便，马是牧民出行的交通工具之一，只有学会骑马，才能走得更远。

在知青答谢乡亲们的晚宴上，黄少鹤叔叔讲起他刚来队里的时候，队长就让他去骑马，那是一匹大约两岁的枣红马（黄叔叔管它叫长头发马），全身的毛光滑如绸缎，马鬃长长的，披散在脖子的一边，很漂亮，这是一匹未经训练的年轻家伙。枣红马没有备马鞍，甚至背上连块毯子都没搭，队长就让他光脊梁骑马，那倒不是队长整人，有经验的牧民都知道，初学骑马的人，如果备上鞍子，马一旦受惊，容易套蹬，摔下来会出危险，甚至会被马拖死。黄叔叔年轻气盛，也不管自己骑没骑过马，会不会骑马，便一跃而上，枣红马欺负他是个生手，摇头晃脑，左冲右撞的往前窜，想把他摔下马背，他只能拼命抓住长长的马鬃，但是怎么都拽不住，马不停地腾跃，有几次他差点从马脖子上溜下来，枣红马感觉不奏效，撒开四蹄向前跑，没跑多远，正好遇到了个老鼠洞，马失前蹄，一个趔趄就把他摔下马背，狠狠地给他了一个下马威。

后来他学会了骑马，可以骑着马放牧，参加生产生活，这匹长头发的马却留在了他的记忆深处。

故事六　挖水库

知青们来到牧区，除了放羊、放马，还要参加一些农活，种地、打井、挖水库，特别是挖水库，他们可有太多关于挖水库的记忆了。

我们来到他们当时挖的水库旁，水库里的水并不深，据说当时光是坝体就有 8 米高，水库里长满了芦苇，边上的大树郁郁葱葱，他们如数家珍，水库当时水多深，坝体哪里有多高，哪里有小路、哪里有几棵树、哪里有房子、哪里曾经挖过洞、哪里是放水泵的地方，都清清楚楚，可以说他们对水库周围环境的熟悉程度绝不亚于现在旁边的住户，同行的黄少鹤叔叔看到十几棵大树被砍伐之后留下的树桩非常痛心，树桩已经变成深灰色，表明遭难时间已久，这些树的胸径已经达到三四十厘米，像这样的树在草原上能成活并长到这么大是非常不容易的，可惜不知毁在什么人的手里了。

这个L形的大水库是为了响应当时农业学大寨，粮食“自给自足”的号召而挖的，目的就是解决周围庄稼的灌溉问题，这项浩大的工程完全是靠愚公移山的精神挖建而成，建水库时动用了红旗大队几乎所有的青壮年劳动力，而这些从南京来的知青，有的刚读完初中，有的初中还没读完，大都不过十六七岁，拿今天来说还是个孩子，加上生活在大城市，大多是高干子弟，生活优越，体力活很少干，那种苦不是一般人可以承受得了的，然而，他们和当地牧民一起参与劳动，丝毫不见落后。为了加深库底，坝顶增高，几位亲历者看着水库对我们说，这口水库是采取阶梯式挖法，第一层台阶的人把库底挖出的泥沙用铁锹甩到约两米高的第二层台阶上，第二层台阶的人再把泥土往上甩，为了让水库挖得更深，往往在第三层搭建木板，人站在木板上再把第二层甩上来的泥土往上甩。库底和第一层的人往往都是老把式，他们甩上来的一锹泥土，上面的小青年三锹都甩不完，随着水库的高度增高，站在木板上两条腿突突地抖起来，那是一种不受控制的抖，从木板下来时往往两条腿都不听使唤，好像不是自己的腿了。修建水库的工地上常常传来哄堂大笑；这里闹出的各种笑话大多与知识青年有关。

看着这么长、这么深的水库，我突然感慨，人的潜力真的无限，那一代人坚韧、淡泊名利、乐于助人的精神一定与他们的这段艰苦生活密切相关。虽然那个时代已经久远了，但那一代人对此的深刻印象永远都不会淡漠。

故事七　牧民的情怀

后来，知青们陆续从草原返回繁华的都市，甚至走出了国门，但他们从未停止过对草原的思念与祝福。他们虽然离开了草原，却始终怀念着草原的一草一木，他们把真诚的友情融入了草原。知青 50 年重返故乡的消息像插了翅膀一样飞向草原，飞向乌兰呼舒嘎查，引得牧民们都奔走相告。

50 年了，当年风华正茂的小伙子、小姑娘们，如今都银发飘飘，那段历史留给知青的不仅是一段青春岁月的回望,更是一段难忘的记忆，也勾起牧区人民的回忆，听说知青第二天要到队里看望牧民，每家每户早早就准备好了食品，酥油、奶茶、手把肉，他们每到一户人家，都受到热情地接待，知青们一一看望当年的住户和队里的老领导，为他们送上礼品与祝福。

晚上，乌兰胡舒嘎查用传统的蒙古族礼节为他们举行了隆重的欢迎仪式，德吉、哈达，热情的问候，场面十分热闹。参加活动的牧民有的是当天从康巴什赶过来，有的是从旗里赶到，还有的骑摩托从玛拉迪赶过来，蒙古族叔叔阿姨们穿上了节日的盛装，巴图吉雅叔叔还特意别上了知青们送给他的 50 周年纪念章，显得格外郑重，图门其劳叔叔给他们每个人带来了奶酪，嘎查黄书记、常队长代表集体牧民为他们送上礼品，大家欢聚一堂，敬酒的敬酒，歌唱的歌唱，知青与牧民蒙汉语夹杂着用一曲“乌兰娜仁”《红太阳》把气氛推向了高潮，远去的历史仿佛昨日。

大家一齐回忆当年在队里的情景，知青们热泪盈眶，是啊，年轻时他们离乡背井来到草原，是草原人用博大的胸怀接纳了他们，教会了他们如何生活、劳动并教会了他们蒙古语和蒙古族民歌，渐渐地他们适应了牧区的饮食，完全融入这个草原大家庭，如果不离开草原，他们与当地的牧民真的没什么两样。

故事八　赤脚医生

赤脚医生是中国卫生史上的一个特殊产物，即乡村中没有纳入国家编制的非正式医生。他们掌握有一些卫生知识，可以治疗常见病，能为产妇接生，主要任务是降低婴儿死亡率和根除传染性疾病。赤脚医生通常来自两个方面，一是医学世家；二是高、初中毕业生中略懂医术病理者，其中有一些略懂医术的病理者就是上山下乡的知识青年。被挑选出来后，到县一级的卫生学校接受短期培训，结业后即成为赤脚医生，但没固定薪金，许多人要赤着脚，荷锄扶犁耕地种田，赤脚医生名称由此而来。

张四力是红旗大队的一位赤脚医生，现旅居国外，她是一位很有名的眼科医生，当年在队里当赤脚医生的时候帮助过很多人，她还救助过一位牧民，这位牧民的儿女一直在打听她这次会不会回来，得知她不能回来，非常遗憾地说："她是我们的救命恩人啊！也不知自己的母亲能不能等到她回来的那一天。"离开大队后，她去了呼和浩特，在一家医院当医生，她积极钻研业务，努力提高自己的技能，发表过很有价值的学术论文，受到国际著名的卫生组织的关注，她还应邀参加过高规格的学术研讨会，她的地位发生了改变，在今天来看遥不可及，但是她从来没有忘记草原上的人民，牧区有很多人去呼和浩特市看病都找过她，就连我的小学老师因腿部受伤也找过她，受到了她热情的帮助，牧民们提起她，总是赞不绝口。

现在她旅居澳大利亚，看到知青们返乡的照片，她激动万分，并委托当年的知青朋友问候父老乡亲们。无论生活有多少磨难，经受过多少困苦，她的心从来没有离开草原。

故事九　知青点

也许，每一个知青的经历，都是一个故事，每一个故事，共同折射出当年的时代印记。因此，“知青”成了一种烙印，印刻在这代人的脑海里。虽然那个时代已经久远了，但他们的那段记忆永远不会被忘记。

随着历史的远去，有关知青生活过的痕迹也渐渐淹没在历史的尘埃中，原来的大队部被夷为平地，取代它们的是一些现代建筑与设施，他们放羊时住过的房子也变成小土堆，原来的老住户全都住上了洋气的起脊房、小别墅，家用电器样样齐全，昔日的羊肠小道变成平坦的乡村柏油马路，交通便利，四通八达，50年了，牧区发生了翻天覆地的变化，在他们看来简直不可想象。

为了看看当年他们生活过的知青点，我们走过坑坑洼洼的穿沙小路，来到一户白姓人家的房后，那里有一片玉米地，车辆无法进入，我们只能在杂草丛生的小路上徒步前行，从他们急匆匆的脚步和微微的喘息中，我能够感受到他们的内心是多么的激动。大约步行了300多米，翻过铁丝网，展现在眼前的是一抹隆起的白色土墙残垣，那是知青们当时住过的宿舍的痕迹，郁建华、郁建民两个阿姨兴奋地找到她们曾住过的宿舍的位置，两姐妹坐在那里久久未动，黄少鹤和张天佐两位叔叔努力辨认着自己的房间，回忆着其他房间里住过的人、发生过的事，他们坐在矮矮的断壁上，寻找他们用过的井和门前的那棵大柳树，可是井没有了，柳树也没有了，蓝天白云下，草原一碧如洗，几头牛在他们身后悠闲地吃着草，时间仿佛定格，我不敢打扰他们，拿起手机抓拍了几个镜头。多少年过去了，他们怎能忘记那排散发着泥土气息的小屋，它记录了他们的青春，他们的友情，刻下了他们人生的印痕。也许，他们又想起那段苦涩而又充满蓬勃朝气的插队生活，炉子里的羊粪熊熊燃烧，有人在听收音机、有人在看书、有人在嬉戏，还有人在往灶膛里添沙蒿，厨房里飘来饭香……

他们离开后，知青点的房屋被当地牧民占用，再后来，因为大家都想使用这些房屋，各种鬼故事应运而生，光怪离奇，恐怖异常，最终，门窗、椽檩被各家各户拆走做了他用，剩下的土墙随着时间的推移也逐渐风化，慢慢变矮，只残留下这么一点点的痕迹。

故事十　神秘的“GPS”

张天佐叔叔是爸爸的朋友，后来改名叫张兵，离开大队后去了东胜羊绒衫厂，后来到了东海，成了一名研究水晶的地矿队员，这次两口子一起回牧区，因为留着长胡须，看起来很仙，像位道长，爸爸给他起了另外一个名字叫“张天师”。他刚来牧区的时候分在我们家住，据说能够分到知青的住户在当时都是大队数一数二的人家，那时父母还和爷爷奶奶在一起生活，他和爸爸一起参加劳动，吃喝也不那么讲究，来插队的时候带了一大柳条箱子的书籍，劳动结束后的闲暇时间就是看书，有时点着煤油灯学习，不多说话，三叔总说他是“老夫子”。这次回来，他特意又回去看了看，老屋已经不存在了，可他还是能说出当时的方位和一些细节。据他自己说，当年就是打算扎根边疆，扎根牧区，接受锻炼的，压根没想到要回去。

知青插队的时候，三坑梁是大面积种植庄稼的地方，他们经常结伴去那里劳动。有一天，已经很晚了，他和爸爸从三坑梁出发准备返回家，黑天半夜的，伸手不见五指，没有路，他们一路踩荒，四周还有狐狸的叫声，他很担心迷路，可又不好意思开口，也就不管那么多，忐忑不安地跟着爸爸往前走，不知走过了几个席芨滩，翻过几个沙丘，直到翻过明盖大队的大沙梁，走到坡底，家出现在眼前的时候，他都不敢相信是真的到家了。对此，他非常惊讶，直到现在想起，他都觉得这是一个谜，怎么就能凭着感觉端端地走回家里，实在是太神奇了。连我听了都觉得疑惑，为什么在没有指南针，没有星星的情况下他们没有迷路，难道是人的本能？莫不是人类的大脑中有定位的“GPS”？

故事十一　吊水

看到我家用上自来水，知青回忆起当时他们在队里生活时吊水的情景，那时牧区人吃井水，水井是用石头砌成或者是用一种叫黑葛榄（像柳木，但是不容易沤坏）的木头圈成，井口都高出地面，并设有井台，当然也有的水井和地面几乎平行，那样的水井很不安全，行人和牲畜容易掉进去，尤其是小羊。井里的水位有深有浅，浅的伸手就可以触到水底，深的有几丈，也没有辘轳什么的装置，吃水、饮牲畜全靠人工用帆布兜子吊，饮大群的羊和牛，那可真是一项体力活。

知青刚来牧区的时候，吊水也是必须学会的生活本领，水斗子是用帆布做的，斗子的口边有一圈钢筋，如今看来，设计的还是蛮科学的，轻巧、耐用、不漏水，装满水的帆布斗子还可以站立，这样的水斗子恐怕现在已经绝迹了，十几年前我去特布德（上海庙镇的一个村子）一位朋友家还见过一次。知青当年在牧区就是用这样的水斗子去吊水，看着牧民们很利索的几下子就吊起一斗子水倒进水槽里，感觉很简单，他们也想学着样子试一下，可是水斗子到了井底，怎么都弄不倒，左甩右甩，好不容易把斗子放倒，却只打了多半斗子水上来，问题是吊水的时候还得防备小羊之类的牲畜跳上井台，不小心掉进去。为此，他们颇费脑筋，夏天怎么都好说，大不了一身臭汗，合着羊粪味道也不觉得怎样。到了冬天就不太妙了，井台上被泼洒出来的井水顺井台流下来，即刻结成冰，井台特别滑，脚一定要站稳，不得有半点马虎，上井台时，更得把劲儿拿好了，劲使小了会滑下来，使大了又怕收不住脚，真的是心惊肉跳，腿抽筋夹带头晕目眩。不过，各种狼狈、各种惊恐伴随着很快熟练的吊水技术统统消失了。

如今，这样的吊水方式已经很少见了，也许在一些地区还存在着。

故事十二　着火了

知青们到队里的时候，大都十六七岁，正是长身体的时候，吃的是国家供应的粗粮，高粱、玉米和红薯干就是他们的日常饮食，供应给知青的粮食还算充足，比当地牧民的要多一些，可这里毕竟是牧区，家家户户都不富裕，蔬菜稀缺，三餐清汤寡水，饮食单一，加上日常劳动，大家总是有吃不饱的感觉，到后来，知青被分到牧民家里，牧民虽然吃得还不如知青的好，但是至少可以吃饱，如果遇到有人平时吃大米、白面那真是如同过节时吃的一样。

在水利队生活期间，知青点有专门的大师傅为他们做饭。有一天，做饭的大师傅临时有事，需要知青们自己做饭，年轻人凑到一起，总想做出花样来，在当地牧民还不知油条是啥样的情况下，他们寻思着炸油条，于是，大家一起动手，和面的和面，烧火的烧火，也不知道如何发面，如何添加其他的辅料，想当然地做好油条后，把羊油放在锅里烧热，由于不会控制火候，炸出的油条外焦里生，硬邦邦的，这还不算啥，糟糕的是油锅里的油溢出了锅，撒到灶台上，呼的一下着火了，火苗蹿上房顶，大家惊慌失措，一位知青连忙拿起锅盖盖上油锅灭火，哪知道锅盖是木头的，遇到熊熊的火焰哗啦啦地燃烧了起来，火势比刚才还大。正当大家不知如何是好的时候，另一位知青端了一簸箕沙子倒入油锅，好在有惊无险，火总算灭了。

直到今天，他们谈起这件事都心有余悸，说是差点把知青点的房子烧了。

故事十三　满炕羊羔

刚到牧区，大队上分给王小仲叔叔和龚永谦叔叔一群羊，由着他们在阿日来的大梁上去放，他们刚到牧区，对于放牧什么都不懂，只好摸索着去做，每天进进出出除了他俩就是一群羊。

队里分给他们的羊是从各家各户抽调过来的，耳记不同，习惯不同，稍不留神就四分五裂，到处乱跑，要不就和当地牧民的羊儿混群，两个大男人被羊群折腾得够呛，后来他们也学着牧民给自己的羊屁股上都打上漆，以便寻找。那时的牧区可不像现在天罗地网，草牧场都被围住。各家各户的草牧场根本没有界限，草原是集体的，羊儿们顺风跑出几十里地是常有的事，好在当地牧民从不为难他们，常常帮助他们，羊群混在一起，牧民们帮他们隔开，羊儿跑到牧民家里，有的捎话让他们来找，有的亲自送回来，顺道看看他们如何生活，放牧期间，他们的羊居然一只都没有丢过，渐渐地他们也积累了一点点放牧的经验。

冬天到了，羊要下羔了。那时，牧民家里只有沙蒿围的羊圈，厚厚的羊粪算是最好的保暖材料，不像现在的羊圈有暖棚，在接羔的日子里，他们晚上要起夜好几次，冬天接羊羔，也称为“接冬羔”，这是一年中最辛苦的季节，也是最隆重的季节，据说冬天出生的羊羔免疫力高，只要成活，很少有生病的，但是羊羔的成活率全靠人的勤劳照护，刚出生的羊羔稍不留神就会被冻死或冻伤。

王叔叔和龚叔叔在那个冬天真是操碎了心，轮流起夜去看母羊，零下二十几度的气温，寒冷、困倦侵扰着他们。年轻的他们要想从热被窝里爬起来去看羊，想想都很为难，如果遇上寒流，迎着呼啸的寒风，深一脚、浅一脚地踩着雪窝，短短几分钟，帽子、眉毛、眼睛就结了霜，在最繁忙的那几天，他们一天能抱好几只羊羔回家，炕上、地下全是小羊羔，羊粪味、咩咩声充斥了整个小屋，他们都没有立足之地了。

故事十四　强留客

龚叔叔后来离开了放牧点到队里去当老师，只留下王小仲叔叔独自一人守着一群羊，在我爸爸没有去他那里的前一两个月，他的生活十分单调，孤独、寂寞伴随着他，因为放羊的地方很远很偏僻，周围几乎没有人家，牧区本来就人烟稀少，十几天看不见人，好几天不开口说话更是平常事。生活、劳动全靠自己一个人解决。他像是与世隔绝了，每天就是抱着半导体收音机听啊听，把家信一遍一遍地翻啊翻。

有时，他坐在高高的黑梁上遥望，天很蓝很高，草原很辽阔，羊儿们很悠闲，可他一点都不在意，他在空旷的草原上寻找，他在期盼，看看会不会有人经过。只要看到远处出现人的影子，他会马上凑过去和人家攀谈。偶尔，有牧民来家里找牲口，他开心得不得了，如同家里来了贵客，热情地款待，留人家拉话，那段时间他最稀罕家里来客人了。

一天，一位榆林来的收草药的人路过他的小屋，向他讨水喝，他热情地招待了那位榆林人，还强留人家陪他住了两天，好吃好喝地侍候着，只为给枯燥的生活增添一点生气，在今天看来，这简直不可思议。

这样的生活持续了大约将近两个月，爸爸去他那里陪他一起放牧，他才好过多了，不再孤单，不再寂寞了。

故事十五　打麻黄

知青们到水利队，除了种地、放牧、打井，有时也要参加一些集体劳动，打麻黄也是一项比较重要的劳动。

麻黄广泛分布在鄂前旗境内，这里的麻黄是野生的，麻黄素的含量很高。麻黄是一种草药，中药制剂常常用到它，具有发汗散寒，宣肺平喘，利水消肿等功效。常用于风寒感冒、胸闷喘咳、风水浮肿、支气管哮喘。当然它也是制造冰毒的原料，尤其是野生麻黄，现在已经受到管控，不允许随意砍伐。

那年的腊月，天气已经很冷了，王叔叔和几位知青在水利上的康占贵的带领下，到后梁上去打麻黄，每天的任务就是拿上镰刀，带上绳子，向麻黄密集的地方前进。麻黄长在沙地上，根很深，只能猫着腰，左手抓麻黄，右手顺地割，知青们常常累得腰酸背痛。

最难熬的是夜晚，他们住在临时搭建的简易帐篷里，地上铺的是羊皮褥子，身上盖着棉被，棉被上面再盖上羊皮大衣然后和衣而卧。取暖全靠一堆火，睡觉时，大家就脚朝着火堆头向外入睡，尽管这样，每天早晨起床还是最痛苦的事，冷风飕飕地窜，一个个知青头发上眉毛上都结了霜，张嘴都会下颏打哆嗦，冷得都不敢钻出羊皮大衣，康占贵为了照顾这些年轻人，常常自己睡在门口，为大家抵御风寒，王叔叔提起他，总是感叹，那些日子康占贵真的是受苦了。

沙葱花开

暑假里的一天，我乘车路过特布德，看着那熟悉的房屋，那条熟悉的弯弯小路和那一望无际的草原，我惊喜地发现沙葱开花了，这让我不由得想起远方的她。

她是我的朋友，也是我的同事和邻居，我们曾经在毛盖图汉校的大院里共同生活了将近五年，并且结下深厚的友谊，后来她远嫁锡林郭勒盟，让人痛心的是结婚不到五年，她的爱人就因病去世了，我不敢触碰她的伤口，只能默默地盼望她很快振作起来，很长一段时间里，我都不敢给她打电话，只是偶尔在 QQ 里聊几句不咸不淡的话，我担心那句话伤到她的心，渐渐地，我们之间有点疏远了，远没有当年在一起的那种亲密和热情，也许是随着年龄的增长、工作的变动、时间的流逝，我们都各自有了新圈子，有时候连句问候的话都显得多余。

但是我知道，其实我们都各自都没有忘记对方，因为我们有共同的回忆和共同的朋友。我们之间最有趣的事就是聊天了，她是一位蒙古族姑娘，汉语掌握得不够好，口语更是不流畅，而我是汉族，虽然生活在牧区，但是从没开口说过蒙古语，我曾经和朋友开玩笑说，我的蒙古语全是骂人的话，庆幸的是我懂蒙古语，和她日常交流不成问题，于是就有了这很有趣的一幕，平时相处她说蒙古语，我说汉语，两个人聊得热火朝天，尤其是逛商店时，别人总用奇怪的眼光看着我俩，好像我们很另类。

在她没有远离家乡的时候，我曾经专程两次去过她家，一次是寒假，那天正好刮着西北风，我因为不熟悉路，坐车超过她家大约 5 公里，好在我也是牧区人，区区几里路不成问题，当我风尘仆仆地走进她家时，看见她正蹲在地下从炕洞里往外掏灰，看见我，她愣住了，激动得说不出话，有点手足无措甚至想哭的感觉，那情景过去十几年了，还是常常浮现在我的眼前。

在她家生活的那几天里，我真正地体验了一下梁地牧民和巴拉地牧民生活的差别。这里的草原很开阔，她告诉我，特布德一带只要下一场雨，草原就会返青，而且草的质量非常好，甘草、麻黄、大黄等野生药材也是牛儿羊儿的营养品，那里的水很深，所以牧民们几天才给羊饮一次水，羊肉的水分少，因此非常鲜美，而且没有膻味。我跟着她去她家西南的水井饮了一次羊，据说那口井是周围几家牧民合用的，那一天，我见到了最原始的深水井，水井是用石头砌成的，井台很高很大，井口也很大，深不见底，从井口望进去，深不可测，井口边凉飕飕的，井底只有碗大小的亮光，吊水的水斗子是用帆布做成的，她很利索地就吊起一斗子水倒进水槽里，我也想学着她的样子试一下，站在高高的井台上，望着深不见底的水井，尤其看到那夸张的大井口，生怕一头栽进去，我第一次发现自己有恐高症，腿肚子不由得打战，水斗子到了井底，怎么都放不倒，左甩右甩，好不容易把斗子放倒，可是打了多半斗水上来，真是丢人。打水时我这才发现她并不是平时的她，平时的她总把自己收拾得很优雅，说话也总是细声慢语，我一直以为她是家里的娇宝蛋，没想到她这么能干。

第二次去她家是和另一位朋友一起，那也是暑假里的一天，我俩闲着无聊就商量着一同去她家玩，她见到我们非常高兴，就连阿姨和她的哥哥嫂子都来陪我们一起玩，热情地招待我们，她带我们去附近的旅游村玩，去她家的草场揪沙葱，摘麻奶奶，她家附近的牧场上长满了绿油油的沙葱。

在物质匮乏的三四十年代，沙葱是当地牧民喜爱的美味佳肴，人们用沙葱和肉、蛋等食材一起烹调出的各种菜肴，具有浓郁的地方风味。沙葱腌制品更是辛而不辣、色泽深绿、质地脆嫩、口感极佳，喝稀粥、吃炖羊肉总少不了它的点缀。

每年待第一场春雨过后，沙葱就会钻出地面，呈现出蓬勃生机，一片片绿意盎然、一根根水灵灵的沙葱在晨风里摇曳，掩盖了沙漠的本色。待到7月，沙葱花开了，整个草原便是一个粉色的世界。这个时候如果你开车经过布拉格一带，隔着车窗，你准能闻到浓浓的沙葱味，有的地方沙葱长得非常茂密，可以直接用镰刀割，几分钟就收获一大袋，我们去她家时正是沙葱开花的季节，当我们东游西逛地回到她家已经是中午时分，她的嫂子做了沙葱包子给我们吃，沙葱羊肉包子是难得一见的大餐，羊肉和沙葱做馅儿包的包子，皮薄肉鲜，那滋味儿不是红葱白葱能比的，只可惜我不敢多吃，因为沙葱吃多了容易上火流鼻血，但是那正宗的蒙古沙葱包子的味道永远留在了我的心中。

我自认为自己是个吃货，就沙葱来说，我除了吃过她家的沙葱包子外，自己也用沙葱制作菜肴。沙葱炒肉、沙葱芝麻凉拌、沙葱土豆泥、酸奶沙葱、沙葱羊肉面，沙葱简直就是万能的佐料。只是现在生活在小镇上，体会不到揪沙葱时的乐趣，等她回来时，我们一定要再去找找当年的感觉。

沙葱花开了，远方的你还好吗？

皮匠

有位发小开玩笑地对我说：“咱两家都是手工艺人出身。”的确如此，在鄂前旗方圆几百里的老一辈牧民里，做手工艺人的大概只有毛盖图“薛皮匠、梁裁缝”这两户人家。

20 世纪 70 年代，牧区的家家户户都有一件御寒的老绵羊羊皮袄，平时有毛的一面向里穿，遇到雨雪天气，就把有毛的一面向外穿，远远望去，穿羊皮袄的牧民们仿佛一只只站立的绵羊，说他是绵羊，是因为那件羊皮袄是绵羊皮做的。二毛子（俗称九道弯）羊皮袄更是当时牧民娶媳妇嫁女儿的奢侈品。刚参加工作之时，因为经常感冒咳嗽，我也常常贴身穿一件山羊羔毛做的小坎肩，比那老羊皮袄时尚了许多，坎肩的外边是用红色的锦缎做成的，这样的小坎肩一直陪伴我到 90 年代末期，那时已经很少见到羊皮坎肩了，同事们对我有山羊羔羊皮小坎肩很是惊叹。

我的爷爷是 20 世纪四五十年代往返于内蒙古和陕北之间的边商，当地人叫边客，据说每年的冬月，在内蒙古做买卖的薛家相公回到榆林，骆驼队能排半道巷（榆林方言 hàng）。我是没见过那壮观的景象，但是能想象得来，那画面就像《走西口》里的晋商一样。为什么爷爷后来由边商改做了皮匠，我就不得而知了。做皮匠因为爷爷缝皮子的手艺很精湛，他在当时的毛盖图合作社专门成立了皮匠坊，还带了好多徒弟。我父亲就是他一手带出来的，所以我有幸见证过皮匠这个行业的整个流程。

一般缝皮袄用绵羊皮。因为绵羊皮轻薄，手感软而细腻，毛绒细小，羊毛弯曲，能和宁夏的“九道弯”滩羊羔羊皮媲美。为什么不用山羊皮做外套呢？因为山羊皮板结构比绵羊皮厚实，拉力强度很好，比绵羊皮耐磨，老乡有话，不怕沙蒿、棍子戳，做皮裤比较合适，但我很少见到有人穿山羊皮裤的。

家乡的皮匠们大部分来自陕北，因为他们长期往来于内蒙古、宁夏和陕北之间，哪里出产皮张，他们就往哪里走，三年五载就学了一身缝皮子的好手艺。皮匠们从洗皮子开始，到最后做成衣服，每道工序都一丝不苟，每位匠人都有细微的手艺绝活，因此，做出的皮袄也就是绝版。因为我是皮匠的后代，也就对做皮衣的工序有过粗略的了解。

刚剥的老羊皮或者冬羔皮、狐狸皮、猫皮，要把皮子先阴干后保存，等天气回暖后，就把皮子拿出来泡在大水缸里，等到皮子被泡得发白变软就可以熟皮子，熟皮子主要是为了去掉皮子上的油脂，这可是一门学问，搞不好一缸皮子就会全部报废。熟皮子依然用泡皮子的那口大缸，给里面倒入适量的温水，加入玉米碴子、黄米、芒硝等物质。芒硝是鄂前旗当地产的一种非金属矿产，形状像固体碱，也像冰糖。有时还需要加一点点硫酸，放硫酸的坛子大人们禁止孩子靠近，各种恐吓让现在的我都对硫酸望而生畏，现在想想那时的“硫酸”也许是盐酸。然后用一根木棒把它们搅拌均匀，再把泡好的皮子放入缸中，用大石块压住，有点像腌制大白菜，然后封住缸口，放在太阳底下发酵，每三天检查一次皮子吃浆的情况，如此反复十天左右，就可以出缸，先晾在椽子上，等皮子半干后用柳条敲打皮子上残留的玉米糁子使其脱落，收起来放在阴凉处备用。

熟皮子的技巧在于填料和发酵，黄米、玉米和芒硝的比例会直接影响到皮子的使用。比例失调，有的皮子会掉毛，有的皮子会发脆，还有的直接就臭了。最值得一提的是熟皮子那几日，由于发酵产生大量的臭气，在发酵过程中，需要反复去翻动皮子，人的毛孔中都充着这种味道，那放置熟皮子大缸的墙角，是我最不愿意去的地方，可有时又不由得好奇地用手去触碰那熟的软绵绵的羊皮，手指上那酸臭的味道至今让我记忆犹新，醪糟？脚汗？墨臭？到底是什么味道，那是一种无法用语言来形容的味道，怨不得俗话说“三个臭皮匠，顶一个诸葛亮。”“臭皮匠”的确很臭。

皮子熟好后，下一步就是铲皮子了，为的是把皮板上附着的油脂除掉，让皮板变得光滑白净，摸上去软绵的如同绸子一般。这里就得说说铲皮子的铲刀了，铲刀很像鲁智深的月牙禅杖，刀刃是半月形的，刀把儿也是月牙形的，正好卡在腹部，非常有特色，铲皮子的过程很简单，也很单调，铲的时候先从羊腿（浅皮子）的部位开始，为的是掌握好力度，用力太小铲不掉油脂，用力太大就会铲坏皮子，等慢慢适应了，再开始往中间推进，一张洁白柔软的皮子要经过三四百下的“磕头祷告”的动作才能完成，我为什么会有如此感觉呢？因为铲皮子时，皮子要搭在椽子上，人要一手拽皮子，一手铲皮子，还要用肚子顶住铲子不能让皮子乱跑，远远地看上去就像在鞠躬，大夏天的，这样上千次的弯腰动作和那滴滴的汗水，无不体现着皮匠制作羊皮袄这一手工艺的辛苦。

铲好的皮子仅仅是皮匠工艺的一小步，这时的皮子还不能直接用来缝制，还得经过揉皮子的过程，不揉皮子，皮子就会在干燥时发脆，潮湿时掉毛，降低皮衣的质量。这一过程很简单，就是把盐包在皮子里面反复揉，有时还用滑石粉。揉好的皮子然后就可以下料配皮子了，长毛的皮衣最讲究皮对皮，毛对毛，好的匠人做出来的皮衣，毛的长短、疏密正好合适，外人基本是看不出来缝制路线的。要知道皮与皮之间的差异很大，甚至和我们人的长相一样千差万别，要找几张差异不大的皮子是很不容易的，有时候缝制一件皮衣，往往要在几十张皮子里反复寻找，只有皮料选好了，做出的皮衣才有价值。

选好料子，接下来的步骤就是割皮子了，这道工序和裁缝没啥区别，就是画线、割皮，为什么叫割皮子呢？因为皮匠不同于裁缝，不能用剪刀剪，皮子的背面可都是毛，一剪刀下去，伤到了背面的毛，破坏了皮子的美感，缝出来的皮衣可就有缝隙了。割皮子的刀依然是弯弯的月牙刀，只是小了许多，灵巧了许多，有点像乒乓球拍，但是短了很多，将刀握在手里，沿着画好的线把皮子割开，割皮是必须毛朝下，不能割到羊毛，我特别喜欢看爸爸完成这一工序，刀走皮开，如同画家在完成一幅工笔画。

皮子割好，就可以缝制了，做皮衣那可是绝对的手工活，而且皮匠是没有女人的，试着想象，一个大男人飞针走线是什么情境？缝制皮衣讲究毛对毛，皮对皮，起针大约一毫米左右，针距大概也就两毫米，向后锁线绕针，达到不起棱、不开缝、不脱线、中间无接头、两边不露线的效果，绝对可以与江南刺绣相媲美。

做好的皮衣这时还缺最后一道工序，就是把毛理顺了，皮匠们称之为笊毛，有的匠人是用小铁笊子抓，有的匠人是用细柳棍子敲打，这一过程是为了使整件皮袄看起来像是一张皮子做的，给人一种美的享受。皮衣的种类很多，有的齐腰、有的半长款。有吊面子的（皮衣外面上蓝色迪卡布面），但只有对襟子的、长大襟的很实用。

如今，随着人们的生活水平的日益提高，皮匠这门手工艺几乎绝迹，但是它在民俗的传承中发挥着不可替代的作用。

思念一场雨

草原上到处弥漫着一股百无聊赖的气息，鸟儿们被晒得张开了小嘴儿，老牛们懒得连步子都不想迈开，羊儿们杵着脑袋，喘着粗气，寻找可以乘凉的灌木。

炎炎的赤日炙烤着大地，路边的小草耷拉着焦黄的叶子，放眼望去，黄褐色的草原上，只有星星点点的绿色。走在其间，近似干枯的草木发出哧啦、哧啦的噪音，往日叫得欢快的蛐蛐也偃旗息鼓不见了踪影，园子里的榆树、杨树失去了往日的生机，偶尔还有一片一片的树叶不合时宜地飘落下来，让人心里发紧。连日来，炎热和干旱笼罩着整个草原，《水浒传》里白日鼠白胜所吟唱的那句："赤日炎炎似火烧，野田禾稻半枯焦。"不由得涌上心头。此时，如果有一场及时雨多好啊！

冬天无雪，春季无雨，已是立夏时节，依然找不到细雨蒙蒙、碧草青青的那份舒适与宁静，脆弱的草原急需雨水的滋润，牧民们盼雨的心情非常地急切，大家见面谈论最多的是：雨下得怎么样？什么时候下雨？在靠天吃饭的草原上，雨是这个季节牧民最盼望的珍宝。可是，艳阳高照，碧空万里，丝毫没有下雨的迹象，人们只能望天兴叹，祈祷早日下雨。

随着干旱的逐步蔓延，敖包祭祀活动也频繁起来，烧香的人逐渐地多了起来，牧民们想通过祭敖包祈求天地神保佑人间风调雨顺、牛羊兴旺、国泰民安，为了表示诚心，他们围着敖包祈福，在敖包上泼洒一些食物，然而，天也敬了，头也磕了，天神却不为所动，依旧蓝蓝的，万里无云，雨不知为什么总是那么吝啬，迟迟不肯落下。

庄稼种在地里，刚露出个头，又被风沙和霜冻打了回去，禾苗补了又补，直到立夏时节地里才稀稀拉拉地看见了一点绿意。机井、滴灌不停地运转，也阻止不了旱情的脚步，就连那些十分耐旱，扎根沙土很深的沙柳、柠条也有了枯萎的迹象，沙湾里的小水塘水位下降了不少，天还是滴水不漏，人们盼雨的心都快盼出血来了。

没雨，让这个夏天变得很是尴尬，仰望天空，乌云密布，看着就要下雨了，乌云却被一场乱风吹得无影无踪；一瞬间雷鸣电闪，来势汹汹，大雨看似即将倾盆而下，转眼风歇雨住，只把几滴猫尿洒下，地皮没湿，倒是弄脏了刚洗的车。不知从什么时候起，感觉天气预报也不准确了，天天预报有雨，就是不见半点雨丝，以至于天气预报成了众矢之的，高温让汗水将衣服紧紧地贴在肌肤上，压抑、焦躁如影随形，希望—失望，轮番上演，最终变成无奈的叹惋，人们盼雨的心情如同骄阳下的秧苗如饥似渴，可是，不知雨为何不肯降落人间?

小的时候，冬天真的是冬天，夏天就是夏天，四季分明，雨水充沛，牧草丰美，西滩的季节河里，夏天总是涨满了水，慢慢地向前流淌，河边的小草绿得发亮，野花摇曳，牛儿羊儿想喝水就喝水，想洗澡便洗澡，有时，腆着吃得圆滚滚的大肚子卧在草滩上，悠闲自在。周围的草牧场上有很多海子，大的、小的，那里是鸟儿们和孩子们的乐园，牧民们十天半个月都不去看他们的牛羊。如今，季节河没了，大大小小的海子也没了，甚至，大雨过后汪洋一片的芨芨草滩也不见了，有没有人知道这是为什么?

也许是人们对大自然索取的真是太多了，开荒、打井、采矿、砍伐让草原伤痕累累，上天有意惩罚这些贪心的人。植树、绿化、禁牧固然好，城市园林建设也不错，但是，遵守自然法则才是王道。我们在抱怨老天不下雨的时候，是不是也该反省自己对大自然做了什么？无论如何，此时，我只思念一场雨。

伸向远方的路

省道S216笔直、宽阔，从我家房后经过后一直伸向远方，这条路是我回牧区家中的必经之路，公路建成不久，路上车辆不多，行车十分洒脱，从前旗到毛盖图驾车最多不过半小时，要是夏季你来牧区做客，这样的公路行驶起来虽然很长，却一点也不单调，道路两旁一派草原风光：天空那么蓝，蓝得那么纯净，碧绿的草原上，红色的牛、白色的羊时隐时现，如同一幅漂亮的油画。牧区的老乡们常说，这样的路在过去根本不敢想，他们从没想到牧民也能开起小汽车，点上电灯，是啊！这都是改革开放给牧民生活带来的便利，公路的迅速发展让牧民们有更多的机会了解到外面的世界，农畜产品的交易更加便捷。每次走在这条笔直大道上，我总是感慨，社会的发展真是太快了！

我家在牧区一个叫毛盖图苏木乌兰胡舒嘎查的村子里，村子里百十来户人家，在我上小学的时候，鄂前旗还没有建旗，更谈不上有什么像样的公路，各嘎查到苏木只有一条穿沙路，人们出行基本靠步行、骑马，如果买粮、买年货就要赶着勒勒车。村子与村子之间没有专门的路，全都是些踩荒路，牧民们骑马或步行完全跟着感觉走，小时候常看见有牧民歪着身子骑在马上，嘴里大声唱着悠远的蒙古歌曲从门前沙梁上跑过，走马踏、踏、踏的脚步声很有节奏，我真佩服他们在没有指南针的情况下走回家，怎么就不迷路呢？也奇怪他们喝了酒又怎么不掉下马背？当时没有客车，想去榆林看望亲人或者看病，就得打听顺车，能打听到一辆拉皮货的大卡车是件特别不容易的事情，要托亲戚朋友说情走关系，长途班车十来八天才发一次，那时的班车根本不存在什么超载的问题，只要有人上车，司机绝不拒载，大家都明白，出门在外都不容易，没要紧事都不愿意出来受这份罪。

我在榆林上学期间，每年都要从毛盖图到榆林之间往返几趟，因为路况太差，每次开学前我如临大敌，条件反射般开始晕车，后来到了只要看见班车的影子就晕车的地步，那条路实在是让我永生难忘。当时，去趟榆林，得从毛盖图坐上班车向北走，绕过查布公社，然后到鄂旗乌兰镇住一晚，第二天再坐上去榆林的班车，由于班车班次排得少，每次出行的人都很多，车厢内永远都是人挤人，行李摞行李，机盖上、走道上塞得满满的，基本没有落脚的地方，空气浑浊，加上车辆因沙土路难行，哼哼呀呀，一会儿上坡、一会下坡、一会儿刹车、一会儿拐弯，颠颠簸簸，汽油味、灰尘味扑面而来，一阵恶心，立马就让人搜肠刮肚、呕心吐胆，吐得叫人怀疑人生，我每次坐班车如同大病一场，休息好几天才能缓过劲，好在那时候的人们都很善良，很宽容，没有谁为难过我。就这样得整整折腾两天才摇摇摆摆到达日的地，小时候真的感觉榆林好远啊！

20世纪80年代中期，我转学到鄂前旗三中上学，周边公路落后的状态依然没有改变，从三中到前旗有一条十公里的红胶泥路，虽然还算平坦，可以骑自行车，但是坡度大，遇上大雨，泥泞不堪，别说回家了，步行都会把鞋子粘在路上，只能乖乖待在宿舍里。有时候，为了能回一趟牧区，常常是同学骑自行车把我送到前旗，我再等班车回牧区。当时，前旗到毛盖图的公路并不是现在这样的直线距离，司机们为了绕开大沙漠，早晨出站后从伊克乌素方向行驶，南辕北辙，七拐八绕，三十几公里的路折腾到中午一两点才能到毛盖图，遇上春天风沙大，路上积沙，班车弄不好就会陷在沙里动不了，乘客们只好下车，有垫沙蒿的、有挖沙的，大家齐心协力和司机一起推车，有时候，大家还得在车头前面套根绳子喊着号子拉，那场景可谓壮观，人们常常因把车子推出困境而欢欣鼓舞。

1990年左右，鄂前旗的路况没有大的改变，但是，摩托车的出现改变了牧民出行的方式，对于传统的骑马和赶骡马车来说，速度上有了进步，一段时间“嘉陵摩托”“幸福250”“钱江摩托”受到大家的青睐，摩托车对路的要求不是太高，这些大马力的摩托车倒是适合牧区那些羊肠小道。到了90年代末期，鄂前旗到毛盖图才算是有了一条像样的公路，虽然是土路，但是平坦了许多，两地相距的距离也缩短了，可是，这样的路经不起任何自然灾害的摧残，出了前旗往东8公里要经过一片盐碱地，终年积水，到了春天底下翻浆，造成路面下沉，遇上大雨，道路泥泞不堪，举步维艰，鞋子不小心就被粘在路上了，摩托车打滑，车轮子上甩满的红胶泥让你欲哭无泪，抠不动、甩不掉，只看见轮子转动，不见车子前进，长途汽车到了那里更是歪歪扭扭，无法控制方向盘，为了安全起见，司机和乘客扔下车步行8公里到旗里的事是常有的，好在，这条路使用不长时间，政府就把它规划成柏油路，修路的消息一传出，大家很是兴奋，每天都在期待。终于有一天，那条土路上有了动静，修路的机械车辆开始轰隆隆地响个不停，我下班后偶尔绕到路边去看，盼望着柏油路修好的那一天的到来，过了不久，一条在当时看来非常宽广和平坦的柏油马路建成了，我和同事们还特意参加了竣工典礼，场面喜庆而热烈，我晕车的毛病也因为这条路的建成莫名其妙的好了。

后来的几年里，这条路又拓宽了几次，维修了几次，客车多了起来，私家车也多了起来，这条路成了牧民们重要的经济“通道”。到了2006年，我调回鄂前旗工作，这期间是鄂前旗道路发展最迅速的时期，十几年间，鄂前旗通往四面八方的一级公路、高速公路陆续建成，我眼前这条S216公路的建成更是为鄂前旗的道路发展添上最亮丽的一笔。这些四通八达的美丽公路的建成，缩短了牧区与城市间的距离，牧民们办事更方便，去往榆林、银川、东胜等地当天就可打个来回。上海庙还建起了我旗历史上的第一条铁路，通用机场也正在建设中，更大的变化发生在镇区，环城路早已投入使用，行走在一条条宽阔明亮的马路上，欣赏着两边绿化带里的各种花卉，真是令人心旷神怡，小镇真的不亚于大都市的流光溢彩。有位银川的朋友第一次走快速通道，也就是我曾经走的那条红胶泥路，感慨地说，“你们的这条快速通道可真的是牛啊！这在宁夏也少见。”如今，就在这条路的旁边又建成了一条高速公路，从小镇到银川的距离更近了，不光是鄂前旗的镇区，在牧区，村子之间实现了村村通柏油路，有的乡村柏油路直接入户，村民们骑着摩托车，开着农用车、私家车走亲访友，采购生活用品，行驶在平坦的柏油路上，再不会为雨天出行而发愁了，通畅的大路不仅给人们带来物质上的巨变，也承载了牧民们昨日的梦想，寄托着牧民们明天的希望，这些畅通无阻的公路，将会伴着鄂前旗的发展，走得更宽、伸得更远。

——此文曾载于《学习强国》平台

知青的故事外一篇

在我六七岁的时候，家里的墙上挂着两幅油画，描绘的是一位年轻妇女和一位拿着旱烟杆的老头，我好奇地问爸爸，这是哪里来的画，爸爸告诉我是一位叫金解放的知青画的，那时我还不明白知青到底是干什么的，感觉那两幅画那么逼真，就认为知青一定是一位很了不起的人。

后来，我又在旧照片里找到一位骑马的叔叔和一位穿着二毛大衣牵着马的叔叔，就问爸爸，这都是谁呀？爸爸告诉我是王小仲和龚永谦，还有一位是张天佐，爸爸常常给我们讲他和这些知青的故事。

那是1968年的10月25日，1000名南京知青来到了我们鄂尔多斯草原，他们分别来自南京九中、二中、南师附中等学校。这1000名学生被分配到鄂旗和乌审旗，鄂前旗1980年才建旗，但是按今天的区域划分，这些知青大部分生活在前旗的各个嘎查，知青们来到队里，先是在水利队住，参加集体劳动，他们吃苦耐劳，白天劳动，晚上学习，开批判会，个个表现都很出色，爸爸说，他们来的时候，年纪都是十七八岁，有的是弟兄姊妹一起来的，为了方便照顾，尽量分在一起，有的是老师送来的，分别的时候老师和学生都哭了，有的知青报名来内蒙古，家里人都不知道。那是个非常年代，多数知青的父母都在接受审查，来的知青也多是受冲击的干部或者黑五类的子弟。他们挖水库、放羊、盖房子、打井、洗羊、爪羊，很快就掌握了干活技术，连当地人都比不上，大家都对他们刮目相看了。

张天佐叔叔就是后来分在我们家的一位知青，吃住干活都在家里，那时父母还和爷爷奶奶在一起生活，他和爸爸一起参加劳动，吃喝也不讲究，两年后，叔叔离开了我家，到别的地方去了。

2005年的夏天，爸爸、妈妈受南京的王小仲叔叔邀请去他家玩，正好遇到张天佐叔叔也在南京出差，王小仲叔叔打电话告诉他，队里来人了，他欣喜若狂，以为是他们地矿队的同事，听说是内蒙古来的，他就忙不迭地赶到王叔叔家，邀请爸爸妈妈去东海叔叔的家中做客，他是一位地矿研究员，对水晶颇有研究。据爸爸妈妈回来讲，叔叔的热情招待让他们待得都不好意思了，每天好吃好喝，还派车陪着游玩，父亲喜欢那些石头玩意儿，看见一对麒麟，不由得夸赞那对麒麟漂亮，叔叔听了，立马掏钱买下那对麒麟送给爸爸，父亲看见珊瑚树感到很新奇，又不由得称赞，叔叔又掏钱买下了珊瑚树，爸爸说他后来都不敢开口夸什么东西好了，生怕叔叔乱花钱。

张天佐叔叔见到爸爸非常高兴，他们回忆过去，叔叔说他心中一直有个谜，从三坑梁步行回家，五六十里地，要翻越很多的沙梁，当时没有路，也没有指南针，大晚上的，父亲怎么就可以端端正正地回到家呢？爸爸也说不出个所以然，认为是人的本能在发挥作用。爸爸对他说，把他们这样有学问的人派到毛盖图那样的沙窝窝里，实在是委屈了。叔叔却认为，正是那几年的锻炼，才让他们养成了吃苦耐劳、艰苦朴素的品质，直到今天都保留着过去的优良传统。

从南京回来，爸爸妈妈也总是回忆他们去东海的情景，讲东海的水晶种类繁多，让他们大开眼界，花果山的风景有多美，连云港的港口有多大，徐州街头挂的狗头有多瘆人。他们常常说，有机会，一定邀请张天佐叔叔全家来我家住几天。上次知青回来时，由于是集体行动，人很多，大晚上的，匆匆忙忙，连话都没顾上说，叔叔大概连我家的门朝哪里开都不知道。我也希望叔叔一家能早日回到他当年奋斗的地方看一看。

说起王小仲叔叔，那就不能不说很熟悉了，虽然他离开牧区的时候，我才出生，但是爸爸一直和他有联系，我也常常帮爸爸给他写信，也就慢慢熟悉了。知青离开 25 年的时候，叔叔的女儿和部分知青回毛盖图参观，妈妈把一对银镯子送给她作纪念，我也就默认她是我的妹子了。1998 年知青 30 年的聚会，我受到叔叔的邀请，和苏木的几位领导去南京参加了知青 30 年聚会纪念活动，叔叔一家热情地招待了我，我就住在叔叔家里，除了统一的活动外，我晚上回家，白天到处闲逛，其间结识了阿姨的姊妹，原来他们都在内蒙古插过队，我还去南京军区的史外公家做客，他老人家一点架子都没有，还开玩笑说我是叔叔的少东家，后来我才知道是外公曾是一位叱咤风云的将军，“文革”时期受到牵连，五个女儿，三个就在毛盖图接受劳动锻炼，怪不得进大门时要通行证，家中还有警卫员。

王叔叔十年前曾来过我家一次，那几天几乎天天下大雨，可是叔叔兴致很高，在他工作、学习和生活过的地方流连忘返，虽然，他们住过的房子已经成了残垣断壁，他们学习的地方成了草棚、羊圈，有的地方甚至连痕迹都找不到了，叔叔还是在那里驻足，久久不肯离去，是啊，那里是他们曾经奋斗的地方，他们的青春和热血曾在那里飞扬。

爸爸常常讲起他俩在一起生活的情景，知青来到水利队不久，就被分到牧民家中去帮群，爸爸和王叔叔在十三敖包梁放羊的时间大概有一年多，知青们常常来串门，他们谈论国家大事，平时也没有什么活动，十三敖包距毛盖图 15 公里，只有等几天一趟的班车到来时，他们才亲自去取报纸，当时最好的活动大概就是看报了。过年的时候就他俩在一起，吃饭以填饱肚子为主。有一天，爸爸放羊回来，王叔叔告诉爸爸，他做了非常好吃的东西，原来叔叔擀了两大块面皮，一块在下，中间夹上自制的饺馅，上面再盖上一层皮，放锅里蒸熟，爸爸看得哈哈大笑，这也能叫好吃的啊。

后来王叔叔去水利队上和其他知青一起生活了，有一天突然给爸爸捎话，让他去一趟，爸爸以为有什么重大的事，急忙放下手中的活去了叔叔那里，王叔叔兴奋地告诉爸爸“林彪完蛋了！”在那个时代，对王叔叔他们来说，那可真是天大的事，但是对当地的牧民来说，不算什么事，牧民们解决温饱都是大问题，谁还关心国家大事，那些被认为黑五类的知青们，在牧民眼中，就是个娃娃，远离家乡，没有亲人在身边，谁又忍心去欺负这些孩子呢？

2013 年的夏天，王叔叔一家再次来到我家，用他们的话说，人老了，更容易怀旧，趁着还能走动，再回来看看，同行的还有他的女儿——我的干妹子和他的外孙女，十年不见，叔叔阿姨老多了，不知为什么我竟也有一丝伤感。他们这次来，我家的条件要比上次好得多，家里盖起了别墅，生活条件也有了很大的改善，巧合的是，和十年前一样，又是大雨连绵，爸爸开着玩笑对叔叔说，下次要是毛盖图天旱，你们就回来人工降雨，这就是最好的礼物。

叔叔阿姨在家里住了一个多星期，他们和父母回忆当年，感叹现在，屋子周围的花花草草、猫猫狗狗，草原上棚圈里的牛儿羊儿，庄稼地里的土豆、玉米全是他们捕捉到的镜头，他们每天都奔西走，各自找各自当年的老乡叙旧，因为工作关系，我和妹妹也只能忙着安排他们周末的活动，希望叔叔一家在前旗过得愉快，虽说他们是爸爸的朋友，可是在我看来我们就像一家人，大家说说笑笑一点都不生分，家长里短聊个够。

在那个非常的年代，知青是一种文化的产物，但是知青们和牧区结下了深厚的友谊，因此他们总把这里当作第二故乡。

藏在柜子里的思念

周末的早晨，打算把冬天用过的被褥拿到太阳底下晒一晒，东西被翻箱倒柜地扔了一炕，一块父亲盖过的被子，让我瞬间泪如雨下。这块被子是父亲每次到我家里来，我专门为他准备的，这也是他最后一次离开我家时用过的。父亲回牧区后，我没有拆洗它，而是叠好放在了柜子里，一直没动过。抚摸着这床散发着淡淡的药香的被子，我仿佛闻到了父亲的味道，感受到了他的体温。怀抱被子坐了许久，轻轻叠好它，再次把它放进柜子里，没舍得拿出去晾晒，我怕把父亲的味道晒没了，藏在柜子里，似乎就留住了父亲。

父亲去世前一个月，出院后在我家里住，一天晚上，父亲突然对我说，他感觉自己状况不太好，想回家。牧区只有母亲一人，医疗条件也不是太好，我担心他回去不方便，再三挽留，但他还是执意要回，那时的父亲可能真的预感到自己将不久于人世了。无奈之下，小妹开车送他回去，看着父亲下楼的背影，在他艰难地坐上车的那一瞬间，我不忍再看，不忍再送，我知道那应是父亲最后一次来我家了，这位一生疼爱我的人，此生不可能再来了，无助、绝望、恐惧让我无法再控制自己，跑回家里扑倒在沙发上号啕大哭。

父亲离世已经大半年了，尽管早有思想准备，但是我还是一直走不出来，本以为时间是一服良药，慢慢地会抚平我心中的悲伤，为了摆脱痛苦和对父亲深深的思念，我拼命工作，业余时间画画、写作、打球，把所有的时间都填得满满的。我曾想，我要花大把的时间和笔墨详细记录父亲的点点滴滴。然而，自从父亲走后，我和家人在生活中很少提及，更不敢写关于他的只字片言，拿起笔就胸闷、手抖，泪眼婆娑。

每当听到别人家的老人去世时不是八十几岁，就是九十几岁，小妹总是愤愤不平，我也深有同感，我们不是恨别人活得太久，而是羡慕、嫉妒人家怎么就那么高龄？我的父亲才72岁，如今的社会，生活过好了，儿女们长大了，正是该享受晚年幸福的时候，他却离开了，留给我们的是无尽的思念和遗憾。

父亲走了，可在我心里他从未离开，他的音容笑貌经常出现在我的眼前，是那样的清晰，想他的时候，我翻影集，看他和我们一起去青海湖、台湾、北京、延安的旅行照片，照片中的父亲腰板直挺，双手背后，走路有劲，他是那么的有精神。那时，父亲就已经身患绝症，可能是因为控制得不错，状态很好，在外人眼里完全不像个病人。如今，这一帧帧照片都变成满满的回忆，夜深人静的时候，我总祈盼父亲能够走入我的梦境，我宁愿相信他是去独自出门旅行去了，总有一天，他就会突然出现在我面前，给我惊喜。

父亲心地善良，一生是坎坷而艰辛。他放过羊，当过皮匠，种过地，给大队食堂煮过饭，给水利上抽过水。他心灵手巧，喜欢钻研，年轻时自学了柴油机维修技术，惠及一方，60岁那年他学会了骑摩托车，65岁学会了开三轮车。

父亲出生在榆林城一座古老的四合院里，在那里度过一段快乐的童年，他从小聪明乖巧，受到亲戚朋友的喜爱和称赞，尤其是曾祖母对他的疼爱让父亲永远难忘。家里有一张曾祖母的黑白照，父亲生前反复叮嘱弟弟，让他保管好这张照片，说曾祖母是这辈子最疼爱他的人。父亲常常给我们讲他童年的糗事，因为贪玩，有时逃学，老师经常追到家里来，曾祖母就让他躺着装病，祖孙二人合演双簧戏。以父亲的贪玩程度来看，学习成绩一般，可这并不影响同学们对他的拥戴，二叔说，他是几条巷子里的孩子王，上学时他和父亲形影不离，作为哥哥，他是二叔的保护伞，二叔经常跟着同去父亲的同学家，他几乎认识父亲所有的同学，莲花池、榆溪河、城墙头都留下了他们的足迹，几十年后，父亲的同学依然还记得他，有位姓高的同学在一次长途汽车上见到我，非常惊奇，说我和父亲长得太像了。

13 岁那年，因生活所迫，父亲辍学随爷爷步行来到内蒙古，饱经了生活的艰难与困苦，奶奶常年居住榆林，爷爷有时外出几天不回，他经常独居在家，50 年代的牧区很是荒凉，草木繁茂，每到夜晚，周围狼哭鬼号，他经常爬上房顶躲避心中的恐惧，等待天亮。我的爷爷腿脚不便，父亲是家里的主要劳力，到了年底，一年的收入多一半被爷爷、奶奶带回榆林，那里有曾祖母、二叔、大姑也需要生活。他与年幼的弟弟、妹妹相依为命，我和妹妹那时也小，父亲和母亲带着一群孩子过日子，别提有多艰难，尽管这样，父亲从无怨言。作为大哥，他爱他的弟弟、妹妹，并常常念叨他们，讲他们的故事，为他们担心，他宽容大度，从不斤斤计较，因此叔叔、姑姑都很敬重他，父亲的病也时刻牵挂着他们的心。

父亲热情开朗，蒙汉兼通，讲得一口好蒙古语，他有很多的蒙古朋友，那些朋友无论后来官居何位，只要有机会路过我家，总会来家里和父亲聊聊天，喝上几杯，能帮上忙的他们也绝不推辞。父亲还有许多的南京知青朋友，他和他们亲如兄弟。父亲曾应邀到南京和连云港拜访他的老朋友，受到他们的热情款待，这些知青朋友每次返乡也总是要和父亲聚聚，回忆起当年的情景，他们有说不完的话和我不知道的稀奇事。

父亲做得一手好饭，干活又利索，我很小的时候，常常给父亲打下手，打月饼、包饺子，也算是多少继承了一点他的手艺。父亲顶看不上我们做的菜，说我们做的饭只是能吃而已，我们也就乐得坐享其成。他做的酥鸡、酥排骨、八宝饭，无论哪个都色香味俱全，让人馋涎欲滴，就连妹夫们吃了也都赞不绝口。春节，父亲和母亲都会提前准备好丰盛的菜肴，等待我们回来，年年如此。然而，去年的腊月二十九，也就是从我家离开三天后，每年这时候正在厨房忙碌的他却因病痛不能下地了，当我们一个个返回家后，父亲躺在炕上满脸歉意地说："看看我这狼狈的样子，连好吃的也不能给你们做了。"重病的他还在牵挂着他的儿女们。

父亲是个普通的人，可在我们眼里他就是伟人。他一生养育了我们姐弟七人，我们就是他的"丰功伟绩"，他对每个孩子都疼爱有加，听到哪个孩子得奖了、提拔了，他比我们还高兴，听到哪个孩子生活有困难了，他比谁都着急。子女多，生活负担重，家里的经济条件一直不是很好，但是，父亲却没有让一个孩子辍学。一次，父亲送小妹去东胜上师范，因为道路不通，返回时从包头坐火车绕到银川，等到了前旗，父亲身上只剩两元钱。我工作之后，假期总是外出学习，当时工资不高，每次出门都要从家里拿钱，他总说："砸锅卖铁也会供我们上学"。在他的抚育下，我们度过了快乐幸福的童年，接受教育，工作、生活得也都还不错，我想这是父亲留给我们宝贵的人生财富。

父亲很喜欢他外孙们，只要看见外孙们回家，他就高兴地哼起陕北小调，他觉得外孙们怎么做都是对的，允许他们无法无天，上房上树，掏鸟放火，还不让我们管。在父亲眼里，外孙们就是想要天上的星星和月亮，他也会想办法给摘下来。他开着三轮车拉着外孙在草原上转，一路洒下孩子们的欢笑声，他为外孙们亲手制作木头玩具，什么手枪、宝剑、弹弓，现在的孩子很难享受到这样的玩具了。只要有空他就在微信里看外孙们的一举一动，脸上露出慈爱的笑容，外孙们和他亲近地不得了，母亲常说我们："现在的你爸把外孙们宠上了头，你们小时候哪敢这样放肆。"

父亲性格刚毅，内心坚强。从没有见过他因为生活的困苦和失意而沮丧。在他与病魔抗争的十年中，经过手术、化疗、中药、西药，曾数次辗转于西安、银川、北京、延安等地求医，经历无数次的检查，痛苦难熬，他都坚强地承受着，从来不在儿女面前叫苦叫疼。他早早地就把自己的身后事安排得妥妥当当，不愿意家人因他的离去而承受太多的痛苦和负担，要求一切从简，就算到了生命的最后阶段，他也保持清醒和克制，没有被病痛压倒，反而安慰母亲和我们不要害怕。他教会了我们坚强，他是我们姐弟生命中最大的精神支柱，无以替代。

多少笔墨恐怕也无法描述父亲对我们的爱和我们对父亲的思念，点点滴滴，历历在目，他那殷殷告诫，满眼的不舍……睹物思人，父亲用过的这床被子，让我一时间特别想他，断断续续敲写上面的文字时，我的眼泪不由自主地往下流。

同学情是另一种亲情

每个人从小学到大学该有多少同学呢？有的同学已经记不清容貌，有的甚至连名字都想不起来，我和大家一样，从内蒙古到陕西，再从陕西回到内蒙古，同学算起来少说也有300余人，然而走得最近的却是我的初中同学。那一年我因为户籍不在陕西，不能参加考试，就转学回三中上学。我虽然在那里只待了一年，但是那一年的学习生活给我留下了深刻的记忆。

刚转学到三中时，我不是很适应住校的生活，尤其是那里的伙食让我难以下咽，黄米饭、素油熬酸白菜帮子，现在想起来胃都难受，同学们总是把自己带的干粮和咸菜分给我享用，白艳霞的炸果子没少吃。林应霞的鬼故事没少听，记忆总是模糊的，但是李彩云骑自行车带着我，爬坡上洼去前旗医院看望我生病的妈妈的情景总是在眼前浮现，那时我们都是孩子，她不知哪来那么大力气带着我骑十公里自行车，那条路当时还是红胶泥路啊！

有时，因为离家太远，回一次很不方便，就跟着解俊琴去她家蹭饭，在我教学后，她是第一个到牧区看我的同学，见到她我感动得真想哭，我教学的地方很偏僻，距离苏木都50多公里呢。上学期间我还和快嘴李树梅吵过架，有一次不知为什么，我把她气哭了，她特别伤心，我其实也很难过，但是就不道歉，我固执地认为大家都帮她欺负我，现在想起都成了笑谈。

那时的老师学生还是很封建的，班里的男同学个子很高，样子很吓人，我常常以为门口进来的男同学是老师，条件反射地起立。男女同学最多的乐趣就是起哄谁和谁一对啦，有的帮忙传纸条，有的帮忙出馊主意，就连老师都总是盯着这些蠢蠢欲动的家伙们，怕出什么大乱子，其实大家都没有什么，只是青春的萌动，完全是孩子式的炒作。

后来才知道，男同学视角的故事也有很多，只是女同学当时很少和男同学交往，也就不知他们在捣鼓些什么，别看现在都一个个意气风发、一副男子汉的模样，当年可不是这样。

郝伟，我还是习惯叫他郝晓虎，他长得斯斯文文，话语不多，看起来也不是个调皮的学生，可是，他却能把物理课上学到的知识用到生活中，一次，他不想上自习了，就把一个硬币放在灯口里，造成电线短路，全校停电，自习是上不成了，大家跟着一起“胜利大逃亡”。

张全帅，上学时他可不是现在这个重量级的样子，那时的他浓眉大眼，憨态可掬，和同学们相处得都非常好，学习也很刻苦，据说有一次他和孙东会在星期天返校时，路过一片坟地，已是黄昏时分，周围星星点点的闪烁着灯光，孙东会以为是鬼火，当时就吓哭了，张全帅就把学到的化学知识讲给孙东会，告诉他那是磷火，遇到空气自燃，飘浮在空中，用科学知识给孙东会壮胆，我估计他自己当时也觉得头皮发麻，阴森恐怖，快吓尿了。

白志平，当年因为周六回不了家，又非常想家，就和杜永发两人站在回家的路口哭鼻子，如果见到现在的他，你无论如何也不会想象到他当年流泪无助的模样。

……

初中时代，男女同学很少交往，同学们能记住的大概也就两种人，一种人是在班上学习最好的同学，比如说李彩云；一种人是班上最调皮的同学，那当属李宏同学了，其实当时的男同学根本不算调皮，只是哥们义气，哪儿有现在的初中生那么难管理。如果能听到一个女生或一个男生对你大声说话，那一定是学习委员，“交作业了！”十六七岁的男女同学或许还有着懵懵懂懂、羞羞答答的感觉，但没有人去表白，没有人去追求，也许会有些同学在心中埋藏着一个小秘密，心中的话语可能一辈子不会再有机会对他 / 她说起。

那时我们真的很年少，无忧无虑地享受青春年华，同学们都很单纯，嘴里哼的是齐秦的《大约在冬季》、迟志强的《铁窗泪》，看的是黑白电影，跳的是彩云步，逛得最多的是三段地供销社和老于家的小卖部，那一幕幕的往事总让人忍俊不禁。

就那样，我们毕业了，原以为毕业后同学们还可以常见面，可是很长一段时间，大家都沉寂了，当年因时代的局限，我们匆匆作别，没有留下任何联络方式，不知其他同学有没有联系，我几乎与世隔绝，不知道大家在哪里？过得好不好？仅有的只是一张黑白的毕业集体留影和一张张黑白的一寸单人照，它们偶尔勾起我的记忆，为防止自己忘记，照片的背面都写上了名字，这些照片现在成了同学茶余饭后的话题，想当年，我们多么年轻。

光阴似箭，日月如梭，转眼之间，毕业30多年了，我们已从无猜无忌、天真无邪的花季少年变成历经沧桑、负重生活的不惑中年。想当初，我们这些不谙世事的懵懂孩子，在一起度过了最纯洁、最真诚、最天真无邪的美好时光。操场上、教室里，嬉戏逗乐的欢笑声犹响在耳边。

近几年，或许日子都好了起来，同学们各自在不同的时间、不同的地点，经历了不同的人生历练，事业家庭都趋于稳定了，相互之间的联系也变得频繁起来，仿佛一下子从沉寂中迸发出来，热情似火，一段时间不见，总会互相问：那帮家伙在干吗？一个月不见，总会有人张罗一个小聚会，胖子张全帅就是我们中间一个热心的联络员，在前旗的同学只要没有特殊情况一般很少缺席。每次看见同学们总有种亲切感，大家不管贫穷富贵，有时真的觉着就像一个窝里的一窝狗娃，从不互相歧视，大家互帮互助，互相安慰，互相鼓励，没有虚情假意，只有浮想联翩，没有任何功利，只有同学之谊，都是近50岁的人了，大家仍然拥有一颗年轻的心，偶尔还要在舞台上蹦跶一曲江南style，我真为能延续至今的友情、真情、热情感动至深！

岁月的沧桑，洗尽了我们的青春年华和天真烂漫，但洗不去我们心中那份深深的同学情谊。无论人生沉浮或贫贱富贵，我们的同学情谊，就像一杯醇厚的陈酿，越品味越浓，越品味越香，越品味越醇。

老曹小故事

看到标题你一定以为，老曹是个退休干部或者是一位德高望重的长者，这你可就大错特错了。老曹今年才8岁，因为他很聪明，办事认真，行为动作都像个大人，所以他的同学们都叫他“老曹”。他个子不高，小鼻子、小嘴，一双看起来不大的眼睛，闪烁着聪慧的光芒，一身校服总是干干净净，鲜艳的红领巾总是飘扬在胸前，由于腿很长，又向外排着，走起路来有点失重，迈着方步，再把双手插在裤兜，那真就是老曹的样子了。说起老曹来，趣事可真不少。

一　上学了

去年8月，老曹满7周岁，到了该上学的年龄了，事实上提前半年他就在为上学做打算，准备上学的新服装，准备学习用品，每天还坚持练字、读书、画画，俨然就是个小学生的模样，那期盼上学的急切心情，让我看着都着急，终于可以报名了，老曹早早地起床，等待爸爸妈妈送他到学校，因为要选择一个适合他的班，这次报名一波三折，真正报名入学是在别的孩子上学一周以后的日子，老曹和他的爸爸妈妈以及亲朋所有的话题都是围绕着他上学而展开。入学第一天的早晨，我在校园里看见老曹和他的几个小伙伴在父母的陪伴下来到学校，并不时地热情地和他幼儿园的同学打招呼。据说，那几天老曹起床比以前更早，整天都在打理他的学习用品，兴奋得废寝忘食。

二　戴上红领巾

入学没多久，就到了10月13日，这天少先队的建队日，这一天，学校要举行隆重的少先队新队员入队仪式。由于表现良好，老曹第一批就加入了少先队，在新队员仪式上，老曹和他的同学都来到国旗下，其他同学激动与兴奋的心情难以言表，有的略显羞涩、有的站的笔直、有的练习敬礼，还有的交头接耳，只有老曹面无表情，双手插到裤兜，似看非看地注视着远方，好像这件事与他无关，他的老师指着他对我说："你看看，你外甥真像领导。"我不由得笑了。老曹在这次新队员入队仪式上作为新队员代表发了言，虽然是刚上一年级，但是把一篇200多字的稿子，流畅地背下来，连在场的领导们都说："这个娃娃记忆力真好。"

三　爱哭鼻子的老曹

不要看老曹同志平时像模像样、深沉严肃、办事认真，但是他有一个很大的弱点，那就是爱哭鼻子。

一次回牧区姥姥家，他妈妈为他买了一艘拼装军舰，在我看来，那么多的零件，组装起来肯定很烦琐，更需要耐心，要知道他当时还不满6岁，那艘军舰装起来可比他的个子还大，大家都认为他组装起来够呛，也没管他，任他折腾。

从早上开始，他就琢磨那艘军舰，零件摆了一炕，还不要人帮忙，大人们都忙各的事，他自然是忙着造军舰，到了中午时分，军舰已经有了点眉目，吃过午饭，顾不得休息，他又开始组装，一边看说明书，一边拼装，那样子仿佛是一位认真钻研的军事专家，过了很久。大概是哪个位置出了问题，为了能尽快拼装好，他很着急，眉头紧皱，看到他妈妈进来，满脸的不高兴，眼泪跟着就掉了下来。大家赶紧劝他别组装了，出去玩吧，他不肯，翻说明，看图纸，继续干他的工作，到了晚上，那艘军舰真的被他给组装起来了，他外公惊奇地夸他真了不起，直到现在都把那艘军舰摆在窗台上，供大家欣赏。

他养着一条小狗叫豆丁，豆丁长着水汪汪的大眼睛，样子很机灵，它的小主人很喜欢他，豆丁给他带去了欢乐。他时不时地给我讲豆丁的故事：豆丁今天表演转圈了；豆丁今天歪着脑袋看我们，样子很像人；豆丁今天被奶奶训斥了；豆丁今天敢出大门了；还有豆丁今天被水龙头的水给洗了……我的耳朵常常能听到豆丁怎样怎样了的故事。忽然有一天，他的老师告诉我说：你们家老曹今天哭了一节课。原来是因为小狗丢了，为了个小豆丁，他居然一节课没听进去，伤心了一天，连走路都灰溜溜的。过了两天，我在操场上又碰到他了，他喜眉笑眼地告诉我："大姨，豆丁找到了。"原来他爷爷上街转，碰到了豆丁，豆丁就跟着爷爷回家了，看他那高兴的样子是那么的天真可爱，我也不由得和他一起因豆丁的失而复得高兴起来。

他们班为了鼓励孩子多读书、多识字，自制了一份阅读存折，每次读书的内容都做记录，根据这份存折，就可以一级一级地升到行长的位置，据说他阅读存折的分值已经在班级里遥遥领先。他是个爱读书的孩子，阅读存折简直就像专门为他办的，连我们一起去北京玩，他都带着几本课外书，出发时因为他妈妈去东北出差，返回时在北京等我们，由我带他去北京，在整理他的出门用品时，翻出了好几本课外书，真是让我哭笑不得，没有几个人会出门背那么多书，我就劝他不要带书了，行李太重了，想看等咱们去北京买或者回来再看。他磨磨唧唧地说要带上读，总之就是想带，左挑右选，最后终于同意不带其他课外书，但是，有一本《日有所诵》他还是要带，说是要每天背诵，不然回来后累积的太多了，任务完不成，可见，他是多么喜欢阅读。

就是这么认真细心的人，有一天，他的阅读存折居然丢了，对他来说，这可是天大的事了，我能想象出他上课时的那副德行了，准是又哭丧着脸，想他的存折，又浪费掉一节课。果然，数学老师告诉我。老曹同志今天不知怎么啦，数学课没听，哭了整整一节课，唉！这个老曹，怎么说他还是个孩子。其实阅读存折并没有丢，而是装在书包的侧兜里没找到罢了。

四　老师的话就是圣旨

他很喜欢他的老师，只要是老师要求的，那就是圣旨，作业必须认真完成，读书必须认真完成，所有老师布置的事情必须当天完成，今天的事那是绝对不可以拖的。他对我说得最多的话就是：我们秦老师怎么怎么……秦老师今天说什么什么……简直把他们老师崇拜得五体投地，让我也有些嫉妒。我笑着骂他：你们老师放的屁都是香的。

一天晚上，他妈妈打电话说他们小组要做个组徽，让我帮忙给他做一下，我说，明天到学校给他做，可他不答应，非要晚上完成，说老师明天就要。因为我是学画画的，知道晚上画画是不好分辨颜色的，效果也不好，可是，看着他那认真的模样，只得帮他完成老师交给的任务，这样的事发生了也不是一次两次了，只要有任务，那就得全家总动员，什么今天要动物头饰，明天要个小制作，感觉他比我都忙。

他是小组长，对自己的工作非常负责，组里有个小朋友学习不是太积极，又调皮，就连老师都对那个学生都快要失去耐心。于是，老师专门把那个小朋友分给他，一是想让他受点挫折，不要总喜欢争第一，总是要做到最好，如果有这个孩子一起参与，他们组就有可能比不过别人。可是，老曹同志总有办法，想尽办法让那个小朋友为小组争光，据说他们组得分是全班最高的了。有一天，老曹的老师告诉我：“你外甥今天太逗人了。”我问她，我外甥又做什么大事了。老师说今天上课，他管宁宁，宁宁不听话，老曹就训他：“宁宁，你把我气得嗓子疼！”我说：“你也太欺负我外甥了，怎么不给安排个听话点的同学。”老师却对我说，目前只有老曹能管得住宁宁同学。我听了，不由得笑了，看来，我外甥还行！

锥筒前的百态人生

单位处在闹市区，门前有一条不宽的马路，每天上下班时间校门口非常拥挤，也很乱，接孩子的家长，送货的车辆，还有一些来来往往的闲杂车辆，让人总是揪着心，绷着神经，生怕这些车辆撞到学校的孩子。

就说那些经过校门口的车辆，比起老师们那小心翼翼龟缩前进的速度，那些车辆简直就是风驰电掣，好像专门示威似的，不管有没有孩子，丝毫没有减速的意思。有时还因为有的教师车辆拐进大门时速度慢，在前面挡住了他们的去路，便在后面死命地摁响喇叭，即使你看不到那人的表情，也能猜到他的尊容，我不知道这人到底有多忙，怎么就那么不耐烦？喇叭的声音持续而刺耳，让人生厌。

面对这样的安全隐患，交警队协同学校，在学生进校门的20分钟时间内限行，并在学生出入的三个路口设置锥筒，防止车辆闯入，撞上学生，学校每天都派家长义工和值周教师维持秩序。但是，总有一些人不按规矩开车，有见缝插针的、有突然转弯的，更过分的是有拿着别的单位的通行证闯关的。还有的自制通行证或者跟着教师车辆闯关的，有的司机在有学生穿梭的地方仍然速度不减，完全不顾孩子的安危。前旗这块地盘有多大，就 20 分钟，您就绕一绕，等一等让学生先进校门又有什么不可以呢？如果这里面有您自己有孩子呢？

就是这锥筒前，每天都演绎着各种各样的故事。某日中午，在学校北出口处，一辆白色丰田越野车，因为前方有锥筒挡着，无法通过，它便从路牙子上开去，又拐了下来，正好，一名一年级的女同学从街上穿过，这辆车的前轮正好轧到孩子的脚，孩子一下摔倒了，放声大哭。我连忙跑过去拉起孩子，这时车上下来一位衣着时尚的女士，神色很慌乱，不停地向我说对不起。我说："你给我道歉管什么用，你自己也是送孩子的家长，从锥筒到学校门口不到 20 米，你放孩子下来让她走过去就行，非要送校门口干吗，这下撞到了别人的孩子，你说怎么办？"显然，这位家长意识到自己的行为不对。可是，事故往往就发生在那么一秒钟，如果车速再快一点，后果不堪设想，作为成人的我们，是不是应该处处保护幼小，设身处地为别人着想？

无独有偶，又是一日中午，一辆黄色的车尾随我的车子闯过锥筒，仅仅走了四五米远就停车让孩子下车，我从后视镜看着，觉得这家长不知是脑子有问题还是有什么别的缘故，她从那锥筒开过来不到几米，又掉头开出去，真的就不嫌麻烦吗？巧的是第二天中午，她又随着我的车开进锥筒，我突然意识到，她就是等待老师的车辆经过，紧跟在后面，然后闯过锥筒，这样就不用和维持秩序的家长、老师费口舌，只是，这人是不是太好笑了？

又是一日，一辆黑色轿车疾驰到锥筒前，按着喇叭硬要过去，值周家长没理睬。只见那开轿车的中年男司机摇下窗玻璃仰起头，很愤怒地向着家长骂骂咧咧，因为有点距离，我听不清他究竟大声嚷嚷了些什么，而接下来的一幕让我惊呆了，他打开车门下来，咆哮着，嘴里吐着脏话，恶狠狠地一脚踢飞了挡在前面的锥筒。他整个人气呼呼的，嘭的一声关上车门开着车赌气向前冲去，那架势好像全世界都欠他似的，路旁的家长惊呆了，孩子们惊呆了，中年男人的那副丑陋嘴脸至今令我难忘。我没有考证过当时在场的孩子看到后是什么想法，也不知道如果他自己的晚辈在场，又会有什么反应，明明是自己违反交通规则，还那么霸道凶蛮，真是不可思议。

每天放学，锥筒的周围总是停满了接学生的电动车，一些挤进来的车辆，掉头、转弯都很困难，偶尔突然杀出一辆电动车，硬生生地从汽车头超过去，轻则一场口水战，重则流血事件，有时明明他自己是不守规矩者，还强词夺理、怒火万丈，这些人发飙的样子，实在是丑陋无比。也许，他们还认为是那些锥筒让自己愤怒，是别人素质太低让自己愤怒，但从来没有反思过自己的行为是不是得当。就在这锥筒前，真实反映了有些人的心态浮躁、素质低劣，赤裸裸地暴露了人的劣根性。

就那么几个小小的锥筒，道不尽的社会百态，如果我们每位司机在学校附近能够心平气和地等一等、绕一绕、慢一慢，该多好啊！

学校的变迁

人到中年，总喜欢怀旧。回首远去的岁月，有种“逝者如斯夫”的喟叹。学海无涯、事业维艰、人情冷暖，真是有太多的挥之不去的感慨。工作30多年，从最初的牧区教学点到现在的实验小学，我曾辗转于四所小学，从牧区到城市，亲眼见证了30多年来鄂前旗教育的发展历程。

一 远去的教学点

80年代中期，原毛盖图苏木圐圙民校急需一位汉族教师，分管教办工作的领导问我父亲，看我愿不愿意去。于是，在今天看来还是孩子的我便成了一名牧区女教师。

说是民校，其实就是个教学点，圐圙民校的教师加上我才三个人：一位开朗活泼的蒙古族女陶豪庆（蒙古语意为做饭的师傅），一位英俊潇洒的姓万的蒙古族青年男教师，万老师有匹大黑马，后来成了我常回家的坐骑。蒙汉学生40多人，大多来自附近的牧民家，年龄不同，由于居住分散，而且比较远，孩子们基本都是寄宿制，有的学生的年龄比我还大，他们在学生宿舍的前面临时搭建的几间土房子里做饭、休息，只是为了方便照顾弟弟妹妹们而一起参加学习，我的到来让孩子们非常开心。

这个教学点比我想象的要简陋而复杂得多，一排低矮的土坯房，教师办公室、学生宿舍、伙房、教室全包括在内，地面用黄土铺垫，一洒水，土腥味很浓，设施更简单，长条桌、长条凳，孩子们稍不留神就像压跷跷板一样被掀翻在地上，有的长条凳子居然是由两摞砖搭起凳腿，上面架一块木板，水泥抹的黑板，经常要刷墨。教材只有课本，汉文班二、三年级设两个班，每班六到八个人，采用复式班教学，教三年级学生学习时，二年级的同学只能在旁边写作业，有聪明一点的孩子，边写作业边把三年级的知识也学会了，我也听之任之，课后，我会给他们讲故事、画图画，孩子们给我教蒙古语、蒙古语歌，不知是记忆模糊还是怎么回事，好像当时就只有这么几门功课。

牧区教学点吃饭、取暖是个难题，我常常和孩子们出去捡沙蒿，拾牛粪，用来做饭、煨炕，我有时也把自己的口粮和孩子们的混在一起，大家一起做饭，多少年来，一位女老师，几个孩子，一只白猫围坐在一盘土炕上吃饭的场景，仿佛是一张定格的照片，印入脑海，那么温馨而又那么快乐。

一次偶然的机会，我曾去寻找当年的教学点，校舍全部被夷为平地，不复存在，隐约看见一抹隆起的土墙残垣，那个我人生转折的地方，我成长历练的地方，就那样远去了。

二　艰苦的岁月

在圐圙民校工作不到两年，我便调回了苏木幼儿园，随后又调入毛盖图汉校，这是一所真正意义的汉族小学，它的前身和我所工作过的圐圙民校是一个性质，也是一所民办小学，80年代初期由毛盖图苏木所辖的各嘎查民校合并而成，有人称之为汉联校，全校教师十六七个，学生最多的时候达到三百人。教师家属房是用建校初的土坯教室改造而成，学生宿舍依然是土坯房，只是使用木炕，省去了煨炕这一环节，整个校园只有几栋教室是蓝砖起脊的瓦房，看起来比较阔气。

校长是军人出身，对学校的各项管理比较严格，学生的作息、起居全部按部队的内务条例执行，诸如牙具、脸盆、水壶摆放要整齐划一，晚上鞋袜衣裤要叠放有序，鞋头要一律朝外。这样的优良传统一直保持并得以传承，印象最深的是一次午间休息，我看见学生宿舍门前以稍息姿势站着一排光头的男生，每人手里端着一条烂凳腿，如士兵握冲锋枪，队形很整齐，问其原因，原来是他们中午不睡觉，捣乱，打扰到别人休息，值周教师惩罚他们站岗。住集体宿舍，孩子们容易起虱子，因此男孩子要求全部剃光头。教师除周六以外一律不得饮酒，这大概是学校最早的禁酒令了。

这时的学校有了简单的实验仪器和教学挂图，有的挂图干脆是老师们自己画出来的，小黑板、小卡片是当时课堂上常用的教具。考试的试卷是老师用铁笔在钢板上刻蜡纸，然后用滚子油印出来的，我第一次刻蜡版，油印时居然把蜡纸放反了。后来学校不知从哪里搞到一台铅字打印机，还是用蜡纸，印刷出来的字比手写的整齐美观得多，只是需要拉来推去一个字一个字敲出来，不怕大家笑话，我现在可以倒着看书的本领其实就是那时打字练出来的。学校的跑道、院子是师生们一车一车地推土，一盆一盆地端土而来的。水泥乒乓球台、轮胎山羊、水泥铅球这些体育器材全部出自教师之手。学校有一块菜地，为了保证住校生的蔬菜自给，师生们在炎热的夏天挖水库，那可是一项体力活，这个一锹一锹挖出来的水库，让校园周边的杨树生机勃勃，也让菜地得到灌溉，那真的是一段艰苦奋斗的岁月。

进入冬季，天气转冷，教室和宿舍的取暖依然是学校的头等大事。每个教室、宿舍都会领到一个铁炉子，几节炉筒子，由老师负责安装，炭槽子、火钩子、火剪子一应俱全，为了防止浪费，煤炭是由后勤统一限量分发，超额使用就有可能挨冻。低年级学生的炉子由老师或者高年级同学帮助生火，高年级学生的炉子都是孩子们自己轮流值日看护生火，教室里暖烘烘的，但整体的温度和现在有暖气的教室比还是差多了。大家坐在教室里穿着棉袄、棉裤，还是冻得搓手跺脚，课间也很少出去玩。每到冬天，孩子们围着炉子烤火、聊天成了教室里的一道风景。

炉子里不时地需要添煤，孩子们不会操作，两手一抹黑，甚至鼻孔、脸蛋、衣襟也总是黑乎乎的，为了防止煤气中毒，学生宿舍的炉子要求入睡前熄灭，值周教师每晚一一检查，要把没有燃尽的炭火清理出去，或者等待炭火燃尽才去休息。

80 年代中期，学校没有一名正式工，更没有师范生教师，由于都是民办教师，老师们教学全靠自己琢磨，教师的业务水平和学历都无法快速提升。到 80 年代末期，学校有了一台雅马哈发电机、一台电视机，还有很多教学录像带，老师们利用晚上观看教学录像，白天实践应用，到了这时教师们终于有了可以模仿借鉴的经验，这样的学习材料对课堂教学起到了立竿见影的效果。老师们还全员参加中师、高师函授学习，在学历和业务上有了很大的提高。其间，校长谢占魁考取了伊盟师范学校，毕业后返回家乡投身到学校的建设中，这是学校有史以来第一位师范生，他的返校震动了当时的教育界，伊盟师范曾派专人来校回访，并邀请他为师范生做演讲。后来的几年，学校陆续分配来一些师范生，这些年轻的教师为这所艰苦奋斗中的学校输入了新鲜的血液，注入了活力，学校的音、体、美教学才算步入正轨。

尽管如此艰苦，毛盖图汉校却成绩斐然，是全旗第一所盟级文明学校，曾连续六年取得全旗小升初第一名，《鄂尔多斯日报》曾专版报道过学校的事迹，老师们艰苦创业的精神成了大家最宝贵的财富，永远铭记在心。

1993 年前后，毛盖图汉校陆续新建了办公室、餐厅和学生宿舍，清一色的红砖瓦房，整洁、大方，后来，这些房屋在学校撤并后部分归苏木所有，部分改为教师宿舍。

三　质的飞跃

90 年代中期，鄂前旗开始调整学校布局，撤销了嘎查、村所有民校，将规模较小的学校并入教学设施较好的学校，苏木、乡中心学校改办成蒙汉合校。1996 年夏天，毛盖图汉校与毛盖图中心校合并，更名为毛盖图完全小学，大规模地改扩建校舍，改善办学环境，办学设施发生了质的飞跃，学校新建了砖混结构和预制板结构的教室，办公室、教室更加宽敞，维修了礼堂，增加了计算机教室和少先队活动室。除了学生宿舍还有部分土木结构建筑，校园里基本见不到危房。2003 年左右，学校基本配齐了体育、实验、音乐、美术、卫生、图书等教学设备，接收卫星远程教育资源，教师办公室有了计算机，“三机一幕”全部进教室，个别班级还配置了计算机、DVD、VCD，购置了与新课程改革有关的书刊、光盘等教学材料，牧区学校的教学设备配置标准几乎超过城镇。为此，学校承担了教育部立项的教学科研课题，取得优秀的成果。

此时学生的居住环境已经有了很大的改善，校舍得以饱和，学校购置了采暖锅炉，烧水、取暖一举两得，这个困扰牧区学校多年的取暖问题得以解决，孩子、老师再也不用因为生炉子而弄脏衣服，抓脏墙壁，最重要的是孩子可以安心地在暖和的宿舍里休息，老师们不用担心孩子睡觉时煤气中毒了。在此期间，国家实施“两免一补”政策，让学生的伙食标准也有了很大的提高，新鲜蔬菜可以随时吃到，过去的黄米饭、土豆熬酸菜变成营养均衡、花样繁多的学生喜欢的饭菜，每周还增加了牧区孩子最喜爱的炖羊肉，住校生在学校吃得比家里还要好。

2006 年 7 月，随着撤乡并镇生源逐渐减少，本着贯彻优化教育资源配置的原则，毛盖图完全小学整体撤并到鄂前旗昂素完全小学。大部分教职工调配到昂素完全小学任教，其余职工分配到旗直各校。我也随之来到镇区的鄂前旗实验小学，开始了新的征程。

四　华丽转身

怀着对过去其乐融融的大家庭般的学校的留恋，经过长达两年的适应期，我才渐渐融入这个大家庭之中，再不把自己当外人，甚至可以大声说：“我骄傲，我是实小人。”

刚来鄂前旗实验小学，校园里只有几栋砖木结构的教室和几栋预制板结构的教室，一栋二层墙面镶嵌白瓷砖的楼房是教师办公的地方，后面有一座中间四层综合电教楼，两侧三层的教学楼，这座楼算是当时校园中最大的建筑了。初来乍到的我尤其喜欢校门口的蘑菇亭和那几株花香四溢的紫丁香。

冬天，综合楼和办公楼由学校的锅炉统一供暖。教室里取暖还是靠火炉，教学设备与基层学校没有太大的区别，有些设备甚至不如基层学校，要说有区别，那就是教师多，学生多，班级容量较大。我的感受就是一个字“挤”，教室挤，办公室挤，当时整个年级组的教师挤在一起备课，永远静不下心来。

2011 年秋天，一栋四层高的综合教学楼拔地而起，它高端大气，楼内还设有多媒体、计算机、实验、图书等专用教室，假山、雕塑、转角长廊把校园装点得更加美丽，教师办公、学生学习的环境更加宽敞、舒适。学校在校园文化上下了很大的功夫，一条条走廊能赋诗，一面面墙壁会说话，它们如春雨般，悄悄滋润着孩子们的心灵，新建的绿草如茵的操场和平坦的红色塑胶跑道让人眼前一亮，完全改变了下雨一身泥的困境。火炉子和录音机从此彻底地退出了历史的舞台。

往后的几年间，学校的设施设备逐步完善，有了专门的电子备课室、多媒体互动教室，现代化教育设备突飞猛进，学校更新了所有信息技术设备，校园网络系统、监控系统、班班通等设施也不断完善，教师办公室配备了计算机、打印机，教师个人配备了笔记本，极大地改善了教师办公条件，为教师专业化成长提供了发展的平台。教室内高清电视、电子白板系统实现双配置，老师们可以直接导入做好的课件，也可随时调取网络资源，直观又便捷。

2018 年，学校的风雨操场建成，既可以教学、比赛使用，也为学校举行大型集会和活动提供了场所，同时也为教师健康体育运动搭建了平台。

日子一天天叠加，时间一天天流走，在这样平凡普通的光阴流转中，30 多年的教育生涯，让我感受着学校的巨大变化，也见证着教育体系的成熟，希望我们的教育事业能继续扬帆启航，一路向前。

立夏时节话芍药

教学楼门前的芍药花又妖妖娆娆地盛开了，清新、干净，每朵花足足有碗口那么大，千姿百态、色彩艳丽，微风中，花瓣像扇子一样抖动着，让那些桃花、杏花都望尘莫及，每次走过这几蓬芍药，我总会驻足观赏，俯下身子凑近它，那幽香直沁入心间，让人陶醉，感觉身心的疲惫感顿时消失。总是，忍不住就想用手去抚摸那缎子似的大花瓣，并与之拥吻。

古往今来，芍药就被人们誉为“花仙”“花相”“五月花神”，其色香美艳颇受文人墨客青睐，白居易、韩愈、柳宗元这些大师更是专门吟诗作赋赞美芍药。《红楼梦》里的经典场景“憨湘云醉眠芍药裀”相信早已被定格在每位读者心中，试想，一位美丽的女子醉卧花间，蜜蜂、蝴蝶在其周围闹闹嚷嚷，四面芍药花瓣飞落，撒满衣衫又落在脸庞，那是何等的香艳，何等的具有视觉冲击力？

关于芍药，在古代的西方有这样一个传说：古希腊名医阿斯克列皮耶有个聪明的学生佩翁，他青出于蓝，甚至治好了冥神海提斯的伤。阿斯克列皮耶嫉妒之下就杀了佩翁。好在冥王顾念恩情，把佩翁变成一种能治病的花，这花便是芍药。西方人还一直认为芍药具有某种魔力，凡有芍药生长的地方，恶魔都会消失得无影无踪，它甚至可以对抗至毒之花——曼陀罗，看来中西文化还是有一定的渊源。

有人说：“牡丹为花王，芍药为花相。”意思是芍药是花中的丞相，可见芍药是多么具有文化魅力的一种植物。其实，芍药的出现远在牡丹之前，只是在唐代时因为皇帝喜欢牡丹，文人墨客便竞相赞颂牡丹，这一行为直接提高了牡丹的知名度，让牡丹抢夺了花中之王的桂冠，芍药只好屈居为宰相了。芍药和牡丹一起并称“花中二绝”。它们的花形极为相似，如同姐妹，如果不是专业人员很难区分二者。牡丹和芍药通常栽种在一起，一花落去，一花开放，它们延伸了春天，带来了夏天；它们相依相偎，携手艳压群芳，为大自然的景致增添了浓墨重彩的一笔。

每年 3 月底，伴随着和煦的春风，芍药发芽了，一点一点地从湿润的土壤里钻出来，像笔尖、像竹笋、像药杵，形态各异。它们伸出紫红色的小手手，弯着可爱的小手指和过往的行人打招呼，一丛丛、一簇簇，相亲相爱地聚拢在一起，互相伸出手臂，既不缠绕，也不遮挡，一个劲儿地往高处拔，生机勃勃。

四五月间，芍药的枝叶更加茂密了，一蓬蓬的，生机盎然，先前半红半绿的叶子颜色更深了，几乎变成墨色了，枝头开满了花骨朵，它们挤挤挨挨、错落有致，大的、小的，鼓鼓的、坠坠的，饱胀得像似马上要破裂。一些含苞欲放的花蕾、花瓣紧紧地抱在一起，像一颗颗熟透的大桃子，还有一些花蕾半掩着绿色外衣，露出粉色的内衣，羞羞答答的，这些花骨朵各有各的姿态，各有各的形状，总是那么的惹人怜爱。

到了 6 月，芍药开花了，一团团的，艳而不媚，繁而不浊，姿态优雅，颤颤巍巍，数朵芍药簇拥并放，显得风姿绰约，韵味无穷。粉红色的花被墨绿色的叶衬托着，花瓣的顶部是浅粉色的，渐渐往下就是淡粉色甚至白色了，就像高明的画家用一支饱蘸颜色的画笔渲染出来的，每一片花瓣都像一个大勺子，层层叠叠，柔软而有弹性，颇有一番情趣，一朵朵芍药花掩映在浓浓的墨绿之间，华贵之中透着一种朴实和淡雅，那粉色的花瓣里面藏着娇嫩的花蕊，众星拱月般伸出许多细长的嫩丝，细丝的顶部都有一个黄色小帽子，煞是可爱，三五成群的小蜜蜂盘旋在花蕊中，忙忙碌碌，就连小鸟也不时地在芍药丛的上空飞来飞去凑热闹。

芍药首先是一味药，其次它才是一种草，可以治病的草，最后才是一种花。芍药比不过荷花的清远细腻，艳不过牡丹的雍容华贵，但它的美却是大写意的，随性自然、朴朴实实。我喜欢它的娇艳，更喜欢它那与世无争的秉性，它不居功，不为利，它不与牡丹争春，不与百花争艳，谦逊礼让，它只是在“人间四月芳菲尽”的季节里才悄然而至，独自在枝头绽放自己的美丽，为人间平添了一份意趣。这多像校园里那些平凡的身影？他们也像芍药一样整天为花的盛开，果的成熟默默忙碌着！平静、淡泊、默默无闻，既像芍药那样是美的耕耘者，又像芍药那样是美的传播者，总把温暖和幸福撒向人间。

表扬

一直以来，我总是吝啬对学生进行表扬，特别是对一些总没进步的学生，我总是对他们缺乏足够的耐心，心里觉得这些学生怎么屡教不改，用我常骂学生的一句话说“秋风过驴耳朵——这个耳朵进,那个耳朵出。”都上三年级了，也该懂事了，怎么总要人提醒，不知学生烦不烦，我自己都有点得了狂躁症的症状，不怕大家笑话，我真有种“黔驴技穷”的感觉，把自己折腾地筋疲力尽。细想，也没有什么大事发生，无非作业没完成啦，写字潦草啦，值日没有做啦，路队不整齐呀。有时又想，我也是从那个年龄过来的，也许当时还不如他们懂事，能不能换种方式来说话呢？让我真的改变了不厌其烦地说教与训斥的教育方式是一件不起眼的事。

小伟是上学期从外地转入我班的一名男生，我对他的印象很一般，个子老高，身体很壮，头脑简单四肢发达，转校第一天，我就发现这个小男孩不一般，他几乎处于原生态，对学校的常规置之不理，刚来半天他就和同学混熟了，一副称王称霸的样子，我心里不由得一沉，这个学生缺少最基本的教育。接下来，问题全来了，他的字写得非常马虎，尤其是家庭作业，有几回看不过去被我退回去重新写。更过分的是，他干脆不交作业，好几次不上英语兴趣小组，还带上其他几名同学一起逃学去广场玩电玩。由于家境优越，花钱不懂节约，出手大方，对学习用品不爱护，想送人就送人，想破坏就会整得学习用品惨不忍睹，打架、骂人是家常便饭。我动辄训斥，有时还故意当着同学们的面挖苦、讽刺他，想让他明白自己的做法是多么地令人生厌。我不但对他失去了耐心和信心，而且还不希望其他学生与他过多的交往，甚至还拿讲棍狠狠地敲打过他，打算彻底放弃他，除了负责他的安全以外，让他自由发展。

那天中午因为忙，我在讲台上低头不停地批改作业，没有督促值日生打扫教室，教室里显得很乱，地下还扔着几个小纸团，大部分学生在教室外边玩，一小部分学生在教室里凑在一起聊天，没有人主动去打扫卫生。就在这时，我一抬头发现小伟在搬桌子，我不动声色地看他要干吗，原来他看见桌子不整齐，在给桌子排队，搬好了桌子，他又拿起笤帚和土盘把地上的杂物收拾干净，还叫了另外一名同学抬来一桶水洒在地面。我忽然感到一阵自责，觉得自己对待他的判断太武断，看待他不够公正，伤了孩子的自尊心，这孩子并不是一无是处，他也有一颗金子般的心。于是，我在班级里着实表扬了他一番，号召大家学习他关心集体，热爱劳动的好品质。那天大概是他来到我们班里最牛的一天。从此，他真的变了。

他的字写得不是很好，为此我常常批评他，希望他能有所改变，可是，不见起色，我就试图在他稍有进步时在作业上批上“你的字漂亮了，继续努力！”渐渐地我发现他的上进心特别强，被我表扬之后他的字有了明显的进步，后来不仅习字本上的字写得非常端正，每次的家庭作业都是干干净净，端端正正的。更可喜的是他喜欢上我的语文课，对于他这个“懒人”来说，真的了不起，语文课要背诵的课文和要写的东西太多，他居然能把要求背诵的东西全部背会，要求写的也能完成 80% 以上。几次考试他竟然都能保持在 75 分以上，对他来说这是奇迹。俗话说“人比人，气死人。”我真的不该什么事都拿学生进行比较，那是一种并不高明的教育手段，要是细心观察每个学生都有其独特之处，你才会发现教育这个工作有许多的奥妙。

这件事以后，我常常会表扬一部分学生，听课认真的和作业做得好的、遵守纪律的、关心集体的、积极参加体育锻炼的，等等，都会得到我的表扬。有口头的、书面的、私下的、公开的。有次上课，一转身，见班里经常写字像蚂蚁爬过一样的小华扭头向后，指着作业本上我写的评语对同学说：“有一进一步，看见没？”声音压得低低的，但充满了喜悦，一双又大又黑的眼睛，闪烁着骄傲的光芒。他周围的同学看看我，又看看他，都在掩嘴偷笑。他猛地一回头，见我在看他，马上吐吐舌头，像猴子一样摸摸后脑勺，一个转身坐正了。我在心里笑了，毕竟是个孩子，一喜一乐如此率真，不加任何修饰。

原来，表扬并不费力，只是我以前不愿意去使用，我班有个叫小彦的女孩，平时就胆小，她上课回答问题很少举手，就是请她站起来回答问题声音也是很低的，每次回答后，我都点头表扬她，在她回答时，发现她似乎没有信心时，我用点头的方式鼓励她说完，现今她上课积极举手，虽然声音不是很响，但她会在课堂中大胆地举手回答问题了。

今后，我会对不同的学生，无论是优秀生，还是学习困难的同学，只要任何学生有着良好表现，我都会一视同仁，公平、公正地给予及时的表扬，发现他们的点滴进步，让他们在表扬中愉快地度过小学欢乐的时光。

地震了

4月15日下午大约3点40分左右，我正在办公室为两名学生配乐，忽然听到楼顶发出“嘶嘶”的像踩在草席子上的声音，起先以为是楼上的班级在排练节目，震动太大。看着大梁的接缝之间，墙皮往下落，感觉屋子要塌，还是没意识到地震，以为是维修电路的工人在钻墙，于是，带两名学生来到走廊看了看，什么动静也没有，心中满是疑惑，返回办公室又继续工作。这时，只听见大厅和走廊传来一阵急促的脚步声，许多学生和老师纷纷跑下楼，来到操场，我这才意识到是地震了，抓起风衣，拉上两个学生也跟着大伙跑出去了。

校园里聚满了学生和老师，叽叽喳喳、嘻嘻哈哈，仿佛刚才不是地震，而是一次有趣的游戏。我想起学生还在教室上研究课，撒腿又往教室跑，可是，只跑了几步，听见班长在那里喊我，原来他们早就疏散下楼了，我不由得笑了，孩子们多机灵哪，自己反应那么迟钝，真发生地震还想救学生？自己的小命也估计不保。

聚在操场上的人们一时议论纷纷：“不知哪里地震了？”“大家感到摇晃了没？刚才是发生地震了吗？”老师们拿出手机不停地把照片发上微信朋友圈，朋友圈一时被刷爆了，过去的家长，现在的家长，亲朋好友全在互相发微信了解情况，相互印证这次明显的震感。大约几分钟后，一则“内蒙古阿拉善左旗发生5.8级地震”的新闻便挂在了网上。

往常，地震总是给人惨烈的场面，房屋倒塌，人员伤亡，大雨滂沱，救援困难，而我亲身经历的这次地震却给了我一种很是新奇的感觉，兴奋？稀罕？总之是说不清的激动。相信，我的同事和我也有一样的感觉。看看身边这一幕幕画面，你会觉得，地震对这里的师生来说，真的就像一场特别的游戏。

这里为大家展现一下地震发生时的场景：一位老师正在上课，地震发生了，教室的一体机在摇晃，他对学生说："不要用手摇电视，晕的，快坐好！"等反应过来是地震，先让学生藏在桌下几秒，又感觉不对，带领学生一起跑下楼，这时大部分学生已经撤离教室来到操场。大家一起在老师的带领下迅速撤离。有一名学生，他却在教室里慢条斯文地整理笔袋，然后才慢悠悠地走下楼，好像地震与他无关。另一名学生干脆找来一块毛巾捂在鼻子上，猫着腰跑下楼，他把地震当防火演练了。国旗台前安全办负责人拿着没有声音的话筒在激动地讲话，具体讲什么，谁也听不清。校长表情严肃，在焦急地打电话请示上级。安全办派我去播音室去开警报，结果到处找不着警报铃的按钮，大家都撤离了，警报声才播了出去，一切仿佛在梦中，却又实实在在地发生在身边。我站在孩子们中间，孩子们天真地问我："老师，真地震了，还是演习？""地震就不用写作业了，是吗？"看来，写作业比地震还危险。"欧耶，地震能早放学。"家长也打来电话："地震了，孩子们呢？""我儿子呢？"我只能再拍张孩子们的照片，发到群里，让家长放心，家长们也互相转发孩子们安全的消息。

这一场地震，最初只觉得地动天摇，等我意识到发生了地震时，我首先想到的是自己的亲人，我想应该第一时间给他们打电话，看看他们是否平安，可是，我却下意识地在找学生，后来对那些在地震中为学生献出生命的老师深感敬佩，对教师这一职业有了更深的理解，泪水顿时涌满眼眶。是啊，我们的职业让我们不得不选择先保护弱小者，也就是我们的学生。地震发生了，看看我们的那些班主任，一般情况下，下午基本没有课，大部分老师坐在办公室备课，在大家纷纷往楼下撤离时，这些班主任却纷纷往楼上跑，往自己的班内跑，担心学生没出来，一边跑一边还说："唉，女儿还在幼儿园，不知撤离了没有？"你能说我们的老师那一刻能不神圣吗？

这一场地震，虽然仅仅是余震，但是也让我看出师生们在大灾面前的不知所措，以往的防震防灾演练其实没有发挥太大的作用，师生们的安全防范意识还是不够，就我而言，慢慢吞吞，反应迟钝，如果真的遇到大震，岂能容我观察、考虑、研究？能容我们地震后再拉响警报吗？能容许我，跑出去再跑上楼找学生吗？生命的消逝在于那每分每秒，我们来得及吗？

泪洒课堂

《青山处处埋忠骨》是作者晓年的一篇短文，被选入人教版小学语文教材，教学近 30 年，从没有哪篇课文让我如此地难过，心情如此地激动，甚至整堂课哽咽到无法讲下去的地步，在和孩子们一起读文章的时候，每读一句话，都要停顿很久，沉浸在悲伤的氛围里，虽然我极力想在孩子面前掩饰自己的悲伤，但是均以失败告终，泪珠簌簌落下，甚至感染到了孩子们，陪我一同落泪，读文章时和我一样泪珠滚动，以至于课堂变成一片呜咽，师生抽抽噎噎整堂课。也许，在一些人的眼里，这样的课堂有点矫情，我只想说，如果你了解历史，了解毛泽东主席的生平和他的故事，拜读过他的诗词，你也许比我感触更深，更加理解这位伟人的非常人心态和他时刻想着人民群众的高尚情操。

故事发生在抗美援朝时期，在中南海毛泽东卧室的写字台上，放着一封彭德怀总司令从朝鲜战场上传来的关于毛泽东爱子在战争中光荣殉职的电报，从收到这封电报时起，毛泽东整整一天没说一句话，只是一支一支地吸着烟，桌子上的饭菜热了好几遍，一口动没动，他是多么的难过，中年丧子，那是剜心的痛啊！如果是我们普通人，自己的亲人去世了，肯定要放声大哭，甚至失去理智，可是毛泽东主席却不一样，同样是悲伤，他不希望同别人一起悲伤，不想感染身边的人，当秘书走来说：“彭老总来电，说岸英是主席的长子，请求破格将遗体运回国。”换作是我们，一定会想，毛岸英是主席的长子，小时候和妈妈杨开慧吃了那么多的苦，又带着弟弟们流落上海街头，后来去苏联留学，参加了苏联卫国战争，在枪林弹雨中出生入死，回国后毛泽东主席又把他送到农村参加劳动锻炼，毛岸英能回到主席身边非常的不容易，理当运回国厚葬。可毛泽东的伟人胸怀是我们无法可比的，主席认为儿子已经牺牲了，自己当然很悲痛，可是在朝鲜战场上我们有多少优秀儿女献出了生命，他们的父母难道就不悲痛吗？他总把广大人民群众放在心里，不搞特殊化，在极度悲伤的时刻，依然能够顾及别人的感受，这是我们平常人所不及的。可谁能知道一位老人思念儿子的心情？1990 年在整理毛泽东主席最后一批遗物时，工作人员翻出一个小木箱，打开后才发现这是毛岸英的几件衣服，谁也不知道这些遗物是主席什么时候藏起来的，更不知道主席看着儿子的这些遗物度过多少个不眠之夜。

毛泽东主席是中华人民共和国的缔造者之一，老一辈们提起毛泽东时总是眼中流露出崇敬和怀念的之情，而我自己也非常的崇拜他、敬仰他，他一生平易近人，始终为中国的劳苦大众着想，他的六位亲人先后为革命事业献出了宝贵的生命。他是政治家、军事家，又是诗人，他的诗气吞山河，乐观豪迈，他说“一切反动派都是纸老虎。”他用他的智慧和才能指挥千军万马，历经抗日战争、解放战争，领导中国人民实现了民族独立和国家的基本统一，结束了四分五裂的局面，执政期间在新中国成立初期一穷二白的基础上建立了完善的工业和国防科研体系，摆脱了任人宰割的局面，他是开始了中国快速现代化进程的伟大领袖。

如此伟人，如此胸怀，咋能不令人感动？

镜头外面

有这么一群人，他们普通得不能再普通，如那草原深处的野花，既没有牡丹艳丽多姿，也没有玫瑰迷人的芬芳，却也开得灿烂，那么的有滋有味，这让我总想给他们唱唱赞歌，然而，搜肠刮肚才感到世界上任何赞美的词语都是那么的苍白无力，居然无法表达……

作为一名教育工作者，我参加过各级各类的活动，大到全国的会议培训，小到学校的各类活动，也就见证了许许多多的幕后工作者，他们可能永远不会出现在镜头之中，但是如果缺少了他们也就没有了精彩的瞬间。

运动会大家再熟悉不过，您也许参加过学校的运动会，也参加过旗市级的运动会，甚至是国际那达慕，但是您肯定没有关注到运动会背后的那些人。从运动会开始策划，到运动员报名，少说也得一个月，这一个月里需要投入很多的人力、物力。他们从报名表回收、号码编排到运动员姓名输入、校对、会序册的打印……都要细心地准备，当这些工作全部完成时，真正的工作才刚刚开始。入场仪式、秩序维护、人员邀请、讲话稿的撰写、场地的布置、入场的顺序，层层落实，各部门联动、协调，哪怕到了开幕式或者正式比赛也会出现意外，所有的环节都不可以掉以轻心，这里有多少人在背后工作，我们恐怕无法知道，因为他们的身影不会出现在镜头之中，比起运动员在赛场上的冲刺，这些人也在和时间赛跑，只因为一种责任。没有他们的付出，运动会一定不能够顺利举行。

一场文艺演出正在进行，节目精彩纷呈，现场掌声不断，一片欢腾，没有谁会注意到后台忙碌的那群人，他们面对着的都是杂乱琐碎的事，节目到哪里了？用几个话筒？演员到齐了吗？同舞台上光鲜亮丽的演员和看台前观众的掌声和欢呼相比，他们的心情完全是两码事。一场精彩的节目，观众的掌声与评委的称赞，永远都不会是为那些幕后工作人员响起，别人在谈到演出成功的时候，从不会说是你组织得当才有如此成功。演出前，节目策划、编排，秩序维持，音乐灯光调试，LED 屏的采集调试，节目调度，话筒的传递，每个程序都得考虑到位，每个环节都有人在负责，没有人会问这些工作是谁做的。演出结束后，人群散了，只有幕后那群人留在那里，清点道具与服装，组织人员有序退场，打扫卫生，有时这些工作的完成远比节目演出的时间都长，这些琐碎的事与热闹无关，镜头里也永远不会留下他们身影。他们不能像演员那样在舞台上展示自己的风采，但是一台成功的晚会绝不能少了他们。

一次全国现代教育现场会在小镇隆重举行，会议不同凡响，取得圆满成功，街头巷尾人们津津乐道，消息通过电视新闻、微信平台飞向祖国各地，没有人能知道这次会议的成功举办，有多少人为此加班加点，默默付出。

为了能够让会议顺利展开，上级部门深入学校检查督促，相关部门的技术人员有时加班到午夜，学校更是调动一切力量保证会议的顺利进行，从领导到教师层层落实：经验汇报、会议流程、课堂教学指导、展板制作、解说词的撰写，解说员的训练，简介、会标、迎宾以及路线，甚至卫生工作，等等，每一个细节都不得马虎，几乎所有的教师都参与其中，而每一个细节都需要大家动脑子想办法，这些人普通得不能再普通，默默做着自己力所能及的事，会议如期举行，他们也就功德圆满，如释重负，也正是这些在幕后默默无闻的工作者，才使整个会议更加完美。所以我们不但要赞美台前展露风采的人，更要赞美那些幕后参与者。他们是不可或缺的绿叶，如果没有绿叶的衬托，鲜花还能那么美丽吗？

草原深处那抹红

带着探奇，带着渴望，我们乘坐一辆商务车一路东行，入秋时节，凉风习习，天气真是好得不能再好了。微风中夹杂着雨的湿润，笔直平坦的公路两旁一派草原风光，青的树，绿的草，皮毛像油抹过一样的牛儿们悠闲地啃食着青草，羊儿们一群群地掠过眼前，洁白肥壮。大大小小的海子不时闪现，伴着轻云，一切都充满了浪漫的色彩。然而，我们却无暇驻足欣赏初秋的美景，此行的目的是到苏里格第二天然气处理厂和一些下游企业进行参观。

汽车行驶了两个多小时，我们来到一座灰色简洁的大门前，大门右边的墙上写着几个立体感很强的中英文黑体大字——“苏里格第二天然气处理厂”，一个橙红相间的宝石花状的中国石油标志高高地悬挂在灰色的门柱上，非常醒目。作为有车一族，我经常和中石化、中石油打交道，却从未仔细解读过中国石油这个宝石花的标识，直至今天，我才知道，这朵宝石花的寓意非常深刻，下方的红色代表石油，上方的黄色代表天然气，体现了中国石油注重环境保护，以创造能源与环境和谐为社会责任。这朵宝石花把红色和黄色的渐变发挥得淋漓尽致，像花瓣，像太阳光芒四射，像火苗温暖世界，更像从地平线升起的一轮旭日。也是今天，我才知道石油和天然气是一体的。大门里面是几栋洁白的两层现代建筑，楼顶有一道醒目的红色线条，墙上也有一个醒目的宝石花。这里也许是职工宿舍，也许是厂房，也或许是办公楼。远处有一个高高的井架，熊熊的天然气的火焰像一把巨大的火炬在燃烧，整个厂区安静整洁，绿色的树、各色的花点缀其中，无不向我们展示着这座现代化工厂的风采。

大门徐徐拉开，一位负责人热情地带领我们入内，几位身着红衣的员工列队欢迎我们，那动作、那语言一点都不做作，有种说不出的大气，我对同行的朋友说：“看看这些工人多有礼貌，一定是经过专门训练的。”他笑着说：“什么叫国企，这就是！从工人的素质就可以看出来。”我点头表示同意。他们把我们带进一间休息室，凡是来这里的客人都必须在这间不大的房间里接受一次最规范、最严格的安全教育。等到大家都坐定，一位工作人员操控数字大屏以图文并茂的形式，对作业施工、交通安全、用电管理、应急处置、安全防护等安全保护内容进行了讲解，他用简明扼要的语言向来宾示范安全应对措施，告诫大家：“对安全负责，就是对自己负责”。安全培训结束后，工作人员为我们发放了安全帽和红色的工作服，并要求大家把手机、充电宝、打火机等易燃易爆物品存放在一个小柜子里，通过申请只允许我们随行的记者带相机入内。工作人员还说，不光是我们，包括他们员工，每天都要一遍遍地重复这样的培训，丝毫不敢懈怠，入厂之前还给我们每个人发一个小牌子，没弄清这牌子是干什么用的，我胡乱猜疑，可能是登记人数，消磁、消除静电吧，返回时我们把这牌子连同红色的工作服一起交回。

曾几何时，安全帽只是在电视上看到过，今天真正戴上了它却有一种别样的感觉，尤其是穿上那红色的工衣，顿感热情似火，等到大家都穿戴起来，那真是全国山河一片红，和那些工人们站在一起，俨然就是天然气厂的工人了。红色也许最能诠释石油人的精神了，红色的工作服非常接近中国石油的标识那如宝石花的颜色，洋溢着乐观，洋溢着向上的精神，就像石油人一样能吃苦、不怕累，任凭风吹雨打都不会改变其本色，依然精神抖擞、神采奕奕。除此之外，我总觉得这火红的工作服一定与石油、天然气厂的工作性质有某种联系。带着疑惑我打开百度，果然，这红色的衣服包含着很多的信息。

从事油气开采工作是比较危险的，需要时刻提高警惕，而红色是一种比较醒目的颜色，由于石油、天然气是易燃物，所以油气工人的工作服是红色的，就是为了起警示作用。黄色是波长最长的一种光，它能穿过空气中细小的杂物。所以警告灯和安全服一般采用黄色，我们一路就看到的一些气井的管道和阀门是黄色的，感觉既干净又清爽。但是石油工人大多工作在沙漠地带，土地、工具和黄色的颜色比较接近，不容易区分。而其次红色的波长最长，特别是在沙漠、海洋等纯色系地带，红色往往在第一眼就被发现，所以采用了波长相对较长的红色来区分人与环境。这样设计也是为了工人的安全着想。

除此以外防污染服也是红色的,红色的工作服一线工人穿得比较多，比如钻井、采油作业的工人，不过现在大部分工厂的工人都在穿这种红色的工作服，二线员工稍有色差。工作服的面料主要是由涤纶纤维和棉纤维混纺的一种化纤制品。它既能抗皱、抗起球，又不失棉的舒适，透湿又透气。同时，面料还有导电纤维组成的防静电丝，用来防静电。由于石油化工行业往往存在可燃气体爆炸性混合物，有些危险物质易产生并积聚静电荷，当静电电位达到一定的程度并具备放电条件时，极易引发爆炸和着火事故。在油气生产中，特别是在加油站、天然气钻井、集气站这些地方，静电是要被严格避免的。这么一来，我们进门时那套严格的安全培训就可以理解了。

一位女工作人员把我们带进一个小型的展览馆，这座展览馆的设计别出心裁，现代感很强，依然是用黄色、红色、白色搭配，处处体现着中国石油的蓬勃发展，让人耳目一新，工作人员和陪同我们的负责人，一边讲解，一边向我们展示苏里格第二天然气处理厂的发展历程和发展历程中所发生的一些可歌可泣的故事。苏里格气田作为中国陆上最大的整装天然气田，在保障京津地区天然气稳定供给上，有着举足轻重的地位和作用，而这些都离不开油气工人们无私的奉献，在那些高耸的井架上，他们默默地把汗水挥洒，他们远离故土，任劳任怨，不畏严寒酷暑，不怕寂寞孤单，把青春驻扎在这沙漠深处，携手并肩。

雁奶奶

湛蓝如洗的天空，几片轻柔的浮云在眼前悠然地飘动，像小船一样轻轻划过。被秋霜浸染过的野草、落叶，在不算萧瑟的秋风中婆娑起舞，那遍地的色彩充满了迷人的魅力。就是在这样大雁南归的季节里，雁奶奶又回到了小镇上。奔波于征程，只为生活，谋求生存，那是候鸟，是大雁；往返于城乡，春秋复始，常年如此，那是雁奶奶。

雁奶奶今年 90 岁了，耳不聋，眼不花，饱经风霜的脸上总是露着慈祥的微笑，一双不大的眼睛透着老年人眼中少有的炯炯光芒，讲起话来干脆利落，她的身子骨看起来还很硬朗，走起路来很有精神，怎么看都不像是90岁的老人。她的衣着很朴素，她常常把自己收拾得干干净净。雁奶奶和我是远亲，可我并不熟悉她，比起高度近视又有脸盲症的我，不管在哪里相遇，她老人家都能认得我，总是要停下脚步寒暄几句才离开。她的故事是我从别人的只言片语中听来的。

雁奶奶是一位精明能干的女人，一辈子面朝黄土背朝天，吃了不少苦，年轻的时候，家里大事小事都是她一手操持，掌管着家里十几口人的生计，儿女们也是唯母命是从。如今，雁奶奶快五世同堂了，儿子、女儿的日子过得自然不在话下，就连孙子们也都娶妻的娶妻，生子的生子，她的曾孙女都上大学了，她可谓是功成名就，到了能享清福的时候了。用我妈的话说："枣核子支脚丫丫了，该享受享受了。"然而，雁奶奶却撂不下她那生活了一辈子的在农村的那几间老屋，撂不下那片她为之奋斗了半个世纪之多的土地。

每年春暖花开，万物萌动，大雁归来时，雁奶奶想回村子的心也开始萌动了，她打点行囊，呼儿唤孙，非要让他们把她送回农村去，任凭儿孙们怎样劝说，她那回村的决心毫不动摇。有时候，儿孙好不容易哄得她答应再待几天，不出三天，她又吵着要回去。老人家年纪大了，加之农村生活条件差，吃饭要劈柴，万一生病治疗不如镇区方便，更何况儿孙们都在镇区工作，儿孙各自的生活条件也都不错，照顾她不成问题。再说了，让一位90岁的老人回村种地，自给自足，面子上、里子上都说不过去。可她就是不爱住在小镇里，一住在镇子里就觉得浑身不自在，一会儿说不接地气，一会儿说不自由，一会儿说连个能拉话的人都没有，一会儿又说连吃把菜都得买，喂只鸡也要圈起来，这过得叫什么日子！她习惯了干农活，闲着就各种不舒服，各种不踏实，在她看来城镇难以融入，住在楼里，家家户户门窗紧闭着，回到家里，房门一关，就意味着与外界隔绝，她想要走出去看看，周围一切又都是陌生的，儿孙们又都在忙各自的工作。也许，在她的内心里，小镇从来都不是她的家，她的家就在那个叫黄海则的沙窝窝里，无奈之下儿孙们只好乖乖地把她送到乡下。只是，家人瞒着她，雇了一户邻居，留了电话，要求人家早请示晚汇报，时刻掌控老人家的健康状况。

回到乡下的雁奶奶，干劲十足，好像年轻了十岁，一刻都不闲着，养鸡、喂猪、养羊、播种施肥，感觉只要能干上一会儿活，她就舒坦了，即便是辛苦、劳累，也感觉幸福得不得了。也许正是老人家这些长期养成的劳动习惯才是她健康长寿的根源。

雁奶奶回到村子里，每年都要养一头猪，像养宠物似的精心照料，为了让猪吃饱，揪苦菜、摘灰条、煮猪食，忙得不亦乐乎，雁奶奶把猪喂得膘肥体壮，油光锃亮，闲暇之时还趴在猪圈上欣赏她的杰作，喽、喽、喽地呼唤着，偶尔还呵斥几句，仿佛那猪能听懂她的话。到了冬天杀猪的日子，一个电话，子孙们一起赶回老屋，除了能吃上一顿美美的杀猪菜，每人还能分到几斤自家产的绿色猪肉。看着儿孙们欢聚一堂，笑逐颜开，雁奶奶甜到心里，脸上也溢满知足的笑，那是发自心底里的笑，是任何金钱和物质都无法代替的。

今年，听说 90 多岁的她又养了一群羊，当起了羊倌，等到她返回小镇之时，羊都出栏了，居然赚了 1 万多，连羊贩子都感到稀罕，更是让我们这些做晚辈的汗颜。90 岁的老人都如此勤劳，如此拼搏，我们还有什么理由不去奋斗？

找牙

母亲72岁了，但是有一口好牙，吃嘛嘛香，她也一直以她那口好牙引以为傲，每次听见我们喊牙疼，或者听见我们说牙开了洞，需要补牙，她老人家总是用很不屑的语气说："我在你们这个年龄的时候，根本就不知道牙疼是怎么一回事。"我们不以为然。

前些日子，母亲说她牙疼，一颗牙好像坏了，我领着她去牙医诊所去看医生。经过诊断，母亲的一颗牙直接被拔掉了，另一颗需要观察一段时间，要看看能否补救。一个月后，那颗牙因为压根发炎也光荣下岗了。担心拔掉牙后引起其他牙齿松动，医生建议镶牙。母亲无奈地接受了，不过总是絮絮叨叨："把我的牙都拔了，还要钱？"医生给母亲量身定做了一颗假牙，但是需要等待。

两个月后，医生说假牙到了，母亲便去诊所镶了牙，一排齐整整的牙看起来很不错。为了庆贺母亲有了新牙，我特意在饭店点了几个母亲最爱吃的菜，猪脊骨、牛腕骨、茄盒子，她吃得津津有味，饭后，我边喝茶边问母亲："你感觉那颗假牙吃起饭来方便不？管用吗？"母亲说："没感觉。"说着用舌头舔了一下牙，突然，神情古怪地看着我说："牙没了，是不是被我咽下去了？""咽了？不可能吧？啥时丢的？"我一急差点把嘴里刚喝进去的茶喷出来。那颗假牙是带有铁挂钩的，咽下去还了得？我说："肯定没咽下去，估计是刚才吃饭时带出去了。"我赶忙拿起筷子在盘子里的一堆骨头中扒拉着。假牙果然静静地躺在盘子里，我舒了口气，看到假牙失而复得，我和弟弟都笑了。

那颗假牙粉嫩嫩的，带着金属挂钩，多少给了我这个没见过假牙的人一些视觉和心灵的冲击。母亲用一只缺失了大拇指的手笨拙地拿起假牙往嘴里摁，颤颤巍巍，却怎么也安不上，我心中升腾起一种歉疚之感，为什么没想起给母亲镶一颗固定的牙呢？母亲是牧民，哪有时间每天把假牙取下来，去用盐水泡，去除菌，再安上去，这不是给母亲添麻烦吗？如果说母亲干涩、粗糙因类风湿病引起病变而变形的手，像枯藤老树一般地告诫着我，母亲老了，那么这颗让我看起来极不舒服的假牙则暗示着母亲已韶华不再，却又努力争取健康，不想给儿女添麻烦。

母亲出生于解放初期，那时，陕北农村的生活非常艰苦，各家各户的孩子都不少，大多数孩子七八岁就开始参加各种劳动，能上学的大多是家里顶小的、受宠的或者是男孩子，母亲是姊妹里最小的一个，得到我外公外婆特别的宠爱，所以有了上学的机会。母亲常常给我们讲她小时候上课，孩子们人人都有个小沙盘，里面装上沙子，用小木棍在里面写字，一遍又一遍，抹平，再写，今天听起来好像很环保实用又省钱，节约了不少的纸张笔墨。而算术课常用的工具就是算盘，母亲就是在那个时候练就了打算盘的本领，外公是当时队里的干部，记工分、算分红，母亲便常常给他打下手，算得一笔好账，远近闻名。直到现在，加减乘除口诀背得相当流畅，她还会倒背除法珠算口诀，手底下啪、啪、啪，精准熟练地打法让人瞠目结舌，这一点我们自愧不如，也很为这门快要失传的技艺而感叹。

后来，母亲从乡下嫁到了城里，再从城里来到内蒙古，在那个物质匮乏、食不果腹的年代，既要照顾小叔小姑和我们一群孩子，又要放羊种地，操持家务，她半生受尽了苦难。后来母亲和父亲白手起家，抚养我们姐弟七人，放过羊、扛过锹、贩过地毯，其中的经历和艰辛是难以言说的。母亲有极强的经商头脑，性格坚强，但是有些事总是不遂人意，小妹常说，母亲是从大风大浪里走出来的，不是一般的人物。

年轻时候的母亲容貌姣好，黑黑的头发，挺直的背，皓齿明目。如今，她的两鬓染了银霜，原本挺直的背也驼了，那种沧桑，让我有说不出的伤感。看着母亲的那颗假牙，我随即打电话向医生咨询，看看能不能给她安一颗固定的、省事的牙。医生说：“可以的，就是费用有点高。”我征求母亲的意见，她说：“不镶了，我一个70多的人了，镶那个没什么用。”我有些气恼，母亲总是担心花太多的钱。“必须镶，你现在这颗假牙，太麻烦了，回家你又是喂鸡，又是放羊，哪有时间伺候它？镶吧？镶上再活20年。”母亲笑了！

水塔上的树

小镇的东北角有一座红砖水塔，这座水塔算不上老，小镇建成之时，它是小镇的标志性建筑物，它为居民送去甘洌的井水，养育着全镇的人。现在，这座水塔是否还在运行就不得而知了。它高高地耸立在高楼之间，路过时一眼就能看到它，相信站在它的顶端也能看到整个小镇的全貌，它见证着小镇的发展，聆听着小镇的故事。它好像是一位邻居，一位老朋友，人们已经习惯了它的存在，虽然常常经过它的身旁，也未必认真看过它。

水塔就在我家不远处，很不起眼，只因夏日里那不经意地一瞥，便植根于心。我看见了那棵长在水塔顶端的树，它高不可攀，披头散发，没有形状却傲骨铮铮，它的出现，让冰冷的水塔变得生动起来，仿佛水塔也有了生命。那棵树在高高的塔顶俯视着我，枝条随风舞动，也没个方向。我突然为这棵树的顽强生命力而战栗起来，直到这一刻，我心心念念、思思暮暮想着这棵树，它，让我对生命感到可畏而可敬。

水塔那么高，那棵树到底是怎样上去的呢？它生长的环境比之悬崖峭壁、岩石、砖缝更为险峻，水塔是用水泥、钢筋筑成的，没有泥土，没有养分，更没有水，俗话说："高处不胜寒"，它在那里经受着严寒酷暑、狂风暴雨，它的枝干应该负载着说不完的苦难，可是它没有停歇、屈服、萎谢，依然傲然屹立，郁郁苍苍，生机勃勃，这真是一棵顽强执着的生命树。

这棵树给人带来的是诗的意境、是浪漫的情怀和对生命的震撼。强烈好奇心驱使着我极力想弄清它的真面目，可是水塔实在太高了，这棵树如同九天仙女飞在云端，遥不可及，巴比伦的空中花园也不过如此吧。我无从知道它的背景，甚至，连它是什么树种，到底长得有多高都弄不清。它总是和我保持着一定的距离，多少次，我一个人仰脖兴叹，猜想它是一棵榆树，也许在某个春天，一枚榆钱，借着风的力量飞到了水塔顶上，在某种机缘巧合下，生根发芽，长成了如今的样子；也许，它是从一只飞翔的小鸟嘴边跌落的种子，偶然落在了水塔顶上积沙的围墙边缘，正逢那年雨水充沛，树种便破土而出，见着了阳光，感受到了温暖，于是，也就有了生命，从此，它就扎根在水塔上，努力地活着；也或许，是一只迁徙的候鸟，因身体羸弱在飞行途中落了单，停留在水塔上歇息，不幸遇到寒流而死去，它是那颗留在鸟儿腹中的种子，在鸟儿失去生命的躯体的保护下，它没有被风刮走，等到来年的春天，种子经过细雨的浸润，阳光的洗礼，并汲取鸟儿的腐尸提供的养分，渐渐发芽了，长大了，坚强地挺拔了身躯，树苗长得并不健壮，却散发着诱人的生命力。

当这棵树在这个高高的水塔上扎下根的时候，生命就赋予了它一种执着向上、知难而进的品格。这棵树的生命，我们无法预测，天灾人祸都有可能让它在某一天消失，它不能预测自己的生死，但它淡定如水、安之若素，在它活着的每一刻里都把生命发挥到极致，这棵树作为一个独一无二的事物，它大概在世界上仅生存一次，相信不会再有第二次这样的巧合。冥冥之中，它在告诉我们，人的生命也往往就是一场奇迹，是一种机缘，如同这棵生长在水塔上的树，演绎着和人一样平凡而又悲壮的故事。

对于我们每个人来说生命也只有一次，它很短暂，我们很幸运地拥有了它，它值得我们去珍惜，去用有限的生命发挥它最大的价值。此时，特别鄙视那些因一点点挫折就轻易放弃生命的人。人的一辈子，其实就那么简单，有故事固然好，没故事也不错，金钱、权力、荣誉都算得了什么，比起生命来说，最重要的还是应该善待自己，过好自己的每一天。当你在人生的旅途中遭遇坎坎坷坷，当你身处逆境而怨天尤人时，请停住脚步看这棵生长在水塔高处，身处险境却依然努力拼搏欣欣向荣的树。

官厅记事

入伍第二年的一个三伏天，烈日炙烤着大地，热浪滚滚，营房就像蒸笼一样，热得让人喘不过气来。一天，连里接到司令部作训处的命令，要求连队所有官兵都到官厅水库参加游泳集训。连队抽调了 40 多人，由连长亲自带队，除了侦察排全体战士外，还从工兵排和警卫排抽调了几名战士，我就是其中之一。

连队到官厅水库有 100 多公里地，军用卡车在坑坑洼洼的公路上颠簸着，不知过了多久才把我们送上一列绿皮火车，又不知过了多久我们抵达一个名叫狼山的小站，下了车，直奔集结地——官厅水库。

初次见到官厅水库，除了几个来自南方的兵以外，那宽广宏大的水面，对于我这个来自内蒙古的兵的内心是震撼的、激动的，也是兴奋的，恍惚间像是走进另一个未知的神秘空间。水库一倾千里，天连着水，水连着天，烟波浩渺，我们的宿营地就在水库旁边的一个小村庄里，十几户人家散落在水库岸边，村民的烟囱里冒着缕缕青烟，房屋大都是土坯房，破烂不堪，看起来很是贫穷，这些村民种的地并不多，有些村民靠打鱼为生，远不如家乡的牧民生活条件好。从训练场的东边远远望去有一座铁路桥，偶尔有火车驶过。

来到这里，意味着我们要天天和水打交道，也意味着紧张艰苦的训练开始了，大家无暇欣赏周围的美景，便投入到训练中，参加集训的部队很多，每个连队都有一块属于自己的训练区域，教练用浮标线来划分训练区的深水和浅水区，安全设施很简单，就是漂浮在水面上的几个救生圈。

生命在于折腾！游泳在于扑腾！战友们大都来自北方，是典型的旱鸭子，用教练的话说：“你们就是秤砣，不想死就得好好练！”面对这样的水库，大家明显有一种恐惧感，心理压力和精神压力巨大。比起这些战友来说我算是幸运的，多少会一点游泳，虽然只是“狗刨刨”，但是不怕水是真的。

集训第一阶段我们练习蛙泳，据说这是最省时、省力也是浮力最大的游泳姿势，训练的时候，我们只穿一个大裤衩子，裸着上身趴在土台子上，在教练的指导下，反复练习动作要领：“划臂、蹬腿，一二三四，划臂、蹬腿，一二三四……”如此反复，肚皮磨得通红，要领并未全部掌握，接着就下水练习憋气、划水、蹬腿，慢慢地就在浅水区绕着浮标线，一圈一圈地游，蛙泳不单需要技巧，还需要良好的体能，蛙泳更是对毅力的考验，那段时间，我们历尽艰辛，苦不堪言，一个个被太阳晒得像非洲土著，有的后背晒得都蜕了皮，有的背上全是水泡，还有的皮肤溃疡，皮剥了一层又一层，苦、累是真的，如果不当兵，你根本体会不到什么叫“给你一块饼，你能吃得比什么都香，给你一块地，你能睡得比猪死”。回到营地，倒头就能呼呼大睡，天塌下来也不管，困倦与疲惫早就支配了一切。

我因为有一点游泳基础，没几天就学会了蛙泳，有的战友因为恐惧水，战战兢兢，经过无数次的训练都没法过关，你跟他说，别紧张！要把头放水里，伸直了腰，身体才能保持平衡，他哪里顾得了这些，手脚因为紧张不听使唤，身体就像秤砣一样往下沉，手舞足蹈，乱抓乱划，急得教练把他捞起来又恨不得摁在水里呛死。

战友强子是一位老兵，牛高马大，体重也在一百八九，脾气很犟，他在陆地上的训练成绩都很优秀，尤其是擒拿格斗，属于力量型人物，可他就是不敢到深水区游泳。

游泳教练是一位作训参谋，古板正直，典型的职业军人。随着训练的跟进，教练的脾气也渐长，战友们也都憋了一肚子气，训练场的气氛紧张得如同火药桶一样一触即发。教练见强子如此倔强，特别恼火，就用背包带拉着他往深水区拽，两个人算是较上劲了。一次在浅水区，教练把强子的头摁在水里不让换气，强子突然发力，从水中站了起来，直接给教练来了个“锁喉”，可怜的教练被拎在空中，手舞足蹈，脸憋得通红喊不出声来……排长看见情况危急，忙从强子的魔爪下把教练救了下来，训练因这一突发事件而中断，大家随即被命令全体上岸，连长宣布给强子记处分一次，从此，那位教练很少来我们这里指导了，一码归一码，训练仍然有序地进行着……

按照训练任务，成绩达标后就可以上岸休息，自由活动。官厅水库岸边的沙滩上有许多的河蚌、螺蛳，一天，因为无聊，我顺着那些河蚌的印迹一路向前捡，不一会儿就捡了一网兜，虽然当时连队的伙食没有油水，但是不限量，管饱吃，主食还可以，只是副食一般般。我就想着把这些河蚌拎回去给炊事班，中午给大家改善改善生活。这东西能不能吃，不知道，我所见过的贝壳就是家乡人抹手用的那个“海个本油”（方言）——“蛤蜊油”，想必也是好东西，炊事班应该懂。我把一兜子河蚌给了炊事班，这些哥们很内行，拿开水一浇，河蚌全都张开了口，洗干净中午做菜给大家吃，一番美意，却害得战友们跑肚拉稀。

经过无数次的呛水，无数次的摔打，我们总算跌跌撞撞进入游泳训练的第二阶段——武装泅渡，武装泅渡是在赤臂游合格的基础上进行的，这就意味着条件和任务更加残酷，体力消耗更大，武装泅渡时要求大家穿着衣服撸起袖子，脱鞋、脱袜、赤着脚，裤管尽量往上挽，一直挽到大腿根儿，折子尽量往小折，折子太宽，游泳时容易散开，增加阻力。鞋子要求都别在腰带上，衣兜全部翻向外边，防止兜水。同时负重 20 公斤（枪、手榴弹，还有一个装满水的军用水壶），还要保证负重物不能丢，不能散，不能乱。试想，赤臂游都很困难了，更何况是背着这些东西在水里游，只要动作稍慢一点，人直接就像“秤砣”一样往下沉，所谓的蛙泳增加浮力的说法在这里不堪一击。武装泅渡过程中，各种各样的情况都有发生，呛水抽筋、体力不支、裤腿散开……

一天，我们又扑到了水里进行武装泅渡，由于风大、浪大，我游了不到一圈就喝了两次水，最严重的一次是被水呛得喘不过气来，趴在旁边的救生圈上咳个不停，终因体力不支狼狈而尴尬地败下阵来。之后，每次下水时，就动起了歪心思，我悄悄地拧松水壶的盖子，在入水前将壶里的水倒出去一部分，再拧紧壶盖，这就等于在自己身上加了一件救生衣，省了不少力气，出水前再将壶盖拧开灌满水，我为自己偷懒成功而窃喜。过后，又有点后悔，如果是实战，不练好过硬的本领又如何在战场上生存！那些天，我们从岸边的宿营地爬进水库，再从水库爬回宿营地，经过无数次穿浪而行，无数次呛水和摔打后，我游泳的本领如虎添翼，最终，顺利地通过了考核。

两个月的集训时间不长也不短，当我们坐上火车再次回到连队，看到营房大门的刹那间，一股暖流涌上心头，那是一种久违的家的感觉，我眼圈一热，不由自主地感慨：啊！终于回来了！这句话不慎被带队的连长听见了，他问我：“你觉得累吗？”说不累是假的，但是我还是坚定地回答道：“不累！”

寒来暑往，岁月更迭，多少年过去了，官厅水库集训成了我永恒的记忆。

古城老院

余秋雨先生辞去院长，独自在荒野大漠中考察了整整十年，去寻找中华文化的关键性遗址，并行程上万里考察全人类重要的文化遗址，成就《文化苦旅》《千年一叹》两部大作。我没有他的宏图大志，更比不上他的文笔，也拯救不了即将消失的历史遗迹，但是他的思想，他的执着，深深地打动着我，让我总是想起古城榆林那座曾经颇有人气的老院。

我的祖籍在陕北榆林，与古老的榆林城有着千丝万缕的关系，直到现在，我大部分亲人还生活在那里，所以便经常往来于鄂前旗与榆林城之间。那里还有一座属于我们这个大家族历经百年的四合院。老榆林人多以四合院为主要的生活空间，那些院落有的建于明清时期，有的建造于民国时期。古城里的每条巷子、每个院落都与北京城的胡同和四合院布局相仿，“榆林小北京”大概也源自于此，“长街十里，城扁街宽，坚厚的墙垣，宽敞的庭院，铺户家宅，都略具北平的局面。”著名作家老舍先生造访古城时，曾在《绿树清泉的榆林》中用此句深情地赞美榆林古城，可见榆林的四合院是多么的具有文化魅力。

榆林城的四合院都大同小异，有的是一个院落，有的一进两跨院，还有的一进四跨院。我家的四合院是一个院落，不论几个跨院，每座院落都有一个高高的像角楼一样有飞檐的正门，走进门去，一般有一块约十几平方米的公共用地，正对大门处有一个很大的影壁，上面雕刻着精美的花纹或者“福”字或别的什么吉祥纹样。遗憾的是，我家大门对面的影壁不知什么年代就不见了，只剩东边墙上的一个小神龛，供重大节日敬神用。第二道门略小，据说当初有过垂花门，应该很漂亮，我是没见过，现在只有两扇笨重的已经失去颜色的破木板门惨兮兮地守护着这个古老的院子。从第二道门跨进去才是真正的院落，院子很宽敞。夏天，各家各户门前总会摆放些花花草草，富有生活情趣，榆林城的多数四合院都是以家族聚居的，我家这个院落也是如此，只是后来把东、西房的几间厢房卖给了外姓人家，听说当时只卖了白菜价。

再后来因家族人口的繁衍，曾爷爷辈的弟兄们就把这座四合院分给了各家，属于我们这门的是北房五间，也是正房，东西挂有小耳间，堂屋一分为二，四户人家各拥有一间半，坐落在五级台阶之上，台阶上的大青砖被踩得黑黝黝、光溜溜，泛着油光。所有的房间里面还有一道左右开着的门，能够贯通每个房间，墙壁较厚，在墙上做个小小的墙柜，用来收纳物品，后墙用砖裱了起来，看起来很土豪，两边厢房的隔墙用土坯砌筑，堂屋两侧的隔断则全部是雕花的木格子，屋子里冬暖夏凉，温馨简朴，很聚人气。

整个院落看起来错落有致，北房较高，所有的房屋青砖灰瓦，飞檐走兽，构造精美，独具匠心，被称为“五脊六兽，穿廊虎抱”。记忆中，屋檐下有几根柱子，雕梁画栋，精美气派，很像颐和园的长廊，只是距离短了点。后来，人们搞维修就把柱子和雕梁包在了里面，现在基本看不见穿廊的本来面目，所有门窗、廊柱全部是木质的榫卯结构，玻璃只是那么一小块，窗棂都用麻纸裱糊，窗户里面还有一层厚重的木格子护窗，也是用麻纸裱糊，只有到了晚上才关闭。一盘火炕坐落在靠南边窗户的位置，所谓倒炕，大约是为了采光，设计得很科学，冬天里，阳光从窗户照进来，的确很温暖。靠炕的一角有个砖砌的小炉灶，既能煨炕又能做饭，炉灶旁边的墙壁上，包括我去过的古城人家的围子无一例外都彩绘有老虎、蝙蝠等图案，墙围上彩绘的那些花边、图案都是有故事的，虽历经百年，油漆都龟裂变成褐色，但依然栩栩如生，感叹那个年代民间艺人精妙的技艺和油漆的细腻。驻足期间，看着让岁月风霜侵蚀成深褐色的木柱、木板、窗棂，不禁让人有一种恍然隔世的感觉。

屋内的陈设简单而又别具特色，靠墙的矮柜上一般会摆着一两个尺把高的青花瓷瓶，里面插着鸡毛掸子，一对高高的红漆大竖柜立在屋子的北边，厚重、沉稳，铜制的锁具闪着金属的光泽，古朴典雅，红色的漆面历经百年居然完好无损，大柜中间有个小门，柜后留有一定的空间，想必是堆放杂物用的，那里倒成了我儿时捉迷藏的好地方。大竖柜顶上有几只大木箱，箱子上古朴而简单的绘画，仿佛诉说着我们这个百年家族的昔日辉煌，这样的大竖柜在榆林的土著居民中几乎家家都有，也不失为榆林古民居内一道亮丽的风景。

老院距今有近一百多年的历史，一砖一瓦无不凝聚着先人的聪明才智，一石一木无不体现着祖辈的精湛技艺。可就是这样富丽堂皇、无与伦比的百年四合院，却因年久失修，拆的拆，改的改，租的租，遭到严重的建设性破坏，四合院变成鸡肋，弃之可惜，食之无味，砖木结构的老屋经过岁月的洗礼，岌岌可危，更有缺德者趁着老屋无人看管，上房揭瓦，偷取古砖、古瓦、兽头。有的老屋已成危房，不能住人，即便有心修建，也因建筑材料运不进来，建筑垃圾倒不出去而束手无策，更何况，这些老屋的一些工艺是现代技术无法企及的，我们只能眼睁睁地看着它逐渐衰败。

除了我们的老四合院，榆林城巷子里的那些正宗的百年古民居大多显得老态龙钟、破败不堪、满面尘灰，每进去一个院落，犹如走进贫民窟，古代的、现代的混搭着，杂乱无章。多数老屋的门锁早已锈蚀，木门窗花或破损或变形，不少老屋的屋檐已经下垂，椽头腐朽，泥土外露，砖块、瓦块有随时掉下来的危险，有些屋顶因为漏雨，覆盖上了彩钢板，显得不伦不类，看着令人唏嘘不已。

整天在钢筋水泥的丛林里游走，我总会不时想念起这座百年老院来，想起奶奶系着围裙在锅台前转悠；想起和姑姑们一起在炕上聊天；想起和弟弟妹妹们在院子里跑来跑去。想得更多的是：它的容颜还在被岁月斑驳；它的砖瓦支离破碎；它的屋檐扭曲开裂；它的设施变形走样，而我却无能为力，那是种揪心的痛。

本来，榆林的这些古四合院也和全国的古村落、古民居一样，像一颗颗散落在中华大地上的明珠，它集历史、艺术和科学于一体，是不可多得的文化遗产，这些古色古香、精美气派的古民居，构成了榆林城独有的、厚重的文化气质，也是榆林城屈指可数的招牌，然而，我们喊着文明的口号，却践踏着、怠慢着这些祖先留下的财富。

纵观全国各地，一些地区大兴土木建造仿古建筑，招商引资，开发旅游资源，孰知那些仿古建筑，建得再好，模仿得再像，始终还是假的，怎比得上这些像榆林四合院这样的本来就存在的古老民居？历史的积淀是永远无法复制的、不可再生的，这些四合院里的老房子拆一栋，少一栋，长此以往，消失殆尽，难道这样美轮美奂、富丽堂皇，汇聚老一辈能工巧匠智慧和汗水的百年老屋，真的要变成水中月、镜中花，毁在我们这一代的手中？

我为自己不能像余秋雨先生那样呼吁保护这些文化瑰宝而惭愧，更为这些处在风雨飘摇中的百年四合院感到惋惜！

印象榆林

榆林是一座古老的城池，榆林也被称作驼城，在城南门口有一座骆驼的群雕，那是榆林城的象征，看来至少在某个时期，往来榆林的交通工具就是骆驼。由于榆林地处毛乌素沙漠腹地，贸易往来靠骆驼是最合适不过的，我在内蒙古的老乡们也称榆林城为“特绵图”，它是农耕文化和游牧文化的交汇地，榆林城北连接着辽阔的草原，我不是历史学家，只是单从长城以北的地名来看：小纪汗、巴拉素、补浪河、昌汗界，这些地名绝不是汉族的称谓，据史书记载这里曾经商贾云集，镇北台脚下的易马城遗址足以说明这里是古代蒙汉通商的重要边境小镇，即便是今天，走在榆林的大街上，街道两旁的商铺鳞次栉比，装饰的商铺的砖瓦古朴而雅致，依然能看出昔日的辉煌，我的祖上曾经就是边客，看过《乔家大院》《走西口》电视剧的人都知道，边客就是跨过边界到草原做生意的人。

榆林是有名的塞上古城，古称“上郡”，始于春秋战国，兴于明清，是明朝九边重镇“延绥镇”（又称榆林镇）的驻地，有“南塔北台中古城，六楼骑街天下名”的美誉，它在神州大地上实属罕见，这也是榆林成为国家历史文化名城的重要标志。只可惜上述六楼里的三座楼曾经遭战火和近代人为破坏，只剩下其中的三楼，我们目前所看到的大街（gai榆林方言读“与该字同音”）的牌坊和其他的楼都是近年来复原的。再看“肤施路”“上郡路”“校场路”“解放巷”“八狮巷”这些街道巷子名称，只要有点常识的人，都能看出榆林在历史上是兵家必争之地，有许多关于这些巷子的历史传说，就连巷子的名称都很有文化底蕴和地区特色，“李学士巷”“常官巷”“吕二师巷”“豆腐巷”“曹辣肉巷”“挂面市巷”，还有“无量殿”“金刚寺”等寺庙，无不体现着明清时期的建筑风貌，大街的整体布局和北京的胡同街道非常相似，实在是令人称奇。

镇北台、红石峡、凌霄塔、万佛楼、钟楼、莲花池、东城墙，提起榆林的这些景物，总会有一种难以言表的亲切感，这不仅是因为我在那里生活了将近六年，留下了许多美好的记忆，更因为我的大部分亲人现在还都居住在那里，那里还有一座属于我们这个家族的古老院落。

小时候，我往来于榆林城瓦窑沟巷与水圪坨巷之间，那时二叔工作忙，还要照顾姑姑们，她们也都和我一样在上学，所以我就寄住在瓦窑沟巷的大姨家，但是，每到星期天，三姑和小姑总会来大姨家找我，我也总是眼巴巴地盼着，只要在门口望见她们的影子，我就忙不迭地和姑姑们回水圪坨巷的老院里，因为那里轻松、自在。那段时间，我就是姑姑们的跟屁虫，大姨每次都和邻居絮絮叨叨，说她不管怎么对我好，都比不上我和姑姑们骨血亲，小时候听不懂什么叫骨血亲，现在想起觉得血缘真的是很神奇的东西。

非常有幸，瓦窑沟巷和水圪坨巷之间就经过钟楼、新楼、万佛楼，我最大的乐趣就是行走在左右店铺林立的石板街上，穿越那几个楼洞，然后期盼着有一天到楼上去看看里面有什么东西能被发现，然而，直到现在我也只是在新楼底的石台子上绕着粗粗的大红柱子和同学玩过捉迷藏，有时会跑到万佛楼和钟楼的楼洞里大喊一声，只为了听那悠远的回声，别的就一概不知。

我往来的这两条巷子都不宽，可以说榆林城内所有的巷子都不宽，如果小汽车进去，就别想掉头出去，巷子里用砖头或石板铺着的路面走上去有点硌脚，曲曲折折、古朴幽深。小巷两边的每个院子的大门都有两扇厚重的木板门，门后有个大门闩，关闭起来很吃力，大门上都有飞檐，古色古香的。这些巷子和老院都是孩子们的乐园，精美气派的院落里有许多民族传统的手工艺和地方小吃，风车啊、灯笼呀、大头娃娃哪！

麻糖啦，香拿呀，什么都有，中秋节家家户户打月饼，那可真的是香飘十里；最神奇的是那用来爆米花的黑家伙，转呀转呀，“砰”的一声，玉米花四溅，孩子们欢呼雀跃，据说，美国人称它为世界上最先进的膨化食物。大姨家的上院有户人家姓宋，男主人是位画家，专给寺院、庙宇、道观做彩绘，塑佛像，那些佛像栩栩如生，彩绘的颜色鲜艳夺目，总让我流连忘返。下院有户人家会做风筝，老爷爷画出的风筝非常漂亮，他很喜欢小孩子，那里是我们小孩子们最爱去的地方，他还为我画过一只漂亮的大蝴蝶，我拿到学校给同学炫耀，让小伙伴们羡慕不已。我的姨父是一位地毯厂绘图师，他的剪纸精细、灵动、喜庆而热烈，我们现在见到的剪纸作品比起他的作品来说不值一提，也许我的绘画启蒙就是来自这条窄而深的古城小巷。

榆林城里有很多比较隐蔽的地道，有的人叫它防空洞，它是战争时期用来避难的场所，也有的人说是军队用来储藏枪支弹药的，现在大多地道已经把口封了，据说地道里面纵横交错，四通八达，可以直通城外，我曾经就读的五完小教室内就有个很大的拱形洞口，同学们说那是地道口，门锁着，老师不让我们进去。但是我的曾外公住在东山上，（榆林城东高西低，街道里的上巷一般都是爬坡而上，所以称为东山）他家的窑洞里居然也有一条地道，低矮、深远，里面没有灯，拿上手电筒也照不远，里面有水井、厕所、灶台、石磨等生活设施，还有通风孔，我因为害怕，不敢往里走，现在想想真是遗憾。

每到寒暑假，如果不回内蒙古，我便像脱缰的野马，东边城墙，西边莲花池，北边红石峡，南边凌霄塔都是我的好去处，那几年，我几乎和院子里的小伙伴们逛遍了整个榆林城。

在我上学的时候，东城墙破烂不堪，有许多豁口，城砖四处散落，城关的农民把城砖拆回去盖房，砌猪圈，那个时候应该是长城破坏最严重的时期，小孩子们随便就能爬上去，站在城墙上望远处——那个号称七里沙的地方黄沙漫漫，沙子把城墙外边埋了半截，有的地方都可以直接跳下去，不过，城外更多的是乱坟岗，小孩子们害怕，从来不去城墙外边玩。偶尔在长城上，还会碰到拍电影的，大多是战争片，我便常和小伙伴们在人群中穿梭，那些电影演员没有一点架子，他们有时还拍拍自己的头上的绿钢盔和我们开玩笑，扮演日本鬼子的演员特好笑，都带着棉帽子，灰眉杏眼，鼻子下一撮小胡须，那帽子和电影里的一模一样，除了面部无遮挡，左右和后面各有一个护片，我和小伙伴们一起冲他们喊“日本鬼子，戴屁帘！”他们一点都不恼，还用日语冲我们哇啦哇啦，有时用大手拧一下我们的脑袋，逗我们玩。

莲花池是当时榆林城内唯一的公园，它旁边有个很大的体育场，基本没有人。夏天，我们跑到莲花池看莲花、喂鱼，在池塘之间的树荫下、凉亭里、小路上奔跑嬉戏，吃冰棍、买麻糖，边走边吃，有说有笑。冬天，和小伙伴们一起去滑冰，一块小木板，底下钉两根木条，再在木条上嵌两根粗铁丝，就做成简易冰车，手握两根像火钩子一样的铁棍做成的冰镐，跪在冰车上你追我赶，一不留神，人仰马翻，大家坐在冰上嘻嘻哈哈，你拉我拽，继续前行，更多的时候穿冰鞋滑冰，冰鞋底下的冰刀，常常站不稳，七仰八伏的样子很是狼狈，在没有回内蒙古之前，我竟不知这世界上还有一种叫旱冰鞋的东西。回忆总是温馨的、愉悦的，现在的孩子真的是缺少那个年代孩子的童趣。

红石峡在榆林城的北边，那里也是学校组织同学们春游必去的地方，大家唱歌、跳舞、做游戏，在岸边的沙滩上留下一串串脚印。小的时候，去那里必须经过一片很大的鱼塘，走过鱼塘才看见一条土路弯弯曲曲地向西北延伸到红石峡。红石峡，顾名思义，那里的岩石发红，红石峡两岸崖壁对峙，峭拔雄伟，中间凹陷，形成峡谷，红石峡的上游是一座很大的水库和一个水力发电站，清澈的榆溪河穿越峡谷，向南流去，谷底绿树成荫，鸟儿啁啾，为红石峡增添了许多灵性。红石峡峭壁之上摩崖石刻遒劲有力，有行草隶篆等历代石刻百余幅，号称“塞上碑林”，那都是历代文人政客留下的足迹。东岸的崖壁上开凿了许多石窟，有的石窟里还有彩绘、雕塑，供奉着佛像，红石峡真像一座微型的艺术宝库。“红山夕照”是著名的“榆林八景”之一。

斗转星移，很多年过去了，那些远去的记忆，总是让人念念不忘，榆林城是可爱的，它值得每个榆林人去热爱。

说走就走的旅行

占国同学在广州工作多年了，同学们总有个愿望就是去广州看看他，看看他工作、生活的环境，了解一下广州的风土人情。我更敬佩的是，他一个农家子弟，没有显赫的背景，更不要说有什么钱了，能在广州打拼得有声有色，一定是付出了艰辛的努力，原本今年的同学聚会也是定在广州的，但是因为队伍庞大，各有各事，难以凑齐，未能成行。于是，大家决定大聚会结束后，自由组成小团队出行。

一段时间里，大家小聚的时候，议论最多的就是什么时候能出发，占国也不时提醒大家，“能来了！”“能做准备了！”，他说十二月的广州是旅游的淡季，气候也比较适合我们北方人，不冷不热，又不是阴雨天气，最适合同学们出行，他热情地邀请大家南下。在占国同学的鼓动和张全帅、李树梅的热心张罗下，一些半推半就欲走还留的同学被他们的辛苦感动与热情点燃，而我就是其中的一个。由于工作性质不同，请假极其困难，心中总是默默祈祷，希望这次活动能够定在假期，那样我就不用瞻前顾后，想玩多久就玩多久了。当得知同学们确定 2016 年 12 月 9 日南下广州的时候，我心里很失落，为自己不能同行感到遗憾。但是经过同学、朋友、姊妹们的鼓励，还有占国同学的电话鼓励，特别是被他那个诱人的青花瓷瓶诱惑，我破天荒地向领导提出请假的要求，临近寒假，自己感到很不应该，可是这样的机会毕竟难得，给自己奖励几天假期也算是一种特别的体验，好在，因为我不常请假，领导居然爽快地签字了，心里很是愉快，那段时间，微信群里只有一个话题“去广州”。

12 月 9 日，我们一行 18 人乘着中巴直奔银川河东机场，随行的还有一辆货运车，到达机场，办理登机牌和行李托运，大包小包的行李居然打包了二三十件，羊肉、酸菜、炒米，还不算我们每个人的手提箱，托运柜台前，全是我们的纸箱，排了长长的一列，如同搬家，让后面排队等候办理登机的人很是无奈，我笑着对同学们说，人家那是飞机，你们看看，我们都快把南航的飞机当成咱们班的运输机了。

起飞了，同学们说说笑笑，非常愉快轻松，他们有的在翻阅书刊，有的在吃零食，还有的说要上飞机上的厕所，我打趣说：“老乡有话，飞机上小便——尿得高，你们赶紧去，看谁尿得高。”快到晚餐的时候，赵爱莲和王美霞开始晕机，一个把头埋在椅子后面，闭着眼不敢说一句话，一个就在飞机上“现场直播”，看着她们那难受的样子，本来不晕机的我也一阵发晕，开始恶心，连忙闭目养神，不一会儿飞机经停在张家界荷花机场，等待大约半小时，继续登机前行，晚上 9 点多飞机降落在广州白云机场。占国同学开着的商务车因为车身太大进不了机场，只好在机场高速出口处等候我们，他派另一名司机开着一辆商务车在出口处寻找我们，并叮嘱司机道：如果看见一群又大又胖，还推着很多行李的人，肯定是他们没错。司机按照他的提示，果然一眼就发现了我们。行李拉走后，我们步行到机场的出口处见到了占国同学，由于不能长久停车，大家急忙上车，飞机上曾开玩笑说让女同学见到占国同学先给他个热情拥抱的事，早被大家忘得一干二净，就连握手和寒暄都免了，距离一下子拉进了许多，仿佛我们昨天才见过。汽车载着我们去增城的山上，在那里我们竟然吃到了家乡饭，饸饹面和饺子，阿姨和妹妹在厨房忙活着，我们一群吃货稀里呼噜地开吃，一盆又一盆搞得占国同学端饭都赶不上趟。

为了这次聚会占国同学一直没敢休假,这次就专门休假陪我们出行，并担任司机，第二天一早，我们开着一辆酷路泽，还有那辆借来的考斯特，这辆车貌似很普通，实际上配置很高，据说这辆车曾经接待过你想象不到的贵宾，后来因为规格太高，不适合单位使用，就拍卖给个人，他的朋友有缘拍到了这辆车。我特别留意了一下，车内空间很大，车内设备豪华，冰箱、电视、桌子，只有 12 个座位，椅子可以前后旋转，放平了还可以当小床休息，这两辆车一路带着我们继续南行，到达我们旅行的第一站——厦门。

几百里的路程就在同学们的说说笑笑中不知不觉地到了，黄昏时分我们抵达厦门，当晚入住瑞提拉酒店。在一个很有特色的小饭店我们共进晚餐，一天的行程把同学们饿坏了，饭店的服务员被我们催得团团转，一群人大着嗓门说着笑着，举杯喝着酒，引得服务员驻足观看，都忘了上菜。

晚饭后，我们来到了筼筜湖畔，湖边有很多的人，不过并不拥挤，有散步的、钓鱼的、遛狗的，也有像我们这样外地的客人。不得不说厦门是个非常美的地方，虽然高楼林立，街道喧嚣，但是干净整洁，我们前旗养在花盆里的植物，厦门的街道随处可见，那些大榕树，个个长得枝繁叶茂，盘根错节，许多气根像褐色的胡须，有的迎风摇摆，有的一直垂到地上，慢慢壮大，又变成枝干，甚至无法分辨哪是它的主干。筼筜湖的旁边就是海边，夜色下，对岸的鼓浪屿灯光点点，闪着神秘的光芒。那里也是我们第二天要去的地方。

漫步鼓浪屿

我们一群人风风火火地来到去往鼓浪屿的三丘田码头，跟着占国如飞的脚步，大家冲向轮船的样子好像又回到了学生时代，就像当时放学打饭的情景，前呼后应，互相关照。明显的地域排斥，南方那些小男人和小女人们看着这支五大三粗的队伍，哪里敢惹，我索性也气喘吁吁地跟着这群人𡮴了一次。

其实鼓浪屿离厦门并不远，只要坐20分钟左右的轮船就到了，我们人多势众，一上船便占据了船上有利的地位，一群人在海风中欣赏着周围的建筑与美景，拍照。

早上，游览鼓浪屿的人并不多，我们顺着小路走走停停，鼓浪屿的树木很多。这些树木主要分布在别墅周围以及街道上，树木种类最多的要数榕树了，还有龙眼树，有的树的树根居然盘踞在墙上，有的树还长出门外，有的树干脆横卧在街道的上方，让我不得不佩服老树们顽强的生命力。

登上鼓浪屿的地面，感觉仿佛来到一个与厦门截然相反的世界：这里是那么安静，远离都市的喧闹；这里是那么干净，远离都市的烟尘；这里是那么从容，远离都市的繁忙。林荫路的旁边有一座青铜雕塑——大章鱼！它张牙舞爪的，生动有趣，巨大的脑袋歪在一边，被人们抚摸的锃亮的腕足立在地上，足有10米高，样子很威武。

漫步在时而狭窄，时而宽阔的街道上，两边的别墅仿佛将我带入那早已远去的年代，这里的房子很漂亮，风格各异，有的房顶是圆的，有的房顶是尖的。红瓦白墙的房子在阳光的照耀下，在绿树的衬托下非常耀眼。导游告诉我们，这些别墅大都是当年外国人在岛上盖的领事馆或外国人居住的房子，从那些华丽的柱子，精致的窗户，气派的大门上，仿佛可以窥见半个多世纪前岛上的繁荣。而今，这些老别墅早已成为供人们观赏的文物了，不少新郎、新娘和模特们都在这些形形色色的别墅外面和石板街道拍摄照片，正巧在我们前行的路上有几对新人在拍照，我趁机偷拍了几张。

我们参观了“百年鼓浪屿博物馆”，走进馆中，仿佛时光倒流回到了 100 年前的鼓浪屿。馆中展出许多鼓浪屿租界时期的西洋民俗及生活用品，展品琳琅满目，让人赞叹，而且充满浓浓的怀旧色彩。不大的空间里，摆放了很多的老式家具，有衣柜、酒柜、壁炉、梳妆台，甚至挂着那个时代明星的照片，有不用插电的冰箱、立式冰激淋桶、榨汁机、瓷器、银制餐具等，在那里我居然见到了美国通用公司的第一台电冰箱，世界上最大的留声机——小狗牌留声机，还有第一台滚筒式洗衣机，我还误以为是个爆米花机，展室里还有各式各样的电话机，一个小时候见过的铁皮暖壶吸引了我的眼球，哦！原来历史也不是很遥远。

博物馆的出口处摆了辆黄包车，还有公爵夫妇的画像，供游人免费拍照，同学们要么做公爵，要么做公爵夫人，要么带上帽子充当军警，张全帅最为搞笑，那重量级的体型，带上军帽，坐在黄包车上神气极了，一位外地美女还配合他拍了张合影，画面好有喜感。

“百年鼓浪屿博物馆”真的让人感觉到这个小岛承载的酸与泪、甜与笑，同时又能感觉到鼓浪屿与整个中国甚至被殖民国家辛酸历史的共通与联系。

据说来到鼓浪屿，不去日光岩，不算到鼓浪屿，我们当然要上日光岩了。所谓日光岩，是由两块巨石一竖一横相倚而立，成为龙头山的顶峰。在距日光岩约 30 米左右的脚下，有一个炮台，那是当年郑成功收复台湾，攻打荷兰侵略者时用的，那里还有郑成功与兵士们即将起航，当地老百姓饯行的群雕。登上日光岩，放眼俯瞰，整个鼓浪屿的美景尽收眼底，各具特色的别墅镶嵌在分布不均的绿色中，天很蓝，空气很清新，对面的厦门岛看得清清楚楚，双子塔像两把大刀屹立在对岸，据说天气好的时候极目远眺，可以看到金门岛。

从日光岩下来，我被一座叫“中秋博饼”的青铜群雕吸引住了，它上面每个人物刻画得栩栩如生，我便浏览了一下有关雕塑的文字说明，原来这是厦门人几百年来独有的中秋传统活动,是一种独特的月饼文化，也是厦门人对历史的一种传承。博饼时，桌上放一个大瓷碗，每人轮流抓取六个骰子，掷入碗里，发出叮叮当当的脆响，群雕上呈现着博饼者的喝彩和欢笑，那种其乐融融的感觉特别温馨惬意。中秋博饼讨的就是一个欢心，博的是一个好运。因为博饼活动里倾注了人们美好的感情寄托。所以，厦门人总是对中秋节格外重视，甚至有“小春节，大中秋”的说法。

走到园区门口我才发现，这里原来是“弘一法师”纪念园，弘一大师原名李叔同，才华横溢，品格高尚，诗文、词曲、话剧、绘画、书法、篆刻无所不能。他的那首《送别》：长亭外，古道边，芳草碧连天……感人肺腑，他的弟子丰子恺更是一代名师。可就是这样一位大才子，突然抛家弃子，皈依佛门，我一直都不能理解，也许他的境界太高了，高到物质生活、精神生活都不能满足他强大的内心世界，他需要更高的境界，那就是佛学。

踏浪青澳湾

如果不是这次出行，我还真不知道中国的版图上还有这样一个风光旖旎、景色秀美的清丽小岛，离开鼓浪屿，我们又是在一个黄昏时分抵达南澳岛，住在南澳县城的南海阁大酒店。这是一座海景酒店，干净整洁，价钱便宜，一晚上才 160 元，入住时就听见窗外海浪的声音，感觉对面就是大海，早晨起来，那真叫人惊喜，海景房不愧是海景房，居然距离大海这么近，同学们因为晚上外出喝酒、唱歌休息得晚，还没有起床，我独自一人来到大海边，沿着海滩行走。这里应该是一个以渔业为生的县城，岸边停靠着一艘大船，外面悬挂的各色衣服和渔网仿佛在告诉我这是渔民的家，远处和近处有许多小渔船，渔民们满载而归，一艘小船在距我不远的海边靠岸，我连忙走过去，想看看渔民们带回了什么。只见几个渔民打扮的人从船上下来，呀！领头的居然是个女人，他们把一包包白色的渔网抬上岸，四五个人看起了都很吃力，我很想问问他们打的鱼哪里去了，一位醉汉东摇西摆地走过来，嘴里不知喊着什么，吓得我连忙走开，等我再回头找，那群人早已不知去向，唉，南澳岛也有醉汉啊！

因为经常出游，也多次面对大海，这样的海滩对我还是缺少吸引力，心里总是琢磨，附近一定有比这里的海滩更迷人的地方。

同学们陆续起床了，也来到海边。大家叫着、跳着和海浪嬉戏，就连田老师夫妇也像孩子似的和我们一起跳、一起喊，最激动的大概要数康秀兰了，你看她弯腰，低头，忙着捡贝壳，被海浪冲上沙滩的贝壳很多，她捡起这个舍不得，捡起那个也舍不得，不一会儿手里都捧不下了，只好把残次品换掉，再捡更好的，她的举动感染了我，只是，我选来选去只挑了一个海螺。看着同学们兴奋的样子，张全帅说，就这么点浪花把你们高兴成这样了？一会儿还有比这更美的，你们不知该咋高兴呀！我的猜想果然没错，素有“东方夏威夷”之称的青澳湾才是南澳岛最美的地方，这也是我们来南澳岛的目的。

也许是正在开发建设中，岛上游人并不多，一座星级酒店拔地而起，貌似正在装修中。青澳湾对面有一个北回归线广场，广场上有很多白色的雕塑，雕塑与山上的青山绿树形成鲜明的对比，广场的正对面是一座高耸的北回归线标志塔“自然之门”，塔顶有个小洞，而塔内正中有个圆心，据说正当夏至那天，中午太阳光直射穿过塔顶的小洞，就会照在圆心上，个人感觉比台湾的那个像大烟囱一样的北回归线标志更有气派，更具特色。

蓝天、碧海、绿岛、金沙、白浪是南澳岛的主色调。这里有“天然植物园”之称的黄花山国家森林公园和“候鸟天堂”之称的岛屿自然保护区，又有亚洲第一岛屿风电场，还有历史悠久的总兵府、南宋古井、太子楼遗址以及众多的文史，古迹，寺庙等。所有这些如同簇簇竞相出水的奇葩，构成了南澳岛一道亮丽的海岛风景线。

青澳湾树木繁茂，海湾似新月，海水湛蓝、清澈，浪花洁白，沙滩金黄柔软，我们迫不及待地脱了鞋赤着脚踏上软绵绵的沙滩，沿着海边往前走，海水追逐着我们的脚印，始终不让沙滩上留下任何足迹，海浪一个连着一个向岸边涌过来，卷起白色浪花，发出哗哗哗的声音，有时海水哗的一声，直接冲到我们半腰，甚至打湿了我们的衣衫，同学们一个个像小孩子一样，干脆踏着浪花前进，欢呼着，尖叫着，这时又来了一个浪，掀得大家站不稳，扑通一声，一位同学干脆坐在海里了，大家手忙脚乱地一阵拉扯，逗得岸边观望的同学前俯后仰。

南澳岛的确是个迷人的地方！

登上地王大厦

1979年，有一位老人在中国的南海边画了一个圈，这个圈就是深圳，它与香港毗邻，是我国建成的第一个经济特区。到达深圳，给我的第一印象就是楼多而高，这天早上其他同学过口岸去了香港，我们几个因为时间有限，要提前返回未能同行，就在占国同学的带领下我们参观了深圳市容市貌。只见到处高楼林立，鳞次栉比，街道上车水马龙，看那京基100，据说有400多米高，有100层，弧线形的轮廓，抬头仰望，高耸入云，像喷泉，像瀑布，我们很想进去看看，保安告诉我们里面是酒店，进店就得消费，而那消费的金额，高得令我咋舌。

走过京基100，我们登上地王大厦，那里可以俯视深圳的都市风光。这天风和日丽，隐约能用肉眼看到对面的香港，观光的同时，我们还了解了深港两地的人文地理景观和历史文化、都市文化的底蕴来源，围绕观光走廊，观看了以“深港之窗”做主题的相片墙，这种图文形式并存的方式向我们展示着深港的历史。

突然，一座以天安门广场和香港岛中环为背景的大型电脑喷画和邓小平与撒切尔夫人亲切交谈的仿真人蜡像造型展现在我们眼前。蜡像看起来不是很大，但是表现出了世纪伟人运筹帷幄、把握重大历史转折的雄才伟略的气度风范，正是这次会谈，香港结束了它百年的漂泊，回到了祖国的怀抱。圆形走廊上多个宽银幕播放着“香港割让”“九龙强租”“香港回归”“首届特区政府成立”“深港经济腾飞”等重大历史题材的纪录短片。它们以另一种方式向我们展示深圳和香港的历史。

下午，我们来到世界之窗。深圳世界之窗是深圳最为著名的旅游景点之一。由于时间比较紧，又没有世界之窗的资料，我们以为园区很大，就包了一辆电瓶车，走走停停，景区按五大洲划分，与世界广场、世界雕塑园、国际街、侏罗纪天地共同构成千姿万态，美妙绝伦，让人惊叹的人造主题公园。

这里有世界著名景观埃及金字塔、阿蒙神庙、吴哥窟、美国大峡谷、巴黎雄狮、凯旋门、梵蒂冈、圣彼得大教堂、印度、泰姬陵、澳大利亚悉尼歌剧院、比萨斜塔，有些景点气势非常壮观。如缩小为三分之一比例的法国埃菲尔铁塔巍然耸立，游人可乘观光电梯到塔顶饱览深圳和香港的风光。缩小的尼加拉大瀑布，面宽有 80 多米落差 10 多米的水流飞泻吼声震天声势浩大。活动中心的世界广场呈弧形，墙壁上有十尊世界著名雕塑，广场四周耸立着 108 根不同风格的大石柱和近 2000 平方米的浮雕墙，还有象征世界古老文明发祥地的六座巨门和一座华丽的舞台。置身其中，犹如置身于异域他乡，让我们在短短的两小时内领略到各国的著名景观，走遍了世界各地。

参观黄埔军校旧址

广州本来是我们这次南下的目的地，但是来也匆匆，去也匆匆，到达时是晚上，不知广州的真面目，早上出发时也仅是在增城的山上逗留了片刻，等我们再次返回到达广州时又是一个黄昏，我急着要参观黄埔军校旧址，可是马上就要闭馆了，一群人又是一阵跑步前进，在距闭馆还有 5 分钟的时候我们总算走进了黄埔军校的大门，里面的一位负责人把我们带进去就忙着开会去了。

黄埔军校，一个耳熟能详的名字，对于喜欢军旅小说、深爱历史的我而言，真的是向往已久。这是一个充满传奇色彩的地方，战争年代这里曾培育了一批批时代的精英，创造了一个个历史的辉煌。在中华民族面临生死存亡的时候，这些人南征北战，戎马一生，为了祖国的繁荣昌盛，奋斗不息，百折不挠。

步入大门的那一刻，历史的积淀扑面而来，让人仿佛回到了那个时代。大门门额上鲜明而有力地题写着“黄埔军校旧址”六个大字。门口站着两位挺着笔直身躯而纹丝不动的身着海军制服的战士。不时有一两个军人迈着健步经过，从他们矫健的身影和墙壁上醒目的标语中，依然可以让人感受到这座昔日军校特有的气质。

几排灰色整齐的具有南方特色的楼群，古色古香。再走近一看，写有白底黑字的“陆军军官学校”六个苍劲有力的大字的牌匾高挂在欧陆式的白色大门上，简单中透着庄严与肃穆。

校门的两侧洁白的围墙上分别写着“革命尚未成功”和“同志仍须努力”的黑色大字。校本部建筑面积很大，建筑别具一格，是两层砖木结构，三路四进，即三条主要通道，四排房舍。在南北走向的中轴线东西两侧，房舍排列的形式一致，且相互对称。四排房子之间以走廊连通，漆上油棕色的走廊明亮雅致。校本部四周有围墙。整座建筑宁静幽雅，自成一体。

军校充满了浓烈的革命气息，校门内外张贴有各种标语和对联，一棵棵古树站立在路的旁边，粗大茂盛的枝杆遮天蔽日，透过古树，看到一艘军舰停在岸边，很遗憾，我们只是在黄埔军校的校园内参观，未能进入展馆，不过，黄埔军校，我总算来过了。

有个码头也叫大沙头

到广州，不去参观珠江沿岸的文化史迹，将是一大遗憾，吃过晚饭，我们便来到大沙头码头，这个曾起飞过革命的飞机、担当过广州水运枢纽角色的地方，现在已经发展成为具有广州滨水风情特色的旅游休闲胜地。我们先不说它有多么的诱人，单看这熟悉的地名——大沙头，对于远离鄂前旗的游子来说它是多么的亲切，占国同学当年分配到广州工作，同学高永军和米广军也相继来到广州打工，高永军说，他们三个当年每次走到这个码头时，那浓浓的思乡之情立刻涌上心头，常常对望一眼异口同声地说："咱们回家吧！"我听着，心里酸酸的，莫名的感动，同学情、故乡情，那是人间最动人的感情。

乘着豪华游轮，我们一起游览珠江夜景，江上的各色豪华游船被彩灯勾画出闪闪发光的轮廓。远处有一座彩灯闪烁着，横跨珠江大桥，桥上，汽车川流不息，犹如流动的长龙，那座桥叫海珠桥。珠江两岸高楼林立，霓虹灯饰，耀眼夺目，美不胜收。白天鹅宾馆、塔影楼、南方大厦、海珠广场、星海音乐厅等一个个景点都让人心醉，让人难忘。你看那星海音乐厅，檐角高翘、造型奇特的外观，极富现代感，它犹如江边欲飞的一只天鹅，与璀璨的夜色浑然一体，形成了一道瑰丽的风景线。

最为耀眼的还是广州塔了！它高高地耸立在珠江岸边，无论你远看、近看，它都是那样的窈窕，就像一位有着柔曼身姿的舞者，它的"舞衣"颜色说变就变，一会儿是红、一会儿橙、一会儿是蓝……一会儿还是五颜六色，它绚丽多姿，那么富有科技感，犹如一位有着纤纤细腰的美丽少女在翩翩起舞，游船上有人惊呼"小蛮腰！"。

珠江夜游，是我第一次近距离地面对江水，感受到江风的阵阵凉爽，闻到浓浓的咸水气味，亲身感受着现代社会的文明、繁荣。

九寨沟游记

我曾经攀登过巍峨的泰山，游览过水平如镜的西湖……然而，这次的九寨沟之行，却让我彻彻底底地惊叹了一回。

在我的心中，四川就是个山的世界，乐山、峨眉山、青城山，到处是山，加之汶川地震时触目惊心的景象，让我对四川望而生畏，大诗人李白也曾写道“蜀道之难，难于上青天”。在草原生活的我更喜欢草原的一碧千里，辽阔平坦，山对我而言总是有种神秘感。

暑假里，和同事们一起去四川旅游，按我们的旅行路线总结起来是一首打油诗：九寨醉人、黄龙晕人、青城山迷人；乐山佛多、都江堰人多、峨眉山雾多。走马观花去了这么多的地方，最喜欢的还是九寨沟大大小小的海子和瀑布。

九寨沟位于四川省阿坝藏族羌族自治州。那里有九个藏族寨子，星星点点地分布在一个 Y 字形的山沟周围，取名九寨沟。遗憾的是我们只看到三个寨子：树正寨、荷叶寨，另一个因为四川导游的普通话难懂，直到现在也不知叫什么。

关于九寨沟有这样一个传说：很久很久以前，神勇的山神达戈热恋着美丽的女神沃莫色莫，达戈用风云磨成一面宝镜送于色莫，而色莫不慎将此宝镜跌为108个碎片，宝镜的碎片化作108个海子，从而成为九寨沟最美丽的108个景观。这里雪峰玉立，青山流水，交相辉映，这里的瀑布、溪流更是迷人，如飞珠撒玉，异常雄伟秀丽。

九寨沟总面积约620平方公里，大部分区域为林木繁茂的原始森林，自然景色兼有湖泊、瀑布、雪山、森林之美。九寨沟素有“童话世界”的美誉。主要景点就集中在“Y”字形的三条主沟内，纵横50多公里。

形容九寨沟，不是单单一个“美”字所能表达清楚的——那儿有古朴的栈道、斑斓的彩林、青蓝色的湖泊、缭绕的云雾、壮丽的雪山，还有或别致或与众不同的瀑布……还有那充满了民族风情的藏族寨子……或许，拥有这其中的任何一样，都是至美的一道风景线。

九寨沟著名的景点有剑竹海、熊猫海、五花海、珍珠滩瀑布、镜海、诺日朗瀑布、犀牛海、树正瀑布、树正群海、卧龙海、火花海、芦苇海、长海、五彩池、上下季节海等。各景点之间栈道幽深，小桥横跨，村寨古朴，民风各异，令人有飘然出世的超凡脱俗之感。

火花海、熊猫海等景点因池水清澈，湖底石质晶莹折射阳光，而呈现出梦幻似的光彩，步移景换，犹如进入了童话世界，珍珠滩水波粼粼，如飞珠碎玉。诺日朗瀑布宽达100余米，从30米高的石崖上，飞泻而下，色彩明艳，似乎整个山谷都在轰鸣，另具一番秀雅自然，清纯优美的风韵。

则查洼沟的五彩池和日则沟的五花海，虽然不是九寨沟湖海中的精粹，也是众多湖海中最小巧的海子。湖泊里生长着各式各样的水生植物，它们形成了许多水生物群落；在湖海里面，同时还生长着芦苇等草本植物。这些水生物群落所含的叶绿素深浅不同，在富含碳酸钙质的湖水里，能呈现出不同的色彩。同一湖泊里，有的水域蔚蓝，有的湾汊浅绿，有的水色绛黄，有的流泉粉蓝……颜色变化无穷。当山风吹佛或以石击水时，还能绽开出层层叠叠、五彩斑斓的波纹。

瀑布中最美、最壮观、最大的要属树正大瀑布了。梯湖飞瀑，水大势汹，沟连回环，瀑布下泻深沟，犹如千军万马擂鼓摇旗，吼声如雷，水雾扑在人的脸上，清凉湿润。在树正瀑布的最底端，有一个漂亮的海子——树正群海。

这些海子除了青蓝色的水色外，还有一个特点——清澈。湖水很深，甚至最深的地方达到了 103 米，但是，给人的感觉却是只有 1 米深——因为，你很容易就能看到湖底，看到湖底的鱼或是“佁然不动”，或是群游，湖底的古树躯干仿佛触手可摸。这么清澈的水，难怪有人嘟哝道：“都说水至清则无鱼，可为什么这儿的鱼还这么快活？”更有甚者吟起了毛主席的诗词：“江山如此多娇，引无数英雄竞折腰。”是啊，到了九寨沟，有谁会不为大自然的创造而折服呢？

晚饭后我们去看演出，名字就叫“藏王宴舞”。九寨沟位于四川省阿坝藏族羌族自治州，粗犷雄健的藏族小伙、美丽婀娜的藏族姑娘，唱起来、舞起来极有魅力，演出不如预想得那样高水准，舞台设计也很简单，甚至乌烟瘴气，但台上台下的互动，还是让人觉得满场热气腾腾。藏王宴舞只是这台晚会的一小部分，它讲的是松赞干布和文成公主藏汉和亲的故事，松赞干布的表演者还真有点王者风范，文成公主也楚楚动人。藏族姑娘的舞蹈一位游客干脆客串了一把，通过拔河比赛赢得了藏族姑娘的心，当了一回新郎，非常搞笑，你看他，不时向台下挥挥手，俨然他是主人，实在有趣。

夜宿杨家岭

很小的时候，学过一篇课文《杨家岭的早晨》，记得那里有金灿灿的阳光，还有一块毛主席亲自耕种的菜地，禾苗青青的。工作后也几次去杨家岭，但是每次都因集体行动，走马观花，于是，心中总有一个愿望，有机会一定要住在那里，欣赏一下杨家岭的早晨。

这一次，我又来到了杨家岭，正逢旅游旺季，街道两旁停靠着密密麻麻的车辆，参观的游客络绎不绝，到处人头攒动，就连中央大礼堂都挤满了参观的人群，讲解员的声音夹杂着游客的喧哗，顿时，让我失去了参观的热情。景区周围的宾馆酒店貌视非常紧张，我预定的酒店就在杨家岭景区的门口，费用比平时贵了许多，即使是持有金卡的会员，总台的工作人员也是一副爱住不住的面孔。全家老小十几口人，那可真是不小的一笔花费。可是，为了从小那点对杨家岭的情结，对伟人们的崇敬，也为了我终于可以和伟人一样能看到杨家岭的晨光，我选择入住了这里。

自从走进延安城，我就没有了方向感，根据文字介绍，大致知道杨家岭位于延安城西北方，原名五家坡，住着杨姓、武姓、郑姓等五户人家，很早以前，这里是一个只有十几户人家的小山村，村口有明代吏部尚书杨兆的陵墓和祠堂，因此得名杨家陵。党中央迁到此地后，将杨家陵改为杨家岭，这里曾是中共中央的驻地。

1938 年 11 月 20 日，日本侵略者的飞机轰炸延安城，中共中央机关当晚由城内的凤凰山麓迁驻这里，先后在这里设立中央办公厅、组织部、宣传部、政治研究室、财经委员会等机构。国民党胡宗南的部队占领延安后，这里的建筑物曾遭到严重破坏，后陆续修复，才正式对外开放。

入住杨家岭第二天的早晨，天刚蒙蒙亮，我便快步走出酒店，独自走进杨家岭旧址的大门。清晨的山坳里没有车辆，没有游人，更没有昨日的喧闹，空气温润、新鲜。两边山上的那些树经过岁月的洗礼依然在晨光中精神抖擞，显得郁郁葱葱，鲜绿的新芽在墨绿的枝叶里更加生机勃勃，不时有小鸟在树林之间婉转地鸣叫，那声音真好听。

顺着宁静的水泥路一直向前，高山被水泥路环抱，在山底时被掩映在苍松翠柏间的中央大礼堂已耸立在前方，大礼堂前面有个不大的广场，一个由青砖、磨盘砌成的简易石桌被人们用手掌抚摸得光滑如镜，它应该是和这里的高山、古柏一起见证过共产党人历经艰难险阻从这里奋起，走向世界的历程。古朴的青砖大门，镰刀斧头麦穗的标志，以及门楣上的“1940”，透露着礼堂的建设年代，据了解，中央大礼堂是一个叫杨作材的建筑工程专家设计的，令人惋惜的是大礼堂曾经被炮火毁坏，只留存一个拐角，其余都是后来新建的。礼堂内凉风习习，那些长条木凳，是当年那些伟人们参加七大会议时所坐的，他们肩并肩地坐在一起聆听演讲，商讨国事，历史已经远去，精神却永存，我们怎能忘记那段艰苦卓绝的岁月？

在大礼堂的左前方的半山腰上依次坐落着毛泽东、张闻天、朱德、周恩来、刘少奇、任弼时、陈云等老一辈领导人的旧居，那是几处典型的陕北窑洞式建筑，每所房子都是木格子门窗，屋里那些旧式的脸盆、茶缸，简易的书柜、木床，默默地诉说着那段光辉历程。毛主席的旧居是两孔窑洞，里间是寝室，设备很简陋，一张木床、一个小木方凳、一个木箱；外间是办公室，一个旧书架、一张旧方桌，仅此而已。墙壁上悬挂着身材高大、略显清瘦的毛泽东主席身着打了大块补丁的棉衣棉裤做报告的照片。看着这张照片，有人也许会想，身为中国共产党最高领导人，难道连一件像样的衣服都没有吗？穿得如此朴素不说，还打着大补丁，是不是太寒酸了？其实，毛主席想要穿得好一点并非不可能，只是，当时的延安交通闭塞，经济落后，面对国民党的封锁，毛泽东主席号召当地军民自己动手，丰衣足食，开展大生产运动。部队战时作战，闲时种地、纺织，红米饭、南瓜汤铸就了延安军民的铮铮铁骨和艰苦奋斗的延安精神。

“延安精神”的精髓就是勤俭节约、艰苦朴素。毛泽东、周恩来、朱德等老一辈无产阶级革命家率先垂范，住的都是普通的窑洞，用的是部队配发的木椅、木床，也正是在那张小木桌上，毛泽东写出了《论持久战》等大量有远见卓识的政论著作，给中国革命指明了正确的道路。他和普通战士一样自觉实践着他亲自倡导的艰苦奋斗的精神，也正是这种精神，使我党领导的革命不断取得胜利，才有了今天的辉煌。

美国记者斯特朗在访问记中写道：“党的负责干部，住在寒冷的窑洞，凭借微弱的灯光，长时间地工作，那里没有讲究的陈设，很少有物质享受，但是住着头脑敏锐、思想深刻和具有世界眼光的人。”这段话真实地印证了当时的场景。

走过几块有关中国共产党第六次代表大会简介的石碑，终于我看到了毛主席种过的菜地，菜地四周扎着低矮的柳树栅栏，一位妇女正拿锄头翻一块空地，靠近栅栏的地方一畦韭菜已经长得很高了，她告诉我这块菜地还种有豆角、西红柿、卷心菜，因为现在刚开春，如果夏天来了还能品尝一下这里的蔬菜，小小的一片土地，却承载了几代人对伟人的深情厚谊。此时我又想起《杨家岭的早晨》里的那句话“小苗啊小苗，你喝了延河的水，长吧，快长吧！”现在它们依旧生长着，开花结果，岁月更替，依然如故，只是远处已没有了八路军战士的身影。

早晨的杨家岭，撒满金色的阳光。这里本来是陕北高原上一道普通的山谷，在历史转折的风云中，几乎在一夜之间，这儿却涌现出许多伟大的人物，也吸引了无数的进步青年奔赴延安。

踩着这片土地，我噤若寒蝉，心情是复杂的，那种神秘感、神圣感和崇敬感油然而生，我感叹！我的脚印居然和伟人们的脚印在这里重叠，抚摸着厚厚的土墙，闻着泥土的清香，我似乎捕捉到一丝那个时代的气息，思绪回到那个遥远的时代。贺敬之那首脍炙人口的《回延安》顿时涌上心头。

青海湖游记

一定去青海湖看看，这是我多年来就有的愿望，如果能和家人一起去青海湖那是再好不过的事了。今年暑假，我终于实现了这个愿望。

在这里，我要很自豪地为大家介绍一下我的家庭，父母养育了我们姐弟七人，到目前为止，我们家已经发展到大小 23 口。出行一次颇费周折，姊妹们相聚一次也很不容易，大家要从各地赶来，孩子们有暑假还好说，而大人们却因为工作原因需要请假，时间安排总是顾此失彼，就这次旅游，六妹因为参加同学聚会，弟弟因工作繁忙未能成行，我心中难免有些失落。

7 月 25 日早晨，我们一家人乘车出发，汽车一路向前奔驰，公路两旁没有太多的景色吸引大家的视线，鄂前旗境内还是绿草如茵，走到甘肃境内，映入眼帘的是干山硬梁、狰狞裸露的岩石、触目惊心的沟壑，连一点儿绿色的植物都看不见，重型卡车在身边呼啸而过，腾起一阵阵尘雾，起初的快乐心情一扫而光，难道青海湖也是这个样子吗？我心中不由得疑惑。

“山重水复疑无路，柳暗花明又一村。”穿过甘肃，进入青海境内，车窗外的景色突然变得绮丽起来，仿佛走进南国，山上的树木茂盛，绿意盎然，漫山遍野绿草如茵，花团锦簇，蓝天、流云、碧草，山坡上悠闲的羊群，一起一落的小鸟，如诗如画，空气也变得清新凉爽起来，让人感觉心旷神怡，不得不感叹上苍真的是偏爱青海啊！

伴着一路绿色，我们进入湟中县城，走进城区时雷鸣闪电，大雨滂沱，而我们要去的第一站——塔尔寺就在眼前，正要感叹天公不作美，让我们冒雨参观塔尔寺时，天却放晴了，阳光下的塔尔寺显得那么庄严、圣洁。这座小县城依山而建，街道弯曲狭窄，但是车辆川流不息，人头攒动，显得很拥挤，街道两旁全是出售民族饰品和宗教用品的商店，我相信这座县城的繁荣与塔尔寺有着密不可分的关系，随着来往的车流，我们也终于挤进了塔尔寺的大门。

塔尔寺是黄教的六大寺庙之一，与甘丹寺、哲蚌寺、色拉寺、扎什伦布寺、拉卜楞寺并列。金碧辉煌的庙宇殿堂，洁白高耸的白塔，很多鸽子在那里飞舞栖息着。这里坐落着很多寺院、行宫，我们一家家走过去，祈福殿、藏经楼、班禅行宫等，大大的院子四周分布着藏式的二层阁楼，屋檐下有很多大小各异的转经筒，很多已失去了颜色，那些粗糙而又精致的画面浮现出岁月的雕琢。在一座比较高大的殿堂里，我们见到很多人在磕长头，他们带着被子、毯子，好像常驻这里，传说菩提树有 10 万片叶子，信徒们便也要磕上 10 万个长头才算得圆满，磕完后可以许一个愿，信徒们大都单纯虔诚，看着他们坚定的身影五体投地、起起伏伏，木质地板被信徒们用身体摩擦的光滑鲜亮，塔尔寺留给我的感受已经不能用简简单单的“喜欢”二字了，这里到处弥漫着宁静、空灵的感觉，虽然我不懂其中的奥妙，但是我也变得虔诚起来，和妹妹一起绕着白塔转了三圈，祈福我们这一大家族平平安安。

第二天，吃过早饭，一行人乘车直奔青海湖，青海湖又名“库库淖尔”，即蒙古语“青色的海”之意。它位于青海省东北部的青海湖盆地内，既是中国最大的内陆湖泊，也是中国最大的咸水湖。由祁连山的大通山、日月山与青海南山之间的断层陷落形成。

天气非常凉爽，使得在高温下炙烤的我们兴奋不已，走进这片天地，你才会真正感觉到天有多高，地有多广，山有多奇，云有多低，阳光有多灿烂。此时，阳光正冲开云层，在巍峨的雪山上空散射着灿烂的光芒，雪山映着阳光，白得发亮、白得神奇、白得圣洁，公路两旁可随处可见的牦牛群、羊群在广阔的大草原上悠闲地吃草，这景象像是珍珠撒在碧玉盘里。这里的草原不像我们鄂尔多斯草原这么平坦，草长得不是很高，但是却把一个个山头染成了绿色，绿得耀眼、绿得发亮。

距离青海湖越来越近了，路边的油菜花地从先前的一块块，逐渐发展成一片片，我们仿佛走进了一幅巨大的画卷，无边无际的碧绿的大草原上镶嵌着盛开着的黄灿灿的油菜花，一条条绿、一块块黄，纵横交错，那是牧民用青稞和油菜拼出的图画，我曾经游览很多名山大川，但看到青海湖边油菜花盛开的壮观盛景，感到了无比的震撼，这样的美景吸引着游人驻足欣赏，此时的您一定会想起那首“黄四娘家花满蹊，千朵万朵压枝低，留连戏蝶时时舞，自在娇莺恰恰啼”的古诗来。走进金灿灿的油菜花地里，芬芳扑鼻，赏心悦目，我已经无法用语言描述它的美，那是一种摄人魂魄的美，一种震撼心灵的美。

一家人在此逗留了很久，合影、嬉戏于是继续向前，当看到高山顶峰的积雪映着灿烂的阳光泛着圣洁的白光和一片无边无际的水汪汪、绿油油的颜色相接时，我知道，青海湖到了，草原人心中的圣湖终于以它高洁、绰约的风姿出现在我们的视野里，同时也将深深走进我心中。青色、绿色、蓝色交织的颜色，又仿佛是很有层次感的一幅色彩鲜明却很清雅的巨大的画幅展开在天地间，那一刻，涌向心头的是雄壮，是崇敬，是对圣洁、博大的自然之美的折服和赞叹！

随着汽车长龙，我们走进青海湖二郎剑景区，青海湖在当地有很多美丽的传说。传说一，这是由当年东海老龙王最小的儿子引来 108 条江河的水，汇成这浩瀚的西海，因此他成为西海龙王；传说二，这是当年文成公主在进藏途中，行至日月山口，回首汉宫，思念之情油然而生，禁不住潸然泪下，泪水汇成蓝色的湖；传说三，这是当年孙悟空大闹天宫，把二郎神追赶得逃到这里，二郎神又饥又渴，发现了这个神泉……这些传说，有的是汉族的，有的是藏族的，还有蒙古族的，每个传说都是那么美丽和醉人！

漫步在湖畔，清凉的湖风吹拂着头发、衣襟，湖水一波一波奔涌而来，又渐渐地消退。湖水清得纯粹，又蓝得让人心醉，就想起一本书上描写的一句话：青海湖是世界上唯一没有被污染的湖水。是啊！这是一片纯净的土地，也滋养了这一片纯净的湖水和生活在这里的纯净的人们。生活在这里的大多是藏族同胞。他们长期生活在青藏高原上，强烈的紫外线晒黑了他们的皮肤，黑红的脸蛋展示着高原严酷的环境，可他们的内心却充满着最真挚的虔诚之心。他们的生活是那么的朴素，他们的思想是那么的单纯，他们的心灵是那么的纯粹，他们和清澈的青海湖水相映生辉，映射在这一片湛蓝的天空上。这是人间的一块圣地，保留着最纯净的自然和最纯净的人心，在这里，俗世的一切烦恼幽怨都被一波波滚涌而来的湖水冲洗而去，留下的是对生命的敬畏和珍惜。

本该两小时结束的旅行，我们一家人在此足足游玩了四个小时，这才恋恋不舍地走出景区，返回途中，我们又去了日月山。日月山是我国自然地理上的一条非常重要的分界线，是我国外流区域与内流区域、季风区与非季风区、黄土高原与青藏高原分界线，也是青海省内农业区与牧业区的分界线。东侧阡陌良田，一派塞上江南风光；西侧草原辽阔，牛羊成群，一幅塞外景色，山体两侧有如此之大的反差，实属国内罕见。我们一行人中有人在这里出现了高原反应，我更是感觉肺要炸了，因此，我推断，为了适应高原环境，当年来自中原的文成公主在这里休整进藏是有科学依据的。日月山景区，也是根据文成公主那动人的历史传说而建设的，景区内有文成公主像、文成公主纪念馆以及日亭、月亭、日月泉等。日月山、倒淌河这些地名也与文成公主的传说分不开，过了日月山，也就算真正走进了青藏高原。

愉快的旅程画上了圆满的句号，可是环青海湖的风光永远留在我的心中，那湛蓝的天空、洁白的云朵、巍峨的山峰、碧绿的草原、金灿灿的油菜花、清澈的湖水、仿佛一幅美丽的画卷，总是浮现在我眼前，如果有机会，我一定要再去青海湖看看，像是看望我的老朋友。

绿波荡漾——恩格贝

从没想过要去库布齐，然而一次机缘巧合，我居然实实在在地来到了库布齐沙漠腹地一个叫作恩格贝的地方。

库布齐——中国第七大沙漠。原来它并不遥远，它就在我们身边，“库布齐”为蒙古语，意思是弓上的弦，因为它处在黄河下像一根挂在黄河上的弦，而因此得名。如果有人问你，库布齐沙漠的夏天什么样？你一定会说：骄阳似火，黄沙漫漫，雨水奇缺，扬沙、浮尘、沙尘暴常存。

带着疑虑，带着梦想，伴着野花的清香，穿过一片片不算肥沃的庄稼地，颠簸近五个小时，我们来到了恩格贝。放眼望去，绿草鲜花，白杨挺拔，松柏苍翠，小鸟忽飞忽落，野兔三三两两，空气清新，让人神清气爽，旅途的疲劳顿时消失，一望无垠的松林，微风拂过，绿波荡漾，发出沙沙的响声。此刻，你绝不会想到你来到的是沙漠腹地。

恩格贝有个面积很大的沙漠科学馆，设计得非常有特色，黄色、褐色纵横交错，绵延起伏，那是沙漠的色彩，那是沙漠地的形状。馆内通过数字、图文等现代技术向人们展示着干旱荒漠地区人们谋求生存与发展的艰辛过程，展示着特色沙漠的开发模式。从这里你可以被普及到许多未知的和你想知道的沙漠知识，了解到干旱荒漠地域的特征：太阳辐射强，气候干燥，植被稀疏，缺水；在这里，你可以了解到许多沙生植物的特点：梭梭、苁蓉、仙人掌，它们根深、叶小，靠果实和种子传播；在这里，你可以了解到沙漠里你不认识的和你认识的很多小动物，感叹沙漠世界生命的坚强；在这里，你还可以感受到恩格贝人治理沙漠的决心和毅力。

说起恩格贝，不得不提到一位日本老人——远山正瑛，一位可以穿着工作服进入人民大会堂的外国人，他在 80 多岁的时候变卖家产，投身到恩格贝的绿化事业中。在他的带领下，数以万计的国际志愿者来到恩格贝，播下绿色和希望。这种跨越国际的大爱精神是多么值得我们崇敬与爱戴，也正是因此，他改变了我以往因历史原因对日本人的看法。这位老人在沙漠中劳作，奔波十余年，工装、遮阳帽、铁锹、剪刀是他的标志。恩格贝的今天与这位老人有着密不可分的关系，闲暇之余，我常思量，是什么让一位日本老人能有如此充沛的精力和热情投身到治理荒漠的队伍中？大爱，一定是大爱，他用爱心搭建起一座绿色的友谊与和平的桥梁。99 岁那年他离去了，却把骨灰送回了他为之奋斗的恩格贝，他的精神留在了恩格贝，他的汗水化作甘泉，滋润着枝繁叶茂的白杨树。

如果不是亲身见过，你不会想到在严重缺水的库布齐沙漠腹地，这个叫恩格贝的地方有一座明如镜子的湖泊——半月湖，小桥、凉亭、广场，湖里荷花开得正艳，几只野鸭旁若无人地游来游去，湖面上偶尔还有小鱼跃出水面，溅起清凉的水花。湖畔上垂柳依依，吊桥在行人的脚步中晃晃悠悠，引来一阵嬉笑声。在垂柳掩映的小路上，远山正瑛纪念馆、巨大鹅卵石砌成的功勋墙默默诉说着恩格贝人的奋斗历程。

三鸵园里，刚剪过毛的几只羊驼样子高傲地仰着头，傻傻的，眼睛大大的，萌萌的，一眨一眨的，对于我的到来视而不见，把那高冷大酷的形象挥洒得淋漓尽致，我跟着它们后面，很想摸摸它们，和它们来个近距离的接触，可它们居然好像商量好一样，双脚跪地，来了个就地翻滚，爬起来就是一阵超爽的大摇摆，激起一阵浮尘，甩了我一身黄沙，我只好望驼兴叹了。再看那馋嘴的鸵鸟，追着行人找食物，一只个子很大的鸵鸟追着我不放，脚步踏、踏、踏，样子很威武！我连忙讨好地把手中的小西红柿递给了它。

恩格贝有许多的农业示范棚，瓜果蔬菜、鲜花香草一应俱全，各种各样的水果五光十色，黄得发亮、绿得晶莹、红得耀眼，那么多我熟悉的不熟悉的水果、蔬菜、药材、香草，让人眼花缭乱、目不暇接，馋涎欲滴，看那热带水果展示区：香蕉、火龙果、杧果这些南国的水果居然在这荒漠里生根，发芽，结出硕果。想起中午餐桌上的黄瓤西瓜，绿皮甜瓜，据说只供内部，在市场上买不到的。恩格贝这样的示范区还有很多：绒山羊养殖区、螺旋藻养殖区、航天育种区，它们无不吸引着我的眼球，刺激着我的心脏。

树叶沙沙，绿波荡漾，恩格贝真是一个筑梦的好地方！

北京新印象

北京是明清两代的都城，遗有许多著名的景点，故宫、颐和园、天坛、圆明园、十三陵、天安门，八达岭，等等。虽然我曾经无数次到过北京，但只是匆匆过客，对北京没有什么特别的印象。对北京的印象也就停留在八达岭一带，在那里我当了一回好汉，在那里我和黑熊有过亲密的接触，也是在那里我游览了十三陵和水族馆，并坐上观光火车下到地下欣赏到中国最大的夜明珠。所以对北京心中还留有不能割舍的情结。

暑假里，我和妹妹陪父亲到北京复查，这是我第六次踏上北京的土地，我们住在医院附近潘家园的居民区内，认认真真地做了一回北京人。住宿的地方很干净，价格很便宜，可以自己做饭，同住的还有两户邻居，大家都是来看病的，所以彼此很照顾，一个厨房，大家轮流着做饭，每天出去买菜、买肉，置办生活必需品，看起来真的像北京人了。

父亲的检查需要等专家排号，我们有充分的时间出去游玩。在这里不得不提一下北京的天气，去的当晚正好下着雷雨，下了飞机，五妹夫打了车来接我们，上了车，感觉进了蒸笼，虽然雨大，街道上雨水流成了河，可一点都不凉爽，犹如蒸桑拿，全身黏糊糊的，脸上的汗水不停地挥洒，闷热潮湿，房间里只要不开空调，就让人透不过气来。白天更是闷热难耐，自从到了北京，我的脸上没法再涂上这个水儿那个霜儿的，纯粹浪费，什么到了脸上统统被汗水冲刷得一干二净。

到北京的第二天，我们来到天安门广场，然后去了故宫。故宫的确很雄伟，是皇帝办公和休息的地方，处处显示着威严，里面有雕龙的宝座，还有玉做的花瓶等装饰物，然后我们来到了御花园，历经几百年的柏树、松树苍翠欲滴，既沧桑又有活力，几百年的巨变，物是人非，只有它们依然默默守护着这殿堂院落，见证着历史。走累了，我们四人坐在御花园的小亭子里休息了一会，假山怪石峻峋，高处一座小小的亭子可以俯瞰故宫全景，人太多了，你想拍照，不时有闯镜头的，你想认真看看，人头攒动，看着就心烦，哪有心情逛下去，于是，带着复杂的心情离开了故宫。

说起人多，毛主席纪念堂最能体现人山人海这个词语。父亲是50

年代的人，当然要看看毛主席他老人家的遗体，为了瞻仰毛主席遗容，我们足足排了两个多小时队，队伍前不见头，后不见尾，绕来绕去，也不知走了多少个“弓”字形，大家挥汗如雨，衣服全黏在了身上，这还不算，行进的队伍旁边不时有志愿者和警察在维持秩序。毛主席纪念堂不让带小包，我们的身份证装在小包里一并让五妹夫拿着，眼看排到门口了，要身份证，急得六妹赶紧出去找，人海茫茫，如同捞针，好在五妹夫就在队伍的不远处，拿到身份证后，我的包又忘记送出去了，一位胖警察不时提醒我“这位女士，你是进不了纪念堂的！”“这位女士，你排队也没用！”好像我的包里装有爆炸，恨得我牙痒痒，赌气似的告诉他“我会处理的！”正好五妹夫就在前边，我急忙离开队伍，把包送出去，过了安检，终于看到了毛爷爷的遗体，因为有几年前的参观经验，我叮嘱父亲慢慢走，多看看，哪知里面的工作人员一直催，父亲是个老实人，匆匆便出去了，两个多小时的等待，只是看了一分钟不到，唉！北京人多，实在太多了！

颐和园更能体现人多，长廊两边坐满人，让你感觉不到它的长和美，观光的人摩肩接踵，人声嘈杂，佛香阁、排云殿、十七孔桥、昆明湖到处都是人，感叹慈禧老佛爷，只是给她自己修的休闲场所，引无数游人昂首翘望，却什么也望不到，眼前只有黑压压的人。

你若真的问我去北京感觉如何，我只能告诉你，北京人太多了，地铁站、公交车、王府井、全聚德、医院哪里都是人，就连吃个庆丰包子还得排队等候，我和妹妹同时感慨，北京人受罪了，还是我们前旗好啊！

潘家园古玩市场

潘家园古玩市场距离肿瘤医院很近，在父亲等待检查的日子里，我们就成了那里的常客，几乎每天都要去走走。潘家园市场占地大约4万多平方米，周围是青砖碧瓦、雕梁画栋的仿古建筑式的店铺，古色古香，“城内”有几个高大宽敞的露天大棚，保留了传统的地摊古玩交易方式，原汁原味。市场分为工艺品大棚区、古旧家具区、古旧字画书刊区、古玩区等经营区，摊位多得数不清。

第一次去古玩市场，也就是一些地摊、书摊，很冷清，但也足够让我们消磨三四个小时来玩赏，以为古玩市场也不过如此。第二次去，正逢星期六，大门外车水马龙，市场内更是人山人海，有寻宝猎奇的行家，也有只看不买的观看者，有我们这样闲逛的普通老百姓，也有一些深藏不露的显赫人物，还有金发碧眼的外国人，各种语言此起彼伏，热闹非常。

走进大棚区，随着人流，你可以慢慢玩赏地摊上的各种旧货，这里的货物应有尽有，如仿古家具、文房四宝、古籍字画、旧书刊、陶瓷、中外钱币、竹木牙雕、佛教信物、“文革”遗物等。地摊上的旧货五花八门，但鱼龙混杂，仿品也很多，如仿明清或现代名人的字画，几乎可以以假乱真，历代陶器，染色的古玉，做旧的青铜器……所以解囊时要格外小心，睁大眼睛看清楚了才下手。在这里淘古陶瓷，高档的东西肯定是没有的，但有时候可以找到一般的东西，如清末民国的瓷器，或新石器时代、汉代的一些陶器。父亲喜欢鼻烟壶，就花了几个小钱购买了几个，其中一个尤其好看，做工精细，颜色古朴，上面的花纹都被人用手摸光了，遗憾的是没有盖，部分亭台楼阁的细微处有损伤。妹妹看上一对“五子夺莲”瓷瓶，图画栩栩如生，我也精挑细选了两对镇尺，一个高仿青花瓷，这里的仿品虽多，但作为工艺品却是颇上档次的。

古玩市场上商品琳琅满目，也是锻炼火眼金睛的好地方，你可以有一个学习或提高自己鉴别能力机会，随便拿起来看看，孰真孰假就不要讲了。潘家园古玩市场地摊的货主见多识广，上至国家元首，下至平民百姓，都光顾过这里，货主中能说英语、日语、德语的都不少。地摊上的货主，有长期在此卖货的旧货主，也有刚从外地进入的新货主。旧货主卖的多是仿品，在地上物品堆积如山任人挑选，偶尔也有旧货，但很粗劣。新货主经常会有一些旧货，但很懂得叫价。一个和店铺里一样的青花瓷敢和我要 600，所以作为不懂行的我们，还是买便宜的、自认为喜欢的东西就可以了，充其量不过玩玩。

对收藏者来说，有闲时、闲钱、闲情，逛潘家园古玩市场是份情趣，在这里寻的是一种愉悦，碰的是一种机遇，找的是一种磨炼过程。但在寻觅中，要明白天上不会掉馅饼，“检漏”靠的是眼力，不是运气，高手也有“走眼”时，何况是一知半解的新手，所以要多看少买，谨慎出手。

时尚的东西总是在轮回，如今，社会上又刮起了一股“怀旧风”。明清的老家具、精美的窗花隔板、“文革”时期的宣传画等，凡是能勾起人们怀旧情怀的老物件都成了抢手货。

离开北京的那个上午，我们又去了古玩市场，熙熙攘攘的人群使这个本来很宽敞的市场变得狭小了，闲逛的、进货的、运货的，热闹极了，打算再购买一点工艺品，可是预订的车票要去取，妹妹着急去了火车站，我和父亲也就没什么心思再逛了，恋恋不舍地离开了潘家园古玩市场……

走进凤凰

知道在中国的版图上有个神秘小镇——凤凰，缘于沈从文的《边城》，在对那个凄美故事伤感的同时，心中总有一种看看作者和他的主人公翠翠生活的这个地方的愿望。没想到今年初夏的一天，我们一行便来到这个清丽的小镇。

很难想象这个风景秀丽、历史悠久的地方，曾经是经常发生暴动的苗寨，鲜血曾经染红每一条街道和每一座碉堡，站在那个万山环绕的小城高处，依稀看到鼓角争鸣，烽火连天的景象。

我们住在一个江边的吊脚楼上，清澈见底的沱江穿过凤凰古城，沱江从刀耕火种的蛮荒中一路走来，带给凤凰山城超脱的灵气，也带来了今日的辉煌。成群的鸭子旁若无人地在水里嬉戏，几名洗衣妇女在石板上槌打着手中的衣服，不时还有人扎入江中游泳。吊脚楼顺着江边蜿蜒，各式的雕花窗上，都伸出晾晒着五颜六色衣服的竹竿，好像在诉说着楼上人家的故事，构成了一幅鲜活的山水风景画。

我们到凤凰的日子，烟雨蒙蒙，这让我完全失去了方向。但是，雨中的凤凰让人有一种诗的感觉，静静的、雾雾的。撑着伞伫立在小巷的石板路上，心情就像经过了洗涤一样轻快起来。远处的虹桥跨越沱江，像一道彩虹。这座桥始建于明代洪武年间，桥面在风雨和战乱中毁坏，近年来重修才再现辉煌，靠近虹桥的吊脚楼是凤凰古城有名的建筑，极具土家族风韵。听说每一座吊脚楼都有百年的历史，门前的每一块牌匾都表明其身份。

到了凤凰，不可能不到沈从文的故居，一幢青瓦木质结构的四合院，具有浓郁的湘西明清建筑特色，雕花的门窗，小巧别致，古色古香，一张斑驳的大理石书桌，轻轻地抚摸一下，让人感觉自己和这位文学巨匠的距离是那么近，近得仿佛能听见先生的呼吸声和脚步声。

还是在雨中，我们告别了凤凰，依然是那清幽的沱江水，依然是那吊脚楼，依然带着点神秘的凤凰，给人留下无尽的遐想……

爱上哈尔滨

很久了，就想去冰城哈尔滨看看，起初只是为了却自己的一桩心愿，在中国这似只雄鸡的版图上，我只差鸡头和鸡尾没去过，总想着哪天去东北看看，但始终因这样那样的事未能成行，这个心愿也就这样被搁浅着。说起来真是有缘，这次的学习安排在长春，因返回时没有长春直达银川的航班，需要坐高铁到哈尔滨转机，于是，便有了在哈尔滨游览的时间。已是4月的天气，这里却树头未绿，花儿未开，也不是看那晶莹剔透的冰雕的季节，但是总算目睹了哈尔滨这座国际大都市的风采。

对于哈尔滨，的确比较陌生，少年时，总是端着饭碗听王刚讲《夜幕下的哈尔滨》，后来喜欢读梁晓声的知青系列文章，知道它在我国的最北最东端，土地肥沃，出产大豆，气候比较寒冷，被称作冰城。那里的冰雪文化节办得如火如荼，雪乡的美景更是为寒冷的冬天增添了欢乐，黑土地、松花江，还有郑绪岚的那首《太阳岛上》，这些元素大概是我对哈尔滨的全部认知。

出了高铁站，我们乘坐出租车驶入市区的酒店，这座城市给我的第一印象是整洁、高大、气派。宽阔的街道畅通无阻，两侧高大的建筑呈现出异国风情，看到高耸的楼房上那些圆顶帽子，我忙拿出手机狂拍，大概是我的好奇心引起了司机的注意，他漫不经心地告诉我，这个不算啥，在哈尔滨这样的建筑太多了。是啊，在这里你能看到原版的俄罗斯式、哥特式、巴洛克风格建筑，他们均以穹顶、帐篷顶、雕花浮饰为长。如果不是一些鳞次栉比的现代建筑和中文的商店招牌从眼前闪过，恍惚间，我真以为自己置身于异国他乡。

哈尔滨是历史上唯一一座没有城墙的城市，正因如此，大批的犹太建筑说明了这座城市的包容性和海纳百川的博大胸襟。100 多年前哈尔滨人民自己也正受苦受难呢，还能接纳更为苦难的犹太人、俄罗斯人，还有一些朝鲜人和日本人，让他们在这里繁衍生息，不断壮大。出租车师傅用手指着左侧大街一侧三层红色居民楼说，这座楼里现在取暖还在用俄式壁挂炉，里面居住着俄罗斯的居民，这是一座很老的楼了，地理位置很好，与周围的现代建筑格格不入，但是一直没有拆迁，只是为了等这些居民全部回国后才会改建。

哈尔滨的夜晚来得很早，几个人风尘仆仆，顾不得吃饭，就来到不远处的圣索菲亚教堂，这是一座典型的拜占庭式东正教教堂，夜幕下的索菲亚教堂庄严肃穆，气势恢宏，精美绝伦。门口的文献记载，这座教堂距现在有 100 多年的历史了，是俄罗斯帝国东西伯利亚第四步兵师修建的随军教堂，这座教堂具有浓郁的异国情调，与周围的建筑风格完全不同，但是看起来并没有一丝违和感，它是哈尔滨市一道独具特色的风景线，也是沙俄入侵东北的历史见证和重要遗迹。教堂整体设计为东西向拉丁十字，墙体全部采用清水红砖，上冠巨大饱满的洋葱头穹顶，很像歌剧里俄罗斯人的大帽子，统率着四翼大小不同的帐篷顶，形成主从式的布局，四个楼层之间有楼梯相连，前后左右有四个门出入。它不仅闻名国内也是世界级的建筑珍品。遗憾的是索菲亚教堂正在维修中，周围圈起围墙，不能入内，我只好围着它绕了一圈，表示我来过了。

哈尔滨市有一条很有名的大街叫中央大街，走在中央大街上，人来人往熙熙攘攘，不时地有外国人从身边走过，在哈尔滨有很多俄罗斯商店，店铺里的商品琳琅满目，俄罗斯洋娃娃、俄罗斯套娃、俄罗斯酒具、俄罗斯水壶，韩国、日本的化妆品，应有尽有，质量还都不错。在一家商店门口售卖马迭儿冰棍的摊位前，人们排着长长的队伍。

这条大街据说是当时捷克斯洛伐克人设计修建的，街道上铺设的砖就像一个个大面包整齐排列着，当我说这是砖的时候，当地居民告诉我，那不是砖，那是将石条像打梅花桩一样打入地下的，从上面看就是砖的样子，怪不得历经百年还是那么结实。老人们讲那一块石条在当时价值一块银圆，真正的黄金大道哪！中央大街两旁是一座座有着百年历史的老房子，大多是俄式建筑，整个哈尔滨的建筑风格都是偏俄式的，包括地铁站、公交站，其实更多是中俄混搭的风格。小胡同里的楼房已经很破旧，但是很高大，木质的门窗像是被烟熏火燎过，墙壁倾斜，无人居住，依然是俄式建筑，依稀能看出当年的风采，不失为拍电影的好取景地。真佩服设计师的匠心独运和他前瞻性的眼光，这么宽阔的街道，这么高的楼房，华灯下的中央大街绚丽多姿，这在我走过的城市中是很少见到的，这里简直就小巴黎，浪漫又时尚！

在中央大街的尽头过地下通道就到了防洪纪念塔，这是50年代哈尔滨人民因战胜特大洪水、修筑永久性江堤而建造的，现在它是哈尔滨的一个标志性建筑物了，防洪塔的玻璃栈桥下，一位先生正用手风琴起劲地拉着一曲《喀秋莎》，听起来很有怀旧感。

与防洪纪念塔毗邻的松花江在夜色中泛着粼粼的波光，游人和居民们在江边聊天，孩子们在江边嬉戏，江风徐徐从堤岸上吹来，让人心神清气爽，璀璨的灯光把松花江大桥勾勒的金碧辉煌，一时间“我的家在东北松花江上，那里有满山遍野大豆高粱，在那青山绿水旁，门前两棵大白杨……”的歌词便涌上心头。

在哈尔滨有许多洋味十足的大街，有一条街叫“果戈理大街”，街上有一个著名的书店“果戈理书店”，有座旅馆叫马迭尔旅馆，红军街、国境街，这些地名太适合这座城市了，无论你从哪个角度看都很有文艺味，让人感受不尽这“东方莫斯科”中西合璧的文化魅力，这一刻，我真的爱上了哈尔滨，期盼冬天再到哈尔滨。

谷雨时节看冰雕

到一座城市，最惬意的事大概就是在对的时间对的季节去看对的风景，当然如果有对的人搭伴就更好了。

每座城市总是有它独特的美，南方的城市四季没有什么太大的差异，到哪里都可以随心所欲，只要你有时间，不缺美景。北方可就不同了，四季分明，春暖花开的季节不错，夏日绿茵也不错，秋叶飘飘也不错，但是到了冬季就无所适从，只能期盼看看冰雪了。人们都说哈尔滨的冬天最美，冬天也是看冰雕最合适的季节，1 月份左右哈尔滨的街道两侧会到处摆放着形态各异的冰雕，如果不看冰雕据说等于没到哈尔滨，可我却是在谷雨时节来到哈尔滨，连冰雕的影子都没有，只能碰到什么看什么了。

看不到冰雕总是有点不甘心，网上查询得知哈尔滨有个室内冰灯馆，这也非常不错。登记好酒店，我们就出门到处打听这家冰灯馆在哪里，和我一同挤公交的市民们压根儿就不知道这个地方，还说这个季节根本没有冰雕，早都化了，我们来得不是时候，可是网上明明是有的啊。一位热心的市民见我说得这么认真，这么执着，马上帮我查找，还真有我说的冰雕馆，就在太阳岛上，我们乘坐的这辆公交车正好路过这个站点，他让我们跟着他走，他送我到站点，这让我们这些人生地不熟的外乡人感到一阵温暖。

太阳岛上的树木才有一点点绿意，岛周围很单调，无景可观，步行了很长一段路，还是看不到冰雕馆，向一位过路的司机打听，得知还有一段距离。师傅送我们到了目的地，虽然冰雕馆已经闭馆，但是还是可以安排游客进去参观，只是门票出奇的贵，同行的伙伴们都不想进去，我只好一个人随着一个旅游团入内，电瓶车把我们送到冰雕馆附近，因为道路正在维修进不去，我们只好徒步绕着一条脏兮兮的小路来到冰雕馆，冰雕馆的门脸很不起眼，像个大仓库，我怀疑上当了，但是已经来了，总得见见庐山真面目。

在冰雕馆门口，工作人员发给我一件很厚的棉衣，说里面冷，不要待太长时间，我疑疑惑惑地走进冰雕馆，大门拉开的瞬间，一团白色雾气迎面扑来，凉飕飕的，随着身后大门的关闭，我便走进了奇幻的冰雕世界，如同置身仙境，又如置身于武侠小说里的神秘城堡，更像是西游记里的龙宫，到处晶莹剔透，冰雕在灯光的折射下流光溢彩，如诗如画，不管是动物、宝塔、房子、火车还是人物都雕刻地栩栩如生。各种冰灯、冰雕造型别致，巧夺天工，大的冰雕有能攀登的万里长城、亭台楼阁、城堡，游人还可以坐在胶皮筏子上免费溜冰梯，体验从上而下的刺激与快乐；小一些的冰雕有马车、青花瓷瓶、鲤鱼、生肖等，还有一些人物雕像，线条流畅，圆润丰满，所有的冰雕在现代科技的光电配合下个个活灵活现，令人叹为观止。

一幅巨大的孔雀牡丹图吸引了我的视线，两只蓝孔雀站在一株盛开的牡丹旁，红色的、橘色的牡丹花色彩鲜艳，叶子翠色欲流，雄孔雀拖着美丽的长长的大尾巴，头上插着三支翠羽，尾羽上那些橘黄色凸起的斑点泛着光彩，像无数红色的珊瑚珠，雌孔雀其貌不扬只露出半个身子，这幅冰雕层次感很强，不仅表现出孔雀的优美、高贵，更表现出作者的技艺高超。孔雀象征着家庭和睦，也有着成双成对、好事成双的寓意，牡丹寓意大富大贵，两者结合在一起，还表现了人们对美好幸福生活的向往和追求。一时间我都怀疑那不是冰雕，而是蜡像，用手摸摸，凉凉的、滑滑的，但的确是冰。

冰雕馆的出口处洁白的墙上有个浮雕的大大的黄色“佛”字，走入拱形门洞，便来到了佛祖的世界，长长的走道右侧笑嘻嘻的弥勒佛它体态丰腴、慈眉善目的观音菩萨手持宝瓶，各种有关佛祖的雕像依次坐在洁白的冰雕莲花宝座上。这些冰雕佛像就像一尊尊汉白玉石雕，面部表情刻画得非常生动细腻，衣纹雕刻得很是飘逸，将佛国世界那种充满了祥和色彩的理想意境表达得淋漓尽致。比起刚才那璀璨夺目、五光十色晶莹剔透的世界，这里一片纯净，悄无声息，许许多多粉红的莲花灯一字摆开与形态各异高大洁白的佛像互相映衬，给人一种很强的视觉冲击，一时间我不由自主变得虔诚起来。

冰雕馆很大，里面温度很低，频繁用手机发视频的指头冻得有点发僵，几位伙伴看到我发的视频也被吸引到了冰雕馆，为了陪他们，我足足在冰雕馆里转悠了近一个小时，等到走出冰雕馆，那位一直等候我的电瓶车师傅惊讶到，奇怪我怎么在里面待这么长时间。为了看冰雕，也是拼了。

川上之城

这些年，我总是在家乡的周围兜兜转转，从清晨到日暮，从镇区到牧区，用自己的眼睛去探寻家乡的每一寸土地，用文字记录这里的一草一木，我不止一次去过城川，可不知为什么，唯独对城川留下了空白。

抛开古老的萨拉乌苏河；抛开古河套人的文明；抛开湖光水色的大沟湾，城川的历史可谓源远流长。城川这个地方或许真的与一座古老的城池有关，那就是建于1000多年前唐开元年间的宥州古城。我曾在一个艳阳高照的晌午见到过它。幽蓝的天空下，深深的牧草中，城池四四方方，白色的轮廓清晰可辨，突出地面的断壁残垣，依然能感觉出当年的厚重，砖头、瓦块随处可见，昔日的繁华已沦为一片废墟，有的地方被掩埋在黄沙中，据说，偶尔还会捡到古代的铜钱。历史与自然竟然在这里融会，说不清是诗还是画，那种荒芜、空旷和神秘的氛围感深深地震撼着我的心灵，这座城究竟有过哪些过往，淹没了多少故事？城里的人到哪里去了？这里就像一个巨大的磁场，带着我的思绪飘回了唐朝，我似乎看到了当时人们躬耕劳作、嬉戏歌舞的场景，一时间恍恍惚惚，我不知道古城是用怎样的眼神在审视着我这个不速之客。用手抚摸着千疮百孔没有生命的土墙，轻轻地，轻轻地，像是在抚摸一个受伤的身体，古城终究是历史的孩子，伤了，痛了，依然与天地同在，但城川的“城”可真的不简单。

岁月更迭，王朝覆灭，黄沙淹没了历史，在经历了繁华、颓废后城川又获得了新生。谁也想不到这么一个其貌不扬的小镇，竟与红色革命结下了不解之缘。

这一次，我又来到了城川。那天细雨如丝，微风裹挟着草木的清香弥漫在车厢里，只听得汽车的轮子与湿漉漉的柏油马路摩擦的声音。车窗外，一马平川，满眼是绿，绿色的草地，绿色的柳树，羊儿、牛儿该吃草的在吃草，该撒欢儿的在撒欢，偶尔停下来眯着眼睛享受雨水的洗礼，巴音希泊尔草原一片翠色，身着各色服饰的游人与草原交相辉映，丝毫没有初秋草原的寂寥。路旁不时闪现出长势喜人的玉米地和葵花地，欧式风格的牧民新居散落在平原上，有的人家门前还竖着玛尼宏杆，农耕文化与蒙元文化在这里实现了大融合，远处隐隐约约看见绵延起伏的大沙，城川就建在两链大沙之间的平川上，像极了汉字的“川”。

我们抵达城川的时候，已是傍晚时分，街道平坦整洁，两旁高大的垂柳在微风中婀娜起舞，商铺、酒店林立，灰墙蓝瓦的房屋错落有致，统一的外墙扮靓了整个街道，建筑物上红红的五角星让人一时间仿佛穿越时空，浓浓的红色氛围扑面而来，好精致、好整洁的小镇啊。这还是我记忆中的城川吗？那时，城川只有一条窄窄的黄土街道，两旁的房屋与我在陕北农村见到的普通民居没什么区别，低矮的土坯房、婆娑的接椽树、黄土铺就的街道，冷冷清清……蓦然发现，这个叫作城川的小镇，居然是这样牵动着我的心。

安顿好住宿，几个人便迫不及待地来到民族团结广场，广场很大，几根民族团结柱在夕阳中显得庄严肃穆，沿着长长的浮雕墙行走，恰好，夕阳泛着金色的光芒穿过拱形桥洞，映红了整个浮雕墙，我们都成了画中的人了。

广场的外围有一处小小的景观园，草色青青，树木繁茂，银碗、挤奶桶、小时候见过的走马灯，以及一些革命志士的雕像点缀其间，无不提醒着我们，这里是一座有关革命的小镇。小镇还在紧锣密鼓地建设着，远处建筑物的脚手架上，工人们正在忙碌着，叮叮当当的响声汇成一曲悠扬的歌。近处也有几位工人在忙碌，我随口问一位工人，远处正在建设的雄伟建筑是什么时，他告诉我那是场景式教学馆。

街道东侧被称为民族干部摇篮的延安民族干部学院，它是我党在抗日战争时期建立的唯一一所专门培养少数民族干部的高等院校，这里曾培养了布赫、天宝等一大批的少数民族干部，他们为全国少数民族的解放和中国革命的胜利做出了重要贡献。

如今，延安民族干部学院在原有的基础上得到了保护性的修葺与完善并建成了纪念馆，馆内珍贵丰富的史料和书籍，见证历史时刻的报纸、信件、纪念章和老物件，以及曾在这里工作学习过的革命志士的一帧帧照片无不显示着厚重的红色革命文化，相信历史会记住他们的名字，英雄的丰碑上有他们永恒的印记，同时这里的每一寸土地，都铭刻着他们的足迹。

城川是一座有故事的城，“王震井的故事”“阳早寒春的故事”“杨宝山秘密交通站的故事”“马良诚顾守山的英雄故事”“滴哨沟的枪声”，不仅口口相传，家喻户晓，被载入史册，还一一建成纪念场馆，供后人瞻仰。

要想了解一个地方，远看的是风景，近看的是生活。晚上应邀到朋友的饭店“蒙陕一家亲”做客，饭店就建在延安民院的旁边，饭店真的是占尽“天时、地利、人和。”这是一家中式风格的饭店，小镇上居然有这样豪华的饭店，真是让人惊叹。朋友告诉我，随着城川的建设与发展，生活环境变得越来越好，人也越来越多，他的饭店现在已经成为接待全国各地游客的重要场所，收入也非常可观。这里饭菜别具特色，既有鄂前旗人最爱吃的炖羊肉、细烩菜、饺子和一些地方小炒，又有大沟湾的鱼，红烧的、清炖的，色香味俱全，不要说品尝了，就连看着都让人馋涎欲滴。欢声笑语中，我不禁为城川感叹，昔日的小乡镇竟会有如此大的变化，按这种发展速度，再过20年，将会是一番怎样的繁华景象？

城不在大，贵在有史可访，城川这座城与这道川承载着太多的历史与过往，它已成为一种象征、一种精神，需要后来者去倾心守护。

大地的年轮

早就听说靖边龙州有一片神奇的丹霞地貌，被誉为“中国波浪谷”。波浪谷最早发现于美国亚利桑那州北部朱红悬崖的帕利亚峡谷，峡谷周围砂岩上的纹路像波浪一样，红黄白相间十分漂亮。去过靖边龙州的人都说，波浪谷完全可以与美国的波浪谷媲美。

走南闯北，不知游览过多少名胜古迹，领略过多少秀美山川。近在咫尺的风景怎能不去看呢？盛夏时节，带着好奇，带着探秘，我们相约向这片神秘的土地进发。

汽车行驶在公路上，进入陕西境内，两边的庄稼地逐渐多了起来，玉米长势喜人，车窗外忽然闪过一个烽火墩，台墩连接着一段残破的长城，在湛蓝的天空下显得很有历史感。沿着弯弯曲曲的乡村小道，在高德地图的指引下，我们顺利抵达波浪谷风景区，远处一片氤氲，隐约看见沟壑之间有一弯湖水，四周群山环绕，湖水像翠绿的宝石镶嵌在山谷间。

波浪谷隐藏在大漠深处，可谓是“养在深闺人未识”，两年前这里还是一个未曾开发的处女地，是那些南来的、北往的客人，远亲近邻，还有那些摄影爱好者、探险者让这片神奇的景观渐渐掀开它的神秘面纱，展露在世人面前。步入景区，放眼望去，沙丘、山谷与沿途看到的景物并无异样，心中难免有些疑惑。既来之，则安之，一群人拖的拖，拽的拽，战战兢兢走过玻璃栈桥，继续寻找着传说中的波浪谷。

波浪谷处于一个低洼地带，我们沿着木栈道一直往下走，眼前便呈现出奇异的景观。起初，路边的岩石和周围浑圆的沙丘形状、颜色并没什么两样，只是沙砾很粗，多了波纹，走着走着，两边的砂岩硬朗起来，颜色也变成浅红色，层层叠叠，像凝固了的海浪，像水中泛起的涟漪，一层层、一圈圈错落有致，在阳光的照射下，特别显眼。年轮！我不由自主地喊出声来，看那一圈圈的纹路多么像大树的年轮啊，这是大地的年轮，每一条的纹路里不知记载着多少故事，谜一般的前生今世，数百万年的时光雕琢了波浪谷不凡的神韵，让每一位看到它的人惊叹不已。

山势越来越陡峭，峰顶却很平坦，红色的岩石起伏叠加，波纹清晰，这些波纹千变万化，形态各异，色彩斑斓，有的像流水、有的像花卷、有的像云朵、有的像陀螺、有的像梯田，层次感非常清晰，如同画家用白描的手法勾勒出的一幅大自然中最美最神奇的画卷。在一处险峰处，两块山石几乎挤在了一起，上面有一块崩落的石头夹在石缝中，抬头仰望，令人望而生畏，近而发怵，立马觉得自己呼吸急促，腿脚发颤，小心翼翼地挪移着脚步离开这里，生怕因自己的鲁莽或不小心发出的声音，引发高处的石头颤动，坠落下来将自己压扁。站在观景台上，波浪谷如同一个巨大的红色漩涡，平滑的极具雕塑感的岩壁上清晰的波浪纹美得让人窒息。此情此景，“鬼斧神工”用在这里再合适不过了。

沿着栈道一直往下走，我们来到了山谷中，这里的地势变得平坦了，一条涓涓细流沿着谷底伴着我们一起前行，波浪谷的形成与这条河有着很大的关系，河面很宽，河水却很小，有的地方似乎快要断流，水中长着翠绿的芦苇和香蒲，香肠似的蒲娃娃长得很饱满，小巧可爱，几棵枯树东倒西歪地立在水中央，特别刺眼，各种各样的鸟儿在崖壁上盘旋、鸣叫，为静谧的山谷增添了许多生趣。几十米高的崖壁上有很多大大小小的洞，有的地方还有人工凿刻的脚窝，应该是当地居民曾在此处居住或者为躲藏敌人的侵入而修建的。

漫步在长长的、蜿蜒的山谷中，丝毫不感到疲倦，大大小小的石峰、石墙或连在一起形成屏障，或像一座城堡孤立静卧在荒漠旷野中，山谷两边高大的岩石像刀劈斧砍一般的齐整，岩石上被雨水冲刷的弧线形的波痕清晰可见，千条万条不计其数。山谷里非常凉爽，慕名而来的游客不少，三三两两地坐在河边的沙滩上休息。靠近河水的岩石更是如鲜红的锦缎绚丽无比，据说下雨天来波浪谷那才叫绝，岩石在雨水的冲刷下艳如丹砂，灿若朝霞，这大概也是丹霞地貌的来源吧？这里的岩石坚实厚重，岁月磨光了它的棱角，却依然有着黄土高原的男人的硬朗、内敛和陕北女子的特有的细腻、妩媚。沿着石阶不断攀爬，波浪谷四周的沟沟峁峁尽显眼前，沟壑之间郁郁葱葱，在蓝天的映衬下美妙绝伦。

波浪谷是大自然对人类的慷慨馈赠，它是历经数百万年的风、雨和时间的洗礼，红色砂岩经长期风化剥离和流水侵蚀，加之特殊的地质结构、气候变化以及自然环境的影响，形成这些或孤立或陡峭的奇岩怪石，在广袤的天幕下，亘古至今，我们与它相遇，任何语言都显得苍白无力，只有去过波浪谷的人才会明白那种由心而生的温暖与感动。

梁上有座烽火台

傍晚时分，汽车在草原上奔驰，这是一条鄂托克旗通往宁夏平罗县的二级公路，前方的路面一览无余，两旁的山坡、沟壑到处呈现出塞上草原的广袤与苍凉。

目光痴恋着鄂托克草原的纯粹、空灵、缥缈。高远深邃的天空中，几大朵云随意地拖着几缕金黄、玫红细丝在湛蓝的天空中游动，空旷的四野让人心生敬畏，远古时代的生物霸主恐龙是否就是在我们经过的这片土地上栖息繁衍？北边的乌仁都西山脉绵延起伏，深秋的草原已经没有了绿色，但依然释放着它的斑斓。翠绿的沙冬青、紫色的野菊花、粉色的绵蓬草、苍翠的沙蒿、洁白的羊群、红白相间的牛群像一幅画卷不断在眼前铺开，唐诗宋词，汉赋元曲，搜罗再多的名言佳句也无法形容夕阳下鄂托克草原秋日的意境。

正当我为道路两旁大片的粉色草原惊叹时，一座高大的黄土墩突兀地出现在左边高高的山梁上，茕茕孑立，古朴、厚重，苍苍茫茫的草原顿时有了历史感和神圣感。我推测它是一座烽火台，于是，几个人顺着流水侵蚀过的黄泥路驱车而上，来到土墩前，一块“烽火台遗址”的铁牌吸引了大家目光，果然，这是一座烽火台，而且，还是国家级重点文物保护遗址。可是，除了这几行字外再没有任何详细介绍。明长城？隋长城？还是秦长城都不得而知。在我的印象中，烽火台应该是与长城连在一起的，应该是三里一个墩，五里一个堡，十里有座烽火台，应该是绵延万里横亘在崇山峻岭之间的，就像八达岭长城的烽火台、榆林的镇北台那样，有屯兵的堡垒、垛子、射击口，用巨大的城砖、石条建造，外观宏伟、气势磅礴。或者像距离我们最近的上海庙境内的明长城那样留有残垣断壁，至少可以证明它是长城的一部分，而眼前的这座烽火台完全没有任何装饰，周围也见不到长城哪怕是长城的蛛丝马迹，它孤零零的像一位饱经风霜的羸弱老人矗立在萋萋荒草的塞北草原的最高处，守望着这片古老的土地。

这座烽火台通身用黄土夯筑，寸草不生，厚厚实实，土里含有大量的石子，与周围的土质没有什么区别，应该是戍边将士们就地取材建造的，整座台墩从上到下被风剥雨蚀，分成了一高一矮两个土墩，虽然底部还有相连，但已破坏了它的坚固性和完整性。当年夯筑烽火台留下的土层、工具眼清晰可辨，厚重的黄土掩盖不住它往昔的荣光与宏伟，它的大部分墙体坍塌，黄土撒落脚下，形成陡坡，老鹰的粪便、牛羊的脚印、过客的烟头，千疮百孔，实在让人惋惜。我朝觐似的绕着烽火台走了一圈，没有找到烟道和内窟，也许坍塌的部分就是，也或许根本就没有。沿着一个缓坡我手脚并用地登上它的最高处，顶部很窄，只够一人容身，极目远眺，夕阳西下，沟沟壑壑、浓郁的草原秋色和方圆几十里的建筑尽收眼底："危楼高百尺，手可摘星辰""会当凌绝顶，一览众山小""塞下秋来风景异，衡阳雁去无留意。四面边声连角起，千嶂里，长烟落日孤城闭。""念天地之悠悠……"的诗句顿时涌上心头。站在这座雄浑古朴的古代军事要塞之巅，耳畔朔风掠过，恍惚间，我仿佛穿越了时空，隐隐听到风中传来呜呜的号角声，猎猎的旌旗声和战马的嘶鸣声。

这座烽火台至少建于明朝，它依山傍险，地势很高，军事术语"制高点"用在这里再合适不过了，这样的极佳位置便于观察敌情，及时预警，真的感叹古代劳动人民的聪明才智。数百年来，这座烽火台见证着岁月变迁，经历着沧海桑田，凝聚着塞北草原的历史，尽管已经岌岌可危，风霜雨雪模糊了它的容颜，但它仍然守候着这片草原，像一位耄耋老人在诉说着远去的记忆。

烽火台也叫烽燧台，烽燧是古代边防报警的两种信号，白天放烟叫烽，夜间举火叫燧，烽火台是我国古代历史上传递军事信息的重要设施。在冷兵器时代，长城和烽火台发挥着独特的御敌作用，历朝历代的帝王都把它作为重要的军事防御体系，到秦始皇时代更是发挥到了极致。汉武帝时，大将卫青和霍去病率大军出征匈奴时，就以烽火作为进军信号。据《汉书》记载，仅一天时间，烽火信号便可以从当时的河西（今甘肃省）传到辽东，途经千余里。烽火台的使用有一套较为完备的规则。只要遇到敌情，哨兵就在烽燧上燃起柴草或狼粪，其烟直上不散，方圆几十里都能看见，一个接一个，台台连报，很快就会传到百里之外，"狼烟滚滚""烽烟四起"都是在告诉人们有敌军来犯，需做好防御。点燃的烽火还传递着一些简单的信息：点燃一柱烽火，表示入侵者在500人以下；

点燃两柱烽火，则表示敌人在500人以上。用烽火传递信息的方式延续了多个朝代，直至清朝末年。随着电报、电话等现代通信方式的出现，古老的烽火台早已失去了御敌的功能，烽火台完成了它的使命，淹没在历史的长河中，成为令后人唏嘘不已的风景。就像眼前这座烽火台，已经沦落成为草原上牧民放牧的瞭望台。

在这个秋意盎然的傍晚，我久久凝望着这座黄土筑就的、简陋的烽火台，轻轻抚摸着它粗糙的墙壁，探寻着那一个个当年夯筑时留下的木椽与绳索的洞孔，想象着是怎样的一群人用什么样的工具在这里建造了它，想象着几百年来它封存的故事。我不知道它在这里矗立了多少年，经历了哪些事，但我清楚地知道总有一天它也会被岁月带走，它正面临着严重的风化、雨水的侵蚀、裂隙、坍塌，还有人为破坏，它还能存在多久呢？作为一个匆匆的过客，我心里突然涨起一股酸楚，一股悲怆，仰起头，凝神膜拜，久久不舍离去。

敦煌散记

“敦煌的驼铃，随风在飘零，那前世被敲醒轮回中的梵音转动不停，我用佛的大藏经念你的名，轻轻呼唤我们的宿命 ，残破的石窟，浮云万里横渡，淹没了繁华……”不知有多少人听过刀郎这首沧桑的声音，有多少人是因为这首歌而向往敦煌？

一

青海湖、茶卡一路向前，我们此行最重要的一站就是敦煌。从德令哈去往敦煌一路荒凉，砾石丛生，一些叫不出名的野草随风瑟瑟摇摆，矮小灌木枯萎得只剩下枝干匍匐在大地上，几百里见不到一户人家，有些地方寸草不生，满目苍凉，摄人心魄，火星也不过如此吧？路边偶尔还能看到成片的如同魔鬼城那样的雅丹地貌，像狮子、像骆驼，千奇百怪，那是风沙的杰作。临近敦煌，飞沙走石，空气十分浑浊，透过车窗隐约闪过残破的烽火台还有那些标有凉州、瓜州、阳关、玉门关、嘉峪关的褐红色指路牌。这些带着熟悉味道古地名，似乎在这一刻变得清晰起来。啸啸瘦马，羌管悠悠，征战将士，杨柳春风，古人笔下那一幅幅生动鲜明的画卷在脑海中展开。于是，敦煌，莫高窟，飞天仿佛在急切的召唤着我去走近它。

二

敦煌这座城并不大，楼房不高，车辆也不多，街上的行人似乎都是游客。市中心一座反弹琵琶的飞天雕塑栩栩如生，衣裙飘逸，彩带飞曳，曼妙的身姿如行云流水般流畅，似乎就要腾云起舞。狭长的街道两边绿意浓浓，那婆娑的垂柳，精致的小桥，竟有了江南小镇的味道，从黄沙漫卷的戈壁走进敦煌，我竟有种劫后余生的感动。是什么让这座城变得如此充满生机？原来敦煌市区居然有一条河穿城而过，有了水，城市就有了灵性，是这条河静静滋养着敦煌的子民。

正逢旅游旺季，沙洲市场人头攒动，熙熙攘攘，书签、手链、夜光杯、线香等纪念品琳琅满目，各种风味小吃散发着诱人的香味，臊子面、浆水面、驴肉黄面、酿皮子、羊肉粉汤、杏皮茶，有的店铺门口排起了长长的队伍。边走边看，买几样纪念品，随着人们缓缓移动的脚步我总算挤到了出口。

穿行在回酒店的小巷子里，遇到一位蒙着黑面纱骑着三轮车的卖西瓜妇女，西瓜个头都不大，每个大约二三斤的样子，圆溜溜的，皮特别薄，遇刀就裂，红瓤黑籽，轻咬一口，沙沙的，清甜爽口，居然吃出了小时候的味道。敦煌的水果很出名，李广杏，鸣山大枣，阳关葡萄、敦煌瓜，香水梨、敦煌锁阳……“葡萄美酒夜光杯”，在唐代，敦煌一代就盛产葡萄，就有葡萄酒酿造技术，敦煌产的“红提”，是中国国家地理标志特产，个大、水灵、饱满、香甜、耐挤压，远销国内外，正是敦煌特殊的气候条件和沙质土壤为葡萄的种植提供了保障，我们来的不是葡萄成熟的季节，虽然吃不到葡萄，但是那些特产店里的红葡萄干、黑葡萄干、绿葡萄干足以满足我们的愿望。

三

到敦煌，不去莫高窟，那等于没有到过敦煌。这座文化名城是因为敦煌石窟而享誉世界，我一直以为敦煌石窟就是莫高窟，榆林窟只是其中的一个窟，事实上莫高窟只是敦煌石窟的一部分，还有榆林窟、东千佛洞、西千佛洞等众多石窟，它们距离敦煌还有一段距离。而莫高窟是国内外游客的网红打卡地，我也是慕名而来。

为了减少众多游客在狭小的洞窟内产生的二氧化碳对洞窟壁画的损伤，敦煌不得不采取限流措施，想看莫高窟必须提前一个月预约，我们事先不知道，提前一周预约却也只买到了 B 票，能看到 4 个石窟，这也足够了，比起那些慕名而来又因没买到票空手而归的游客来说，我们要幸运的多。从数字中心到莫高窟还有一段距离，我们乘坐景区观光车行驶在去往莫高窟的大道上，道路两旁除了零零星星的几株蒿草，就是荒漠，空旷的仿佛时间被凝固了，我在想，为什么这么苍凉、几乎没有生命的印迹的地方会有那么多人在这里留下足迹，创造非凡？为什么在几千年的历史长河中，莫高窟没有被黄沙淹没？

临近莫高窟时，右手边的崖壁上就出现蜂房似的大大小小残破的洞窟，有的像小孩子玩过家家游戏做成的小房子，有的像农户家里的鸡笼鸽舍，里面是不是有飞天，是不是有佛祖就不得而知了，这里应该是莫高窟开凿的最初的模样，在某个时期因为历史原因或地质原因半途而废。

四

莫高窟位于鸣沙山东麓，东向祁连山支脉三危山，静静的宕泉河在它的脚下逶迤向前。莫高窟周围有大片的白杨树，院子里有许多参天古树，遮天蔽日，这片绿洲的形成与这条宕泉河是分不开的，当年的乐尊和尚在开凿第一窟时绝非偶然，他一定是看中了这条河，莫高窟的选址占尽天时地利，敦煌地处沙漠戈壁，气候干燥，对面的三危山形成天然的屏障，任尔东西南北风，莫高窟永远处在一个安全地带，加上石窟前面高大的古树遮蔽了烈日的暴晒，窟内的壁画、塑像得以保护。在干旱少雨的敦煌，是那条河滋养着这里的一切。

在古代，敦煌商贾云集，它是丝绸之路上的一颗明珠，古往今来大德高僧、信徒、石匠、画师，各国商人、使节、朝廷的军队、加上战乱时的世家大户、僧侣、以及到到敦煌避难大批的民众，为了祈求生意兴隆、家宅平安，风调雨顺，他们纷纷出资开凿石窟，建造祠堂，家庙，一代又一代，即使是打的你死我活各种敌对势力，也因心中的信仰而努力为敦煌做出贡献，使得莫高窟得以维护，终于成就了灿烂辉煌、美轮美奂的莫高窟，也让我们有幸在一千多年后，依然能领略到它的风采。

五

莫高窟集建筑、彩塑与绘画为一体，崖壁上，依着山势，开山凿石，建成大大小小、疏密适中的长长一排洞窟，高低错落有致。这里的石窟开凿从十六国到南北朝，从南北朝再到鼎盛的隋唐，到元代以后已经鲜为人知，因此保持了原貌，明朝嘉靖年间清政府关闭嘉峪关，敦煌孤悬关外，不再人来人往，不再有过多的僧侣在这里雕凿石刻，随着航海时代的到来，曾经的驼铃不断地丝绸之路逐渐凋敝。但是，近代，随着藏经洞的发现，西方的考古学家和探险者闻风而至，他们以极低廉的价格从道士王圆箓处骗取大量珍贵典籍和壁画，甚至胶布粘取壁画，或运往国外，或散落民间，或被各级政府官员瓜分，据说，还有一位很有名的画家在临摹壁画时发现壁画是重叠的，就剥离外层看内层，这些有意无意的行为让莫高窟遭到了极大的破坏。不过，如果不是王道士发现藏经洞，如果不是画家发现壁画是重叠的，也许我们至今不知莫高窟曾经的辉煌。

六

穿过大牌坊，我们来到莫高窟的标志性建筑“九层塔”，也称大佛殿，“九层塔”依山而建，层层叠叠，檐角上翘，雄伟壮观，木质的红色的廊柱与黄色的崖壁形成鲜明的对比。殿里的空间很小，一尊 30 多米高的依山而塑弥勒大佛，身披袈裟，衣纹流畅，慈眉善目、坦胸露腹，乐呵呵地盘腿而坐，气度非凡，大佛的两只脚丰满圆润。据说这尊弥勒佛是唐朝塑造的，历经几千年，几经修复，如今只有两只脚保持了初唐的风格，九层塔的建造应该就是为大佛遮风挡雨的。

离开九层塔，我们来到李家窟，据说是盛唐时期敦煌地方上的李姓望族所建。这个洞像一口大棺材，庄严，肃穆，充满了神秘的宗教色彩。洞窟呈半圆拱形顶，弧顶画满了佛像，这个洞窟以佛祖涅槃主题。释迦摩尼静静的躺在佛床上，头枕右手，左臂舒展平放在身上，双眼似睁非睁，微含笑意，身上的袈裟自然形成一道道柔和的曲线，围绕卧佛的三面墙壁，是菩萨、弟子、俗众和各国王子举哀图还有佛母奔丧图，卧佛安详，慈悲，从容，进入涅槃世界的佛祖坦然自容，仿佛到了凡夫俗子无法企及的境界。

七

莫高窟最引人注目的曼舞的飞天，不同时代的飞天是不同的，她们的脸型有的丰腴，有的清秀，甚至连肤色都不同，红脸的，白脸的，这可能与西方的天使是近亲，只是敦煌飞天不长翅膀，不生羽毛，体态婀娜，有的半裸，有的穿短袄，有的着长袖，身披彩带，腰束长裙，头戴宝冠，脖子上挂着璎珞，手腕上戴着环镯，神情悠然、恬美，她们有的单飞，有的群飞，向下飞的，向上飞的，有的手托花、有的在散花，彩云萦绕，环佩叮当，花香四溢，所有的飞天似乎都在舞动。还有的飞天手持箜篌、琵琶等乐器，千姿百态、襟飘带舞，鲜活灵动，轻盈自如的飞翔，好像要破壁而出，让整个洞窟有了勃勃生机。

在石窟间转来转去，像是在时间的隧道里逆行，如同走进历史的画廊，立体的、平面的、那么多的洞窟，每一点空间，每一寸空隙，都填满了色彩，充满了故事。玻璃挡板后面的墙壁上，一行歪歪扭扭的“大清光绪十九年 *** 到此一游”黑色字迹让我不禁哑然，这位游客怎么都不会想到自己的大手笔如今也成了文物。

有位名人说过：世界上任何一个传说中的神奇地方，只要你去过一次就不再神奇，辗转千载，环顾四方，唯有大漠之中的敦煌，你造访一次后反而感到更神奇。莫高窟有七百多个洞窟，而对外开放的不到十个，我只看到了其中的几个，但这也足够让我顶礼膜拜。那些淹没在历史烟云中的供养人和他们真实的画像，那些留在墙壁上的佛祖的故事、九色鹿本生的故事……那些巧夺天工的敦煌彩塑，律动的千佛，散落世界各国的敦煌文物，历经千年而不朽，真不愧是人类文化史上的璀璨明珠。

零零碎碎写文章

一件事拿起来很容易，坚持下去就难了，好多事就是因为无法坚持而放弃自己的初衷。就拿写文章来说，当有了可写作的话题，那种迫不及待，那种兴奋得要爆炸的激情会让你忘乎所以，恨不得马上就坐在电脑前敲起键盘。没有了可写的话题，有的人就懈怠了，没了兴趣，放弃了自己的写作爱好。虽然我们不见得都能成为作家，但是文字的力量是无法想象和估量的，生活处处皆文章，大可不必居于形式给自己压力，只要做个生活的有心人就好。

我自认为不善于口头表达，或者可以说是口头表达不如别人那样温婉轻柔，口吐莲花，妙语连珠。用我自己的话说，表达过于直白，甚至让人感觉不出其中所蕴含的情绪，总而言之，不如自己写的文章那样细腻而又有生活气息和感情色彩。因此，我更愿意用文字记录生活中的点点滴滴。一次旅行、一次事件、一次逛街，一朵花、一只鸟、一棵树都会成为我的写作素材，一个故事、一个人物、一本书也许就是我创作的灵感，世上许许多多的事都会随着时间的流逝会被遗忘，然而文字不会。

不记得自己是什么时候爱上写作，也不知什么时候自己已写下几十万字的文稿，这也许与我的阅读习惯有关，也或许与我的职业有关，多年来，我在写作中自我探索，在和另一个自己细语。我们每个人都有想要留下对自己生活的所思所想，以及自我感悟的愿望，用文字记载是最好的方法，文章写得越多，值得记忆的东西就越多。写作和生活密切相关，文章来源于生活，因为写作生活才有人味，才接地气，大家也愿意去分享，去和作者共鸣，文章还应该和作者的思想分不开，当我与文章中的人物对话的时候；当我与文章中花花草草、猫猫狗狗对话的时候；

当我徜徉在文章中的自然美景的时候，那种快乐，无与言表，感觉连细胞都是愉悦的，我想，能用文字记录生活的酸甜苦辣，表达情感真的是一种享受。

有人说写文章是为了赚稿费，谁曾想过，那点稿费能做什么？在自媒体发达的今天，人们更愿意接受快餐文化，宁可冒着蓝光伤眼的危险时刻滑动着手机屏幕，也不愿意去图书馆借阅图书，纸质文章好像越来越不怎么受人待见。前些日子，旗文联想征集几篇文艺作品，希望能够搬上舞台做宣传，并有稿费。我立刻想到一位本土老作家，他习惯于写快板、三句半等文体，随即和他取得联系，希望他能帮忙。本以为他会满口答应，但是，他回答了我一句话："小薛，我封笔了，再也不写了，写作快把我折腾穷了。"这句话深深刺痛了我。不知怎么就想起长篇巨著《平凡的世界》的作者路遥，当年因为没有去北京领奖的路费，弟弟手里紧攥着借来的几百块钱对他说："哥，我没钱了，下次别得奖了"。路遥狠狠地吸了一口香烟骂道："狗日的文学"。

我也想发表文章，我也想出书，可是在物欲横流的今天，不管你的文章有多精彩，没有几个文学大咖给你推荐，你甭想免费出书，自费出书现在成了主流，一个书号动辄几万，还不包括设计、校对、印刷、运输等费用。试想一下，没有一定的经济能力，谁敢轻举妄动，靠文字赚钱，这可不是普通老百姓能玩得起的。如果想着靠文字赚钱，等于天方夜谭，再说，满脑子想着钱去写作，除了充满铜臭，还畏首畏尾，又怎能将自己的兴趣挥洒自如？

我的写作目的很单纯，就是想用文字记录生活，没有任何心理负担，全靠自己的兴趣和心情，零零碎碎地写，虽然做不到日日写，月月写，但有时一天一篇，有时几个月一篇，有时有了创作思路可能一气呵成，有时没有了创作灵感，十天也撅不出一行字，我从不把写作当作必须做的事，从不去强迫自己，只是喜欢用文字记录生活，我的每篇文章除了校对标点、错字，整理一下结构，基本没有华丽的辞藻，没有特定的章法，更谈不上有什么写作技巧，写文章仅仅是自娱自乐，偶尔和文友们凑凑热闹。因为，我还有很多其他的兴趣爱好，要画画、要旅游、要读书、要研究我的瓶瓶罐罐，我不想让写作绊住我的自由，影响我的工作。其实，我还是想告诉写作爱好者，大家可以把写作当作一件快乐的事来做，你可以记录自己不为人知的一面，倾诉衷肠；你可以用文字偷偷痛骂自己不喜欢的人和事。不是有句话说：“骂人不带脏字。”想想看，这骂人的水平得有多高，非文学爱好者肯定是达不到这种高度的。你还可以利用文字发表一些感想，畅谈一些感受，发泄一下自己的情绪，自然而然你就会快乐起来了。

写文章，其实就是在和自己对话，和读者对话，和文章中的主人对话，同时，写文章也为我们留下温馨而又珍贵的记忆，许多年以后，当我们再回头翻阅自己的文章，看看自己走过的成长之路，那将是多么开心的事。就如《校园民谣》里唱的：“漫步走在这小路上，留下脚印一串串，有的直，有的弯，有的深，有的浅……”那一串串文字脚印就是我们人生中的一笔财富，透过这些文字脚印，你会想起一些怦然心动的人，忆起一些热泪盈眶事，这何尝又不是一件写作幸事，人生幸事？

此茶非彼此茶焉

南下广州除了游览风景名胜，一路品尝了不少当地的美食，印象最深的要数那顿港式早茶。

到达珠海那天，我们入住的酒店是提供早点的，尽管一大早占国叮嘱大家不要吃早点，说他的朋友要请大家吃早茶，可是早晨起来谁都不听，看到自助早点很丰盛，还是一顿饱餐，等占国和他的朋友到来时，同学们已经吃得饱饱的，准备下一站的旅程了。

大家和我一样，开始都以为请吃茶，像我们内蒙古一样，一大碗红茶，泡点炒米奶酪什么的，喝完了事。于是都推辞说，不喝茶了，就不要麻烦那位朋友了。可是盛情难却，占国的那位朋友执意要招呼大家，我们跟随他来到了一个装饰很古色古香的茶楼，茶楼富贵气派，登上台阶，走进茶楼，舒适清雅，雅间有中式的、西式的、日式的及东南亚式的，怀着好奇心，我特别期待，想知道港式早茶到底是什么样子的，服务员说，你们的包间不超过四小时就不加费用，我心里嘀咕，吃个早茶四小时，用得着吗？

几个人围坐在一张圆桌旁，通过朋友的介绍，才知道标准的港式早茶非常复杂，也很精美。吃早茶时段一般从五六点直到11点左右结束，大多数酒楼茶居里都是宴席用的大圆台，客人即便不相熟也能坐在一起，叫作搭台，一些当地老人经常聚在一起，一坐就几个小时。坐定以后就可以开茶，挑选自己想喝的茶，最常见的就是铁观音、普洱、香片、菊花，等等。这些，我们都不懂，只好让朋友帮我们点茶。

直到此时我才明白，吃早茶并非是饮茶那么简单，实质是上酒楼吃早餐而已，而这早餐非常有特色，点心讲究精、美、新、巧，种类繁多，那一个个小蒸笼很像我们这里的小笼包子，然而比小笼包子丰富得多，几盘干果过后便是一笼一笼的点心，叉烧包、肠粉、薄皮虾饺、干蒸烧卖、蒸排骨、鲜虾蔬菜饺、奶黄包、榴梿酥、玛拉糕等，就是看着都让人眼馋。蒸排骨，虽然对于我们北方人来说有点甜，但是吃起来还是很爽口；鲜虾蔬菜饺，半透明的薄皮细致的褶子尽显虾饺的清爽和精巧，翠绿的蔬菜中藏着整颗的虾仁；虎皮凤爪，饱饱的胶原蛋白，熟烂到几乎脱骨，咬一口那才叫香；榴梿酥，金黄诱人，新鲜榴梿果肉配制的软滑馅心，配以层次分明、异常松化、做工精细的酥皮，令人食欲大动，吃完后淡淡的榴梿味真让人“榴梿”忘返，榴梿酥是广州早茶中常有的一道美味。稍后，一大碗碎牛粥被端上台面，香味随着热气飘出让人馋涎欲滴。还有那干蒸烧卖，我姑且叫它干蒸饺子，有各种口味的，杧果的、猪肉的色味俱佳。看着这一桌精美的茶点，我真后悔早上吃得太多了，同学们也大眼瞪小眼，估计和我的心情一样。

回来的路上，同学们还在议论这顿港式早茶，那真是回味无穷。

购车记

十年前，我认为自己拥有一部高档手机就知足了，因为那时手机还没有在小镇上普及；五年前，随着经济的发展，房地产的火热，在房价还能接受的时候，我赶时髦也当起了房奴，贷款买了一处房，我以为，应该知足了。五年后，看着街道上的许多漂亮的车辆来来往往，什么宝马、雷克萨斯、奔驰，等等，我又有了买车的念头，我留意着这些高档车的标志，欣赏着这些车的样子，可那只是饱饱眼福，面对现实，以我的收入来看，拥有那些车其中的一辆，也只是一个美好的愿望。

三年前在我终于下定决心买车了，我的目标定位在 10 万以内，什么现代悦动、大众宝来、大众朗逸、本田思域、本田锋范、奥拓，等等，都是我想拥有的，可是就这些车，我都觉得购买起来很吃力，因为它们每辆车购买下来，费用都超过了十万，而我又不想贷款。于是多方征求意见，同事们大都有购车的经验，有的说，奥拓好，街道上开省油，省心，适合女人开，有的说要买就买好点的车，一步到位，还有的说国产车就算了，女人家的，国产车小毛病多不好应付。一段时间，我总在为买合资车和国产车纠结，合资车中，我又为日系、德系和美系纠结。我是个爱国主义者，中日钓鱼岛纷争让我举棋不定，最后真的没有考虑日系车。可是，美系车就好吗？网友和身边的亲友就有开美系车的，一致告诉我，耗油。我一个工薪阶层，买得起车，未必养得起车啊。于是又转向德系，宝来和朗逸是当时的首选，于是亲自去店里看了，近视眼的我，坐到车里，觉得这两辆车空间小，有点低，视线不好，不是适合我，直接就 pass 掉。其实，在日系车里有很多的价位我还是能接受的，锋范啊、思域呀、雨燕哪，只是感觉日系车脑袋太扁，不够大方，我喜欢饱满一点的车，当时本田雅阁正换代，样子也比较适合我的审美，稳重大方，优惠幅度也非常大，但是价格已经远远超出了我的预算，尽管这样，我还很欣赏雅阁。可朋友们说，雅阁车身太长了，不够灵活，倒车不方便，2.0 排量的虽然价位低，但是动力不够，2.4 排量的不走长途的话不划算，再说这车大多是中年男人开的，感觉谁说的话都有道理，我又开始摇摆不定，不怕大家笑话，我都为这些车抓过阄。

决定买车的那些日子，打开网页，首先关注汽车，再看什么车降价了，幅度有多大，有时看到网上说降价两万，很是欣喜，打电话 4S 店一问，豆腐两碗，两碗豆腐，几乎没有什么变化，降价只是个幌子，心中暗暗发狠，不买了。可是打开电脑，还是不由自主地要关注车，甚至几次去 4S 店看过，妹夫说，就我这样子，明年也买不到车。我也为自己这犹豫不决的态度感到好笑，只是觉得，毕竟对我来说买车是一笔不小的开支，为了买车，花钱从不在乎的我，在消费观念上有了转变，时时处处懂得了节约。购车的费用，也从 10 万增加到 15 万。有位网友很幽默的说过一句话："购车时一定要管好自己的钱包，否则，您会从奥拓加到奥迪。"事实果真如此。一次在街上看见一辆橘色的奥迪 Q3，那样子、那颜色，是我理想中的车子，当时那个眼馋，真想马上拥有它，通过电话咨询，4S 店告诉我，必须贷款，才有优惠，总费用到 30 万了，这和我购车的预算差太远了，只好作罢。

整整三年，我都为车纠结，到了今年，我又把购车的预算提到 20 万，心想，万一钱不够，和姊妹们借点也行，反正不贷款。3 月份的一天，银川尼桑逍客专卖店给我打电话，说逍客优惠幅度很大，由于是月底，要冲量，能给我优惠两万多。于是让六妹、妹夫和小外甥陪我去看车，店里很热闹，逍客展区有几辆车，白的、红的、金色的很是抢眼。因为以前我们就来看过，销售员很热情地过来迎接，我们直奔逍客火，这是一辆城市越野，车身饱满，视野开阔，红色显得那么绚丽，心中满是欢喜，只等和他们谈妥价格增加配置了！

销售员说得天花乱坠，我只要求不突破我的底线，六妹是个砍价高手，经过几番讨价还价，最终我们以加装导航、送脚踏板、行李架，再优惠现金一万五成交。除了真皮座椅和全景摄像，和逍客雷没什么两样，比预算低了许多。刷卡、缴费、办手续，至此，我的所有消费卡几乎清零。

经过几个小时的加装，崭新的逍客火呈现在了我们眼前，被清洗过的红色逍客在阳光下闪闪发亮，样子更可爱。小外甥连忙打开车门上车找感觉，六妹夫里里外外的仔细检查了一番，确定可以出发了，我们加好油，一路向前直奔前旗，连银川的购物都免了。在回家的路上，妹夫说他以为今天又是看看，没想到这么快就买成了。是啊！我的购车历程终于愉快的结束了，虽然历经三年，但是终于拥有了一辆属于自己的车，这是一次多么令人开心的体验啊！

药香满屋

很早以前就发现自己喜欢两种味道，一种是人们放鞭炮时弥漫在空中硝烟的味道，每每遇到别人放鞭炮，我总是深呼吸，再呼吸，总有一种想走进弥漫着火药味的烟雾中的冲动；另一种味道却是医院里散发的淡淡的药香，尤其是那中医院里的中药香味，常常让我陶醉其中，不能自拔，爱屋及乌，因为爱这药香，便喜欢上那些身上带有淡淡药香的人们，觉得他们干净、清爽。我常常为自己喜欢这两种味道而戏称自己的前世要么是老山前线的军人，要么就是一位德高望重的老中医。

前几天，因长期胃不舒服，吃了很多西药都不见效，同事推荐了一位老中医，经过把脉，老中医给我开了几服药，有花有草：橘皮、树根、黄芪，居然还有我家炖羊肉的地椒，大部分我叫不上名堂来。因为没时间煎药，就拿到药店去煎。第一疗程，收效甚微，老中医告诉我，还是自己熬的中药疗效好。于是，准备砂锅；第二疗程严格按着老中医的嘱咐在家煎药，加水、泡药、开火、熬药，一点都不能马虎，那小小的砂锅腾起一缕缕白气，发出咕嘟咕嘟的响声，药香顿时溢满整个屋子，带着微微的苦，带着香香的糊，还有一种暖暖的宽慰，不一会儿屋里药香越来越醇，沁人心脾，深呼吸，再深呼吸，很想把这香味留在骨髓中。

端着褐色的药汤，像品香茶那样慢慢送到嘴边，真香啊！夹杂着草木的清香，伴着泥土的腥，这味道真的是叫人有种说不出的舒服，此时此刻，觉得自然界什么香都比不过杯这中药的香味，那么让人神清气爽，温暖如春，满屋淡淡药香不仅让我的身体和心灵都得到了滋润，心情也顿时变得愉悦起来。

因为喜欢中药的香味就喜欢起中药来。快速普及了一下中药知识，啧啧，你听那些稀奇古怪的中药名，形神兼备，耐人寻味。有数字的：一炷香、四块瓦、六股筋、千层塔、万丈深。有动物的：蛇胆、熊胆、虎骨、菟丝子、马钱子；还有带色彩的：赤茯苓、青黛、白头翁、黑大豆；有酷似人名的：张公鱼、何首乌、杜仲、藿香。再如老鼠吹箫、鞭打绣球、大夜关门等，如诗如画，妙趣横生，你能相信这是中草药吗？

中药还有很多的故事呢？就说那藿香吧，是不是像一个女人的名字？传说，有姑嫂二人，嫂子叫佩兰，小姑叫霍香。一年夏天，嫂子不幸中了暑热，头痛眩晕，心悸恶心。霍香为给嫂子治病就女扮男装上山去采药，但是被毒蛇咬了，回到家里嫂子为救霍香也中毒了，等邻居们发现这姑嫂都中毒了就急忙抢救。可是，霍香已经死了，佩兰也奄奄一息。佩兰拿出两株药草，对乡亲们说："我妹妹挖回来的这种草，是我们家祖传下来治暑热的，可还一直没起过名字。这圆叶粗茎的能祛暑湿，治疗头痛发热、腹胀胸闷，还能止呕、止泻，就叫'霍香'吧；这种尖叶细茎的主治暑湿内阻、头昏呕吐，就叫'佩兰'吧……"话未说完，佩兰也咽气。邻居们把姑嫂二人埋葬后，又将两种祛暑的药草培植起来。从此，人们一看到藿香和佩兰这两种药草，就想起当年那两位感情深厚的姑嫂。

我觉得生活也像一杯杯苦汤药，只有尝过了，体验过了才知它的香，它的好，生活亦是如此，往往是苦事多，只有去受过这段苦，经历其中，感受其中的种种味道，才能品味出人生的真谛来。

我说，中药之所以清香四溢，那是因为中药能治病，能救人性命，否则，深山老林，悬崖峭壁，荒漠戈壁，谁愿意冒死去采集那些花花草草、兽兽虫虫呢？自然界这些极为普通平凡、极常见的动物植物所散发出的原有的香味，是大自然对人类的馈赠，我们又怎么能不对中药的香味发自肺腑地感恩和带有崇高的敬意呢？

镯之殇

早晨停车时，保险带的铁扣不小心打到了腕上的粉晶镯子，叮当一下，镯子断成三截，顿时一阵心疼，其实这只粉晶镯子我戴的时间并不长，也就半年，那是去西安出差的时候和同事在万达一个名为彩石间的店铺偶然发现的，也许真的是有眼缘，形形色色的镯子中它显得非常独特，通透水亮，圆润秀气，既不单薄也不笨拙，虽然是浅粉色，但是粉的并不俗，价格也不高，简直能和芙蓉玉相媲美，让人一见钟情，爱不释手，在我们当地是很难买到这样成色的手镯。于是，就毫不犹豫把它买了下来，从此，它一直没有离开过我的手腕，谁见了都说这镯子真漂亮，百搭，认为一定价格不菲。从没想过，这只镯子这么快，用这种方式离开了我。看着心爱的镯子那几节断肢，懊恼到了极点，自责、难过，是我没有保护好它，它本不该碎的。

当我把镯子的惨相和我的心情晒到朋友圈，朋友们都安慰我："岁岁平安""宁为玉碎，不为瓦全""旧的不去，新的不来""镯子替你挡灾了""也不贵，再买一个"，也有建议镶金、镶银去修补，大家的好意我都懂，可是我心里明白，碎了的镯子即使修补好也没什么价值了，有裂缝总会让人心里疙疙瘩瘩，扔了又怪可惜的，一位朋友说："画上一只，给这只开个追悼会，埋了吧。"虽说是调侃，其实也有一定的道理，既然碎了，说明我们缘分已尽，就让它回归大地，吸收大地之精华，或许在未来的某年某月某个时代我们会再次相遇，现在全当它修行去了吧。

世界上所有东西其实都会有脆弱的一面。人也一样，生活不像你想象的那么好，也不会像你想象的那么糟，有的时候咬咬牙挺过去便是晴空万里，有时候却会为一句话而崩溃，其实，在我们心情不好的时候，不妨暂时抛开烦恼去发现身边的美好，就像这只水晶手镯，虽然本身具有一定的硬度，一般情况下不会轻易碎裂，磕在面盆上、门框上、桌角上无数次，它都安然无恙，可就这么不经意的一次，遭到铁器强烈碰撞后它还是碎了，竟然还碎成几截，惋惜过后，我所做的，只能是安慰自己，碎就碎了吧，已无回天之力，真不必太过压抑难过，心中纠结了，一切随缘。

不知哪本书上这样说："人养玉，玉养人"，玉是有灵性的，每个人所佩戴的玉石跟自己是有感情呼应的，时间久了，它会保护自己的主人。水晶也是一种玉石，所以，我宁愿相信这只镯子真的是为保护我，替我阻挡了未知的灾难而不惜牺牲自己以致粉身碎骨的，所以我一定要郑重地把它埋葬了，作为一种纪念珍藏在心底。

土狗小白

小白是我家养的一条土狗，浑身雪白，没有一根杂毛，两只毛茸茸的耳朵总是耷拉着，只有在发现周围有什么动静时那对耳朵才竖起来，特别灵敏。我总觉得它那个红红的鼻子看起来不是那么协调，多次试想它要是长个黑鼻子就好了，父亲总说小白是一条跟神仙的狗，只有跟神仙的狗才有会这么纯白，因此小白让我觉得很神秘，有时拍拍它的脑袋，问它是不是有仙气，它总是用无辜的眼神看着我。

牧区人家总是养一条狗来看家护院，小白来我们家之前我家也有过一只小狗，刚满月就抱回我家，因家里闹鼠患，父亲就在柜子下面放了一点老鼠药，小狗来到家里到处乱窜，钻到柜子下面不知怎么就把鼠药吃了，虽然尽力抢救，还是没有挽回那条小生命，很是惋惜。于是，小妹又抱回一只小狗来，也是刚满月，这次为了防止小狗再吃老鼠药，又怕它去羊圈里追小羊羔，只好把它拴了起来，这一栓就是十多年，因为家里有只猫也是白色的，比它来得早，取名老白，小白虽然个子比老白大，但是年龄小，所以就叫小白，你只要呼唤："小白"，它就会用各种姿势表示它就是小白。

小狗刚来家里的时候，胖乎乎的，呆头呆脑，我记不得它什么时候长到现在这样大。小白特别聪明，只要是家里的人，它都认识，甚至连第一次从陕西回来的妹夫它都不叫，它甚至认识我们姊妹的车，我因为工作在旗里，有时把剩下的饭冻在冰柜里，回家时给它一包一包地分好带回去，只要听见我的车响，它就开始在它的窝旁雀跃，戴着铁链子绕杆，前腿匍匐，后腿直立，摇头摆尾，兴奋得不知如何是好，那样子很像人。我就嘲笑它，你如果像老白（猫）那么小，跳起来蛮可爱，可你这么大个子，笨手笨脚，太搞笑了。也不知它能听懂还是听不懂，仍旧欢快地跳跃着。

对待家里人它总是热烈欢迎，对待邻居可就不一样了，周围邻居来过家里几次它便不再冲他们"汪汪"，表示他们是朋友了，唯独对西房子的一户邻居，十几年来，它总是不依不饶，没有一次放过，只要他们出现，甚至听到他们的说话的声音，它就开始不停地冲他们吼叫，那样子分明是不欢迎他们的到来，我呵斥它，它根本不听，从邻居走进家门到离开，它不停地狂吠，直到看不见人家踪影才算罢休，让我们很是尴尬。我后来仔细观察，发现它也不是无缘无故地排斥这户邻居，这家邻居比较爱占小便宜，我家有很多果树，他们路过时偶尔采摘，有时还掰几个玉米棒子，对我们来说这也不是什么事，邻里邻居的，对小白来说可能就是大事了，看门护院是它的职责，虽然不会说话，但是记住仇了，十几年如一日。

小白是我家的一分子，父母有时自己吃什么就给小白也吃什么，有时还单独给它做狗食，有时给它的食物很粗糙，它也没得挑，给什么吃什么，如果我们回去那可就是另一码事了，姊妹们总是把狗食搅拌得很丰盛，夏天加水怕它渴，冬天要放在炉子上温热，我们在家的日子估计是它最幸福的日子，吃得饱，住得暖，因此它就开始挑三拣四，每天在盆子里剩半盆，有时不合口味居然用爪子刨沙子埋了，父亲责骂我们给它吃太多了，我只要看到它剩下饭就骂它："再造怪，把你的狗头打烂！"它用脑袋蹭着我，爪子搂着我的腿，让人不忍心再责骂它。

一次，小白差点成了盘中餐，一位陕西的亲戚来家，看见小白肉头肉脑，体型又大，竟然不识时务地对我妈说，把狗送给他，他出1000元钱，我妈问他要小白干什么，他说当肉狗吃，我妈听了好是生气，当场就拉下脸子，说那位亲戚，你啥事都想做！这事虽然过去很多年，我妈提起这件事就生气，是呀，牧区人家，谁舍得把狗杀了吃？狗是牧区人家忠实的伙伴，家人都会精心照顾它，小白过去是没有窝的，因为怕它被风吹，被雨打，被太阳晒，父亲和他的外孙子给小白搭了个冬暖夏凉的窝。

小白对工作从不懈怠，它跟我家的羊关系相处得还算友好，但是跟牛就是另一番情形了，只要看见牛，它撅起屁股，皮毛端扎，大喊大叫，牛儿们仗着自己体格巨大，看不起小白，对小白的叫声不理不睬，但是小牛犊可是被它的咋咋呼呼给吓着了，散开蹄子跑了，牛群只好跟着离开，小白也得胜归营。一个初冬的晚上，小白不停地汪汪，一会儿低吟，一会儿高呼，搞得大家都不能睡觉，心里很是烦躁，但是没人去理它，第二天早上起来，才发现收割过的玉米地里昨晚进去牛了，牛粪遍地，玉米草遭了殃，原来。小白一晚上在给主人示警，主人却听不懂。从此以后，只要小白叫，我们总是要出去看看。它的确是尽职尽责，母羊下羔了，它叫；邻居家的牛迷路来喝水，它叫；附近出现打野兔的猎人，它叫；我们都习以为常了。

其灵其性，更有咄咄趣事，它吃饭的时候，周围有麻雀、有母鸡、有鸽子、有时还有奶羊，它与它们友好相处，任凭鸦鸦雀雀你一嘴它一嘴分享它的食物，更搞笑的是它与家里的大白猫和小黑猫亲如兄弟，有一天我们都外出吃请，家里就留下它们仨，因为怕猫在屋里偷吃，就把两只猫都关在外面，等我们回到家里，到处找不到猫，去小白的狗窝旁，才发现老猫蹲在它的屋顶上的烂棉被上眯着眼睛晒太阳，小黑猫在它旁边的草丛里舒展着身子睡觉，看见我翻了个滚，伸了伸爪子继续晒它的太阳，小白也像小黑猫一样舒展着身子躺着，看见我翻了个滚，伸了伸爪子继续晒它的太阳，它们动作简直像是经过训练一样，神同步。那场景就像几个顽皮的小孩玩累了，他们居然都不理我。

聋猫

中秋节那天，我回到牧区家中，只见家里的小黑猫吃得油光锃亮，看见我坐在沙发上，它马上蹭过来和我抢沙发，一双黄色的电光眼闪着幽幽的光，配在它黝黑发亮的脑袋上，尤为高傲、冷漠，我摸摸它，它便发出呼噜呼噜的声音舒展四肢躺在沙发上睡大觉了。只是不见家里的那只大白猫，那也是蹭吃蹭喝的货，以往，只要我回去，它就会发出沙哑的声音向我走来。于是，我问父亲老猫去哪里了，父亲说送给家里种地的人饲养了，说老猫今年不知怎么啦，咬死几只小羊羔，我很惊讶，大白猫在我家多年来，是我家的灭鼠功臣，连小鸡都不抓，怎么会咬羊羔呢？也许真的老眼昏花了，吃惊之余我心里多少有点惋惜，它也是我家的一分子，缺了它，感觉失去了一位老朋友。

大约七八年前的一天，牧区家里来了一只大白猫，不知为何赖在家里不走了，也许是我父母可怜它，给它喂食，让它把这里当作了避风港。这只猫全身雪白，尖尖的脑袋，眯眯的三角眼泛着蓝灰色的光，叫起来声音很难听，只要看到有人靠近它，它就会沙哑着嗓子歪着脑袋“喵”一声，一副可怜兮兮的样子，好像在讨好大家。总之，初来乍到的它天生一副奸臣样，看起来很阴险，人家的猫顺毛捋捋或者抚摸脖子就会呼噜呼噜地表示它的惬意，它可倒好，你要是试着摸摸头，就好像要了它的命，蜷缩着身体，惊恐地睁着眼睛，四下张望，然后一溜烟逃之夭夭，反正，我是一点都不喜欢它。

慢慢地，这只猫在我家待的时间长了，和大家熟悉了，它看见我们也不再恐惧了，我们也把它当成家里的一员，每次回家，看不见它，我们就在园子里、旧房子里到处去找它，抱抱它、摸摸它，它变得那么温顺，常常蹭着我的腿要吃要喝的，它的肚子总是吃的鼓鼓的，在我看来它根本不知道饥饱，因为吃得太多，身子一点也不协调，头小肚大，好像一个移动的棒槌，我非常奇怪它怎么就像个饿死鬼，那么贪吃，给它的食物，不吃完，它是不会离开的，简直就是只大馋猫。我常常试着唤它“眯眯”，但是它好像听不懂，对我不理不睬，我就开玩笑说它估计是外星猫，要不就是蒙古族人家的猫，否则，怎么听不懂话呢？

有一天，父亲告诉我们，这只猫耳朵听不见，是只聋猫。我非常惊讶，怪不得我们呼唤它，它置若罔闻，怪不得它待在我家不走了，怪不得它总不知饥饱，同时，另外一连串的问题出现在我的脑海里，一只猫要是聋了，它会怎么生活呢，靠什么去捕捉老鼠？因为自从它来到我家，我家周围的老鼠都不见了踪影，库房里只要发现一只老鼠，父亲就把它抱进去，不出一小时，准会把老鼠消灭掉，它可是我家的灭鼠功臣啊。现在，我不得不佩服这只贼兮兮的大白猫了。

聋猫虽然长得不那么可爱，但是它的本领非凡，不光捕捉老鼠，捕捉麻雀也是高手。一个冬天的早晨，聋猫又在窗台上扯着那难听的嗓子叫，我出去看它，往常，只要把门拉开个缝，它就嗖的一声窜进来，现在它却不急着进屋，而是用爪子摆弄着什么，我走进一看，它不知从哪里捉来几只麻雀摆在窗台上，看见我出来了，就叼着半死不活的麻雀给我炫耀，我实在想象不出来它是怎么捉住那些麻雀的。于是，我担心它会吃小鸡，便常常打电话问母亲，老猫是不是吃小鸡，母亲说，聋猫还是捉老鼠和麻雀，看见鸡娃娃理都不理，难道它会鉴别麻雀和小鸡？我可得对它刮目相看了。

聋猫也有它可爱的地方，它很会为自己在沙发上找个舒适的地方躺下，舒展四肢，晒着暖暖的太阳，不叫也不动，有时大概是睡得太舒服，一个不小心翻身从沙发上溜下来也不觉得，继续睡它的懒觉，那姿态好怪异，睡饱睡足后，就用小爪子洗它那张脸，也不知它钻煤堆了，还是钻烟囱了，弄得全身灰米杏眼，估计也是不舒服，想讲讲卫生，它就舔舔爪子，洗洗鼻子，可是辛苦了半天，只是把两只前爪和鼻子周围洗得干干净净，白得发亮，让人想起京剧里的大花脸，实在可笑。它很会看人下菜，用我的话说，它会像人一样察言观色，父亲因为它晚上偷吃，半夜还要因它出去拉屎撒尿给它开门，晚上便不让它待在家里，它很听话，白天睡大觉，晚上出去找吃的，黎明时分回家。可是只要我们回去，它就是另一副模样了，不但白天睡一天，晚上也不出去了，尤其冬天，它会偷偷地藏在暖气炉子后面，沙发后面，或者躲在我们的卧室里不让父亲找到它，我们看他可怜，怕它冻着，也就听之任之，但它总是半夜吵醒我们要出去拉屎送尿，完事后又要回来，于是，我们就把它送出去，不让它再进屋，那几天非常冷下了大雪，它出去找不到食物，又找不到暖和的地方，小外甥晚上就把它藏在被窝里留在家里，这次它学乖了，半夜不出去了，我们也睡得很安稳，可是早晨，它又不干了，舔你的手，舔你鼻子，在被子上跑来跑去，总是要骚扰着你让你赶快起来给它开门，打开门的瞬间，实在好笑，那家伙就像人快要拉裤子里了，速度之快，让你忍俊不禁。

春天来了，聋猫偷偷溜出去，彻夜不归。几个月后的一天，父亲发现它卧在库房的玉米缸里，就把它抱出去，第二天，发现它又卧在那里，粗心的父亲这才发现，玉米缸里蠕动着几个小猫咪。聋猫当妈妈了，一共四个小不点儿，两只狸花，两只白猫，四只爪子却是雪白的。聋猫是个好妈妈，每天躺在地上，悠闲地拍着尾巴，任由小猫在它的身上嬉闹。它幸福地眯着眼睛，不时舔舔它们的毛，它们总是一副儿女绕膝合家欢的场景。

小家伙们一天天地长大了，越来越可爱，也越来越顽皮。聋猫每天都要“点名”，遇上某个小淘气藏了起来，它必会严密搜查，非得把小家伙聚齐了方才放心。小猫们都必须待在它的视线范围内，走远一点儿都不行。一旦出了界，它就会迅速跳起来，轻轻叼着小猫的后颈，放到自己认为安全的地方。

几个月后，小猫渐渐长大，聋猫也越来越辛苦，那些日子，它的棒槌肚子没了，全身瘦的只剩骨架，父亲就趁它外出觅食时把小猫送人了，其中一只被五妹带到了旗里自己养。母亲说，聋猫回来发现小猫都不见了，找了好久都没找到，它焦灼地叫着，连续几天都叼着老鼠、野兔和麻雀回来呼唤它的宝宝们，那声音很凄惨，过了十几天，聋猫才接受了现实，不再嚎叫，不再寻找。

大约半年后，五妹把她养的那只小猫带回家里看它妈妈，聋猫开始很排斥，发出呼呼的声音，不让小猫靠近，小猫也不认识自己的妈妈了。过了一会儿，聋猫似乎嗅到了熟悉的气味，轻轻呼唤小猫，小猫听懂了妈妈的呼唤，母子团圆，聋猫温柔地叫着，用舌头不断舔着小猫的脑袋，用爪子轻轻地拍着它的身子，一次又一次，小猫也抱着聋猫的头，抓耳挠腮，不知怎么才好，那激动的场景不比人类差。

聋猫虽然耳朵听不见，但是它很懂事，也很坚强，自食其力，还会享受，自娱自乐，感叹大自然赋予聋猫那神奇的力量，俗话说：“老天爷饿不死瞎家雀。”那自然就是说，上苍有好生之德，否则，我家的聋猫怎么会活到现在？

聋猫在别人家会想念我们吗？

一只特立独行的母鸡

鸡有鸡的生活，鸡有鸡的世界，几千年来，能够与人类亲密相伴的家禽，非鸡莫属，人类饲养最普遍的家禽，也非鸡莫属。在农村，家里缺什么都行，唯独不能少了鸡，也许哪一天一不留神大母鸡就会钻出草垛“咕咕咕”地给你领回一群萌化了的小鸡娃，试想，没有鸡的村子是多么的寂寞、冷清，就像草原上没有牛羊就不像草原了。我家生活在牧区，家里除了牛羊外，就是那一群生气勃勃的鸡了。

每年天气回暖，我妈总会买几十只半吊子鸡（注：三四个月大的鸡，容易成活。）来饲养，周围的广阔草原上满是虫虫蚁蚁，花花草草，为鸡们提供了丰富的食物。鸡们在野地里捉虫、吃草，或引颈高歌，或争抢啄食，或洗沙土浴，或在玉米地里打架，或在饮羊槽子上此起彼伏地喝水，有时还“通通通”地绕着房子跑，那声音甚是诡异，除了它们到处拉屎不讲卫生外，倒也没那么讨人嫌，好像它们本来就该是那样的。

作为群居动物，鸡们各有各的地盘，一般井水不犯河水。不过，也有例外，我家那群鸡自从回来就与羊生活在一起，起先，它们看见羊还战战兢兢，惊恐地缩在墙角，后来大概发现羊没有什么攻击力，对它们没有什么伤害，还能混吃混喝，也就熟视无睹了，它们和羊群一起进进出出，抢水喝，主人给羊喂料的时候，难免散落些一些玉米粒在草叶和羊粪中，鸡们捡拾玉米粒的速度和准确率要比人强多了，根本不用担心玉米粒会被糟蹋。羊儿们有时也嫌鸡们在食槽里抢食，会气恼地用头顶一下鸡们，长翅膀的动物总是有一定的优越感，鸡们扑扇着翅膀只是跳一跳，飞起几片鸡毛，继续低头磕着脑袋捡玉米粒，为了几颗玉米粒，鸡也是拼了。

鸡的青春很茫然，鸡的爱情似乎很痛苦，当鸡的羽毛渐渐变亮，看起来很艳丽，鲜红的鸡冠冒了出来的时候，鸡们就开始变得兴奋和躁动起来，一场轰轰烈烈的爱情就开始了。它们平白无故就可能扯着嗓子，发出难听的声音，扎煞着翅膀，脸红脖子粗地干上一架，霎时间，扬沙泼土，乱羽翻飞，场面甚是凌乱。鸡们就像女人打架，喜欢扯对方的头发，但无论是公鸡还是母鸡，都喜欢扯对方的鸡冠和“鸡领”，拔对方的毛。当然，还有高级一点的打架，都是凌空起来用双爪对抓，那意思大概是让自己看起来更强大，在气势上压倒对方，这景象比起皇家“斗鸡”来更有趣味性。

鸡群里的公鸡宛若一个皇帝，妻妾成群，享受至高无上的待遇。母鸡是个受气包，只能明哲保身，一点也不在乎公鸡拥有什么三宫六院七十二妃，也就不会为公鸡争风吃醋或卖弄风骚，母鸡注定是弱小的，无助的，大多时候还是躲着公鸡的。这不，我家的一只母鸡就被公鸡欺负的成了精。用我妈的话说：“就没见过这样的鸡，精（聪明）得跟人一样。”我要说这是一只特立独行的鸡。

这只母鸡估计是被公鸡欺负得无处可逃，卧在一只老绵羊的背上把羊当作避风港，让那只趾高气扬的公鸡干瞪眼。这只母鸡每天与羊群一起早出晚归，成了草原上一道独特风景。我不知道羊出去吃草的时候，这只母鸡在干什么？人家野鸡飞上枝头变凤凰，我家的母鸡飞到羊背上难道变成野鸡，更奇怪的是，它总是固定跟着那只黑头绵羊，有时那只绵羊因为要抢水，抢玉米跑得飞快，一不小心就把它摔了下去，它便嘎嘎扇着翅膀无奈躲到沙蒿林子里，小心翼翼跟着羊群回到羊圈里。第二天羊出圈时，它又趴在那黑头羊背上出发了，样子十分搞笑，我把这只母鸡和绵羊的照片发到朋友圈，大家纷纷调侃：你家的母鸡会开四驱车啊；这只母鸡有智商，找到守护神了；羊背是鸡的安乐窝，这大概是动物之间的和谐共生……

在人们眼中，鸡的身上缺少其他“聪明”动物所具备的特点，并常常会认为鸡的智力水平也比其他动物低。这几天，也不知什么缘故，绵羊不喜欢它了，可那只耀武扬威的公鸡却依然视它为眼中钉，追着不放，往死了啄它，揪它的毛，踩它的背，它惊慌失措，东躲西藏，为了逃命，居然跟在我妈的身后寻求庇护，它乖乖地任凭主人把它抱进院子，那哀怨的小眼神像极了受尽欺负与委屈的小媳妇。说心里话，这只鸡的智商真的不低，因为有院墙，别的鸡进不了院子，公鸡也只能隔墙而视，它再也不用担心公鸡欺负它，便大摇大摆地独享整个院落，想卧就卧，想吃就吃，院子里有的是剩茶剩饭，吃住不存在任何问题，你就是拿棍子赶它，它也绝不迈出大门。偶尔，它来到厨房门口探头探脑不知想啥，我默默地看着它，想起以前看过的一本小说——《活着》，这只母鸡，为了生存，斗智斗勇，活着也不容易啊。

宋代罗愿在《尔雅冀》中说，鸡有五德：“首戴冠着，文也；足傅距者，武也；敌前敢斗者，勇也；得食相告者，仁也；鸣不失时者，信也”。鸡，确实有很多值得学习的地方，有时我想，人啊，有时还真不如一只鸡。

洋猫流浪记

这只猫不知流浪了多久，后来被我的一位同事收留，待了几天，由于同事孩子身体过敏就不敢再收留它，可又怎么也撵不走，没办法，只好发朋友圈问谁要。

自从父亲走后，母亲成天放不下她的牛呀、羊的，不想来镇区，一个人待在牧区很是孤单，我们正想着找一只猫或者狗来与她做伴。于是，就让弟弟把这只猫接到牧区，它大概做梦都没想到会流浪到牧区。

这只猫很漂亮，谁看着它都会感到舒服，愉悦。大大圆圆的头，脸颊饱满、翘着几根白胡须，眼睛又大又圆，炯炯有神，鼻子和嘴比较短，秃秃的，很有趣。除了下巴、脖子，还有四条粗而短的腿洁白如雪，它脑门上，身子上覆盖着烟灰色的毛，摸起来厚厚实实，软绵绵的。母亲第一眼见到这只猫就喜欢上了，说它长得“板菜菜的”。百度了一下，发现这是一只英国短尾蓝猫，价格不菲。由于它的脸盘比一般猫都大，我就管它叫大脸猫，随它一同到来的还有它的猫粮、猫砂、猫碗，整个就是猫贵族的待遇。面对陌生的环境，这只猫的眼神有些慌张，经过一番抚慰，可能它也觉得无可奈何，或者是不想再流浪了，它也就慢慢安静下来，蜷缩在我腿上，将头埋进自己的身体里，睡着了，还呼噜呼噜地逼着鼠。自从大黄猫失踪后，我家的草棚里就老鼠成灾。但是，大脸猫这秃的嘴，天知道它会不会抓老鼠?

刚到牧区，它的食物就是猫粮，每天嘎嘣嘎嘣吃个不停，吃饱了喝点儿水，心满意足地卧在炕上打着呼噜。它对人很友善，也很黏人，只要有人摸它，它就肚皮朝天，躺在地上，很享受的样子。只是除了猫粮啥也不吃：喂牛奶，不喝；喂鱼，不吃；喂它猪骨头，嗅嗅，走了。它不光是一只贵族猫，还是一只有洁癖的猫，对自己那张臭脸，一天至少要舔上十几遍，凡是能舔到的地方绝不放过，把自己收拾的像个毛绒玩具，干干净净，这样的猫还能指望它去抓老鼠吗？

一天，我打开一罐八宝粥正准备喝，这家伙不知从哪里呼的窜出来，一下子扑到我身上，嘴里发出软绵绵的“喵喵”声，毛茸茸的胖爪子急不可耐地就向我的八宝粥伸来，难不成这家伙在原来的主人家还吃猫罐头，这样的待遇，牧民家庭怎么能养得起？弟弟说这猫在牧区估计生存都是问题，我们上班走了，谁侍候它，哪有那么多的猫粮和罐头给它吃，不如送走吧？可是好请难发送，再次问朋友圈，没人搭理，让它再去流浪又于心不忍，姐弟俩最终商议决定让它再待几天试一试，暂时猫粮还够吃，吃完猫粮再饿几天，看看会不会吃其他的食物，大脸猫就这么留下来了。

回到镇区后，我总担心大脸猫会被饿死，弟弟周末回家时，我叮嘱他，实在不行就把它带回小镇来，我自己养着，不能让它再到处流浪。弟弟却欣喜地告诉我，大脸猫不但开始吃饭了，而且，还会抓老鼠了。终究是猫啊，狗改不了吃屎，猫改不了抓老鼠。母亲说，大脸猫常把抓到老鼠摆在她面前展示一番，喵喵地叫着，好像在邀功请赏，又好像是把老鼠当作最好的礼物献给她。

等到我再看到大脸猫时，大概是半个月后，它已经不认识我了，看到我进门，嗖的一下就躲到了床底下，任凭我千呼万唤，它就是不出来。但是，只要母亲呼唤它，它立马屁颠屁颠地跑出来跟着转圈，用爪子挠母亲的脚，用身子蹭她的腿，还会撒娇似的呻唤，猫真的是有灵性的动物，知道母亲才是它的主子，很会讨好她。母亲去给羊喂草，它在草堆上寻找猎物，有时就睡在草垛上晒太阳。它用尖利的爪子，在羊棚旁边的老榆树上摩拳擦掌，惹得树上的麻雀、喜鹊像炸了营，群起而讨伐它，它伸着懒腰，打着哈欠，任凭鸟儿们咋咋呼呼，日子过得很悠闲。唯一美中不足的是，它每天在草棚、羊圈、翻上翻下，免不了灰头土脸，除了那张被洗了N遍的可爱的大脸变小了一点，似乎野蛮了许多，精神了许多，完全没了刚来的娇贵气息。我有时担心它吃不饱，就给它带点猫罐头、火腿和猫粮，它那馋猫的本性立马现形，呼噜噜吃完，又是一副六亲不认的样子，真拿这高冷的家伙没办法。

从刚来时的足不出户，到现在的行动自如，它的适应能力可真是强大，不但不挑食了，还练就了上树、翻墙、钻洞、捉老鼠的本领，有时一天也见不到它的影子。猫的本性还是有的，毕竟宠物猫也是猫，才一个多月就适应了新环境，成功变成抓鼠能手。

胖饺子

“好吃不过饺子，舒服不过倒着。”说起吃饺子，无论南方还是北方，每个人大概都如数家珍，什么芹菜饺子、虾仁饺子、鸡蛋饺子、沙葱饺子、茴香饺子，猪肉馅、羊肉馅；水煮的、锅蒸的、油煎的，五花八门，但宗归是饺子，至于什么馄饨、烧卖、馅饼我看都是从饺子变异而来。

饺子为什么叫饺子？传说是1000多年前的医圣张仲景发明的，起初是为了治病救人，后来变成了食物。我那些远在陕北的亲人们把饺子叫作“扁食”，是压扁了的食物？是放在扁里的食物？还是有什么别的来历，那就不得而知了。

我家每年的年夜饭里是一定要有黄萝卜饺子的，不仅除夕夜有，而且初一、初二，一直到过小年都有，饺子馅一定是黄萝卜和羊肉对半，只是身居内蒙古的我们比起陕北的饺子用的羊肉要比黄萝卜更多一些。从我记事起，我家的饺子就是这个样，等到我学会包饺子后，饺子还是这个样，如今过了快半个世纪了，我家的饺子还是这个样，家族里的亲人们也都是这样的吃法，很少有吃猪肉馅的，牛肉馅嫌太瘦是要加入一些肥肉的，对一些蔬菜饺子，诸如圆白菜、香菇饺子、芹菜更是不屑一顾，认为那压根就不是饺子。

耳濡目染，不知什么时候我学会了父亲包饺子的手艺，而且自我感觉手艺还不差，只是饺子太胖，比较费料，用亲人们的话说，我要是去卖饺子，会赔死的。父亲在世时常说我们家吃一顿饺子用的羊肉抵得上人家食堂里的几倍。

每年的除夕早上，父亲总会提前为找出几块冻得坚硬的羊肉放在厨房里解冻，等到菜刀能切下去的时候，我就开始切肉，先切成肉片，再切成丝，再切成丁，这时候的羊肉是最好切的，不需要怎么费力将肉丁乱剁一通就揽到盆里备用。然后再切片、切丝、切丁、乱剁，循环往复。我们家里人口比较多，除了除夕夜自家吃的饺子，还要为正月里来拜年的亲戚朋友准备一些，每次都会切十多斤羊肉，到了晚上，腰酸背痛，虎口火辣辣的疼。等到把肉都切好，削几个自家种的水灵甜脆的大黄萝卜，擦成丝，不用焯水，这样更能保持萝卜的水分，让饺馅更加鲜美，剥几根红葱切成段，为了防止辣眼，把葱和萝卜丝掺和在一起剁，叮叮当当，那是开启新年的最动人的旋律。

有时,父亲还会拿一个肥肥的绵羊羊尾巴或者一块肥肉让我加进去，这样蒸出来的饺子，吃一口，满嘴流油，剁好的肉丁和萝卜丁搅拌在一起，加入适量的调料和盐，再无任何添加。饺馅拌好后就开始准备面皮了。白面一般是打下手的妹妹们提前和好、饧好的，一家人洗干净手围坐在一起，各司其职，包饺子的、擀面皮的、烧火的、抱柴火的，还有几个捣乱的小家伙，家常理短，其乐融融。

揉面、搓条、揪面剂、按圆，二妹一手按住擀面杖，一手飞快地擀这面皮，三下两下面皮就变成一个象牙色的圆，中间厚，边缘薄，她一个人擀的面皮可以供几个人用，那擀皮的技术我是怎么也学不会，当然也不用学，我的任务是包饺子，年年如此。拿起面皮，挑一勺饺馅放进面皮，我最喜欢把饺子装得满满的、饱饱的，直到装不下为止，用力把饺子皮捏得严严实实，然后用双手的虎口捧住往里一挤，一个胖胖的饺子就成功了，一个，一个个；一行，一行行，齐齐整整，大小均匀，就连摆放的方向都是一个样，看起来像一件件刚出炉工艺品，看着自己包好的胖饺子，还是蛮有成就感的。

燃烧正旺的灶火上，坐着一口大锅，大锅里的水在沸腾，哧哧冒着热气，此时，包好的饺子就可以下锅蒸了，15分钟后，饺子熟了，热乎乎，胖嘟嘟，滑溜溜，不露馅，不流油，咬一口，汁水四溢，满口生香。

第一锅饺子一般是老人和孩子先吃，其他人继续忙活着，一锅接一锅，忙得不亦乐乎。生活需要仪式感，蒜泥、香醋、辣椒摆上桌，这个时候你会感觉饺子是世界上最好吃的东西了。我们家吃饺子还有个规矩，不吃水煮饺子，但是一定要有汤喝，蘑菇汤、菠菜汤、紫菜汤，无论哪个汤都可以，加点香菜、葱花，喝上一碗那才叫舒爽，大家开玩笑说喝汤是为了把吃饺子留下的缝隙喂满。

一年又一年，胖胖的饺子包出的是温馨，是人间烟火中的亲情，饺子承载着我太多的记忆，太多的思念，也寄托了太多的希冀。

有个爱好，真的很享受

“人的一生中，必须有一样，不以此谋生的工作！”这是我看到的非常有哲理的一句话，这句话中的“工作”我的理解就是每个人都应该有一个爱好。如果我问你，你的兴趣爱好是什么？你可别千万别说，你喜欢打麻将、玩电子游戏、喝烧酒。子曰：“道不同，不相为谋。”我虽然没有那么高的境界，也不是什么高人，但是绝对不喜欢与这些沉溺在不良嗜好中的人有过多往来，这不是清高。

在岁月的流逝中，我有过许多的爱好：集邮、攒瓷瓶、收集火花，最后都付之东流，唯有写作、绘画这两大爱好算是坚持不懈，相对绘画来说，写作处于随心所欲状态，有时每周一篇，有时几个月一篇，勉强可以说没有放弃过。绘画就不同了，从儿时一直坚持到现在，只要时间允许，我总会给自己做好安排，工作时看相关书籍，假期时坚持每日一画，画石头、画彩铅、画葫芦，国画、水彩画都有所涉及，从心底里讲，自己的画马马虎虎，登不了大雅之堂，充其量就是涂鸦，可这都不是问题，阻挡不了我喜欢绘画的脚步。因为喜欢，不管画得多没水平，有形没神也好，有神没形也好，我觉得享受作画过程真的很美好，每完成一幅作品，心中充满成就感，时不时发朋友圈晒一晒，那绝对不是炫耀，而是想和大家分享快乐。

我没有上过专门的美术学校，未经过老师的指点，不懂什么绘画技巧，更不懂有关美术的专业知识，对素描、色彩的认识一知半解，对于绘画完全自学，而自学的动力来自兴趣。没有老师，各类图片、画册就是我的老师，我自学自画，漫画、版画、工笔、写意都很喜欢，中学时，常常被老师指定为班级出板报，为学校画漫画专栏，也许正是老师们有意无意地栽培和激励才为我后来的绘画热情给予了力量。

小时候我爱收集一些烟盒、火花、挂历、邮票以及日记本中间的插图，尤其小人书《红楼梦》里的人物，那本小人书曾让我一页一页地涂抹过，到后来，水墨山水、花鸟鱼虫都成了我描摹的对象。因为喜欢，我常常购买一些绘画类书籍，就连去图书馆借书也必须借一本绘画方面的书籍，从中去探究和尝试各种画法的技巧，看到喜欢的作品就去用笔墨在纸上乱画，去感知不同的效果，为画中那些妙曼灵动的美而陶醉，正是有了绘画这一个爱好，我不再焦躁不安，不再为了生活琐事内心纠结。

最近，我特别迷上临摹彩铅画，好在，信息时代，找到一些适合临摹的作品非常容易，手机相册里大半图片都是彩铅画，萌宠、花卉、虫鱼，实在是太美了，但是，这些看似简单的作品，其实一点都不简单，单是画一颗露珠，你得去找光点，得表现立体感、透明感，仅蓝色这一种色都千变万化，可以画出深浅不同的效果。如果画一朵花，它的自然生长状态、它的叶脉、它的姿态都得关照，想的是很美，可手不听话，力不从心，线条总是跑偏！涂涂改改，汗流浃背，纸都被橡皮擦出一层皮，画面一塌糊涂，只好擦掉重画！再擦掉再重画……有时干脆撕掉，即便如此，初心不改，还是热衷于此。

我对于国画的热衷，大概没有人能够理解，没有老师的指导，只能摸着石头过河，没有学过速写素描，工笔白描、国画写意都靠自己边画边积累经验，绘画类书籍床头、书架到处都是，有时还花大价钱网购国画课程，边看边临摹，只要看到笔墨颜料我就特别快乐，特别充实，那种满足，那种快感真的很令人享受。

逛街吧，女人

前几天看了一则谜语：一个男人陪两个女人逛街，打一个少数民族人名。谜底：买买提。我不由得哑然一笑。女人逛街的心情绝对是阳光灿烂。男人总是不明白女人咋就那么爱逛街，就像女人也不明白，男人咋那么爱吸烟、喝酒呢？你看那大商场的休息间，长凳上坐着的总是那些看似百无聊赖的男人，他们要么脚底放一堆女人的战利品，要么哈欠连天，张牙舞爪地犯困，有的干脆依着长凳打呼噜，脾气不好的估计心里想着要崩了自己的娘们，陪女人逛街对男人来说就是痛苦的折磨，女人们却乐此不疲。

女人好像天生就喜欢逛街，天生就是个购物狂，不购物陪别人逛，有钱逛，没钱也逛。女人逛街的理由有 N 种：天气晴好，阳光明媚，逛街的好日子；妇女节到了，犒劳一下自己；生日到了，买件礼物，祝福一下；换季了，需要换新衣服了，逛街去；女人逛街的目的就一个，买！买！买！高兴了要买，难过了也要买，好像女人的衣柜、鞋柜、化妆间总是缺货。发工资了，要给自己买新衣服，买了新衣服呢，得有个漂亮包包来搭配，有了包包呢，还缺双好看的鞋。看见漂亮的工艺品，买，看见毛绒玩具，买。吃的、喝的、穿的、用的都在她的视线范围内，女人总是感觉缺什么物品！有的物品买回去百无一用，有的衣服买回去标签都不拆，有的根本就忘记自己买过什么，即便压到箱底，买东西的热情丝毫不减。

我认为逛街是一种休闲，和朋友边聊边逛，唠唠家常、骂骂领导、看看帅男、评评美女，遇到合适的东西，互相参谋，乐在其中，买到了自己心仪的衣服，自然欢喜，买不到就瞎逛逛，完全没目标，买与不买看心情。我和朋友逛街，大多时候是去服装店给她当参谋，走进店铺，我们一般会先扫一遍店铺，然后一件一件细细地翻看，看见打眼儿的衣服就放在身前对着镜子比画，感觉还不错，就会去试衣间试穿，脱了穿，穿了脱，累得满头大汗，气喘吁吁也不觉得。看着朋友试穿的衣服美美的，自己也开心，总是鼓励人家买下，看她刷卡，有时还邪恶地补一句：看着你花钱，我咋就这么开心啊！然后嘻嘻哈哈继续向前逛。

以我多年的经验来说，逛街还是一种减压神器。有时因为工作忙，事多，心情郁闷，就放下手中的事务，上街去逛几个小时，花钱买几件衣服回来，感觉天蓝蓝、水清清，一切阴霾都散去了，工作热情又高涨了。小妹自从有了二宝，每天就是围着娃娃转，虽然有老人帮衬着，但是总感觉力不从心，只要有点机会，哪怕一小时，她也会走出去逛逛街，用她的话说：出去透透气。我有时也陪着她逛，两个人走走停停，兜兜转转，整个世界都是我们的了，逛街时感觉时间过得好快，要不是心里惦记着家里的宝宝，估计逛几个小时都不觉得累。逛街无疑是女人发泄情感、释放压力、愉悦心情的一种良好方式，想想看，花着自己的钱，任意挑选着自己想要和不想要的东西，除了肉疼，身心得以全面放松，那种满足感、自信感都无法用语言形容了，比起花钱吃药，我看还是逛街更实惠。

逛街还可以锻炼身体，看看那些走进商场的女人，马不停蹄，脚下像安了弹簧，这个商场逛完，再去下一个，化妆柜前、小饰品柜台前、包包店、服装店，只要她感兴趣的都会进去瞅瞅，即使不买也要进去饱饱眼福，不知不觉四五个小时就过去了，那得消耗多少卡路里。有人愿意去健身房，你得有钱，还得坚持。跑步机、呼啦圈、自行车，又有几个人能够坚持下来呢？相比之下逛街是最简便，最省事的锻炼方式，据报道：爱逛街的人要比不逛街的人长寿的多；还有报道说，逛街锻炼身体的效果比任何运动方式都更明显。

女人们，撒开丫子继续逛吧。逛街让你与时代接轨，看到当下最新潮的东西，不至于落后，逛街还可以增进友谊，让身心更健康，只有会生活的女人才喜欢逛街。

那些被我养死的鱼

我这个人，天生喜欢小动物，小猫、小狗、小兔，就连那小猪，感觉看起来也蛮可爱的，可是我又有严重的洁癖。养只狗吧？觉得土狗不适合楼房养，体型大，一有个风吹草动，便狂吠不止，邻居会讨厌，养宠物狗，又觉得比较娇气，给它洗澡、梳毛、剪指甲，每天还得带出去遛一遛，对于我这样的资深宅女，那可真是遭罪；养只猫吧，好是好，猫咪爱干净，很黏人，“喵喵”地叫着，时不时蹭蹭你的腿，求抱抱，温柔可爱，可是它也不是什么省油灯，只要是摆在高处的器物，都会被它的好奇心驱使并推倒在地下，或者，今天用猫爪子把沙发勾得伤痕累累，明天把你的充电线咬破，说不定哪天弄个电线短路，失火了都说不准；养一只兔子吧，是比较可爱，可又纯粹是个吃货，三瓣嘴不停地翕动着，不知饥饱的样子实在可恶，再说它一步一撒尿的习惯，搞得满屋的尿骚味那可真要命。总之，所有需要换毛的动物一一排除，思量再三，还是觉得学学文化人的样子养几条金鱼，干净、省事，既陶冶了情操，又让生活变得更有生趣。

有了目标便马上展开行动，为了那些即将到来的金鱼，我特意网购了一个直径40多厘米的很古典的陶瓷大鱼缸，加好水，缸底铺上鹅卵石，便直奔水族馆。水族馆里一排排、一列列水族箱都插着氧气管，打着各种背光灯，冒着泡泡，每只箱子里的鱼儿在灯光下五颜六色，成群结队，形态各异，很是热闹。那些鱼认识的、不认识的，红的、黑的，大的、小的，颜色不同，形态各异，看着鱼儿们在水里自由地游来游去，尾巴飘飘摇摇，心中充满了各种欢喜，看看这一条很美，看看那一条也很美，觉得哪一条都是自己想要的。老板娘热情地向我介绍着：哪个是热带鱼，哪个是冷水鱼，需要什么设备，需要什么鱼食，一时间，听得人头都大了，心想，难道养条鱼还不如养只狗简单？听说我的鱼是普通陶瓷鱼缸，她说我的鱼缸最多能养五条，如果没养过金鱼，建议先养几条红箭试一试，金鱼不好养，容易缺氧，这话好像有一些道理，可是，好看啊，尤其是那些鼓着眼睛，黑色的、红色的大脑袋金鱼，实在是太漂亮了。于是，也不听老板娘的唠叨，便一口气挑选了四条红箭、五条金鱼带回家，这些鱼儿们一放进鱼缸便欢快地在鱼缸里游动着，看起来好自在。

不听老板娘言，吃亏在眼前，这些看起来活得自由自在活泼的鱼儿们，第二天便有两条金鱼不怎么爱动了，没过几天，就牺牲了，剩下的金鱼看起来也不妙，不到一个周，几条金鱼便全部死光光，只剩下几条红箭，心里好难过，那几条看着活得好好金鱼，怎么就全死了，水土不服吗？顿时有了一种负罪感，这些鱼如果不是遇到我肯定不会死，至少不会死得这么早。接下来的几天平安无事，看着幸存的几条还在嬉戏的红箭，自我安慰，觉得养鱼也不是什么难事。

悲催的是一周以后的一天，我看见鱼缸里有鱼的排泄物，有碍观瞻，便给鱼儿们换了水，水是两天前放在太阳底下晒过的，当然，这是水族馆老板娘教我这么做的，她说自来水不能直接给鱼用，我把鱼儿都捞在水桶里，清理干净鱼缸，把桶里的水和鱼一起倒入鱼缸，鱼儿们很开心，你追我赶，绕着鱼缸壁玩耍，我也沾沾自喜，总结出一条自认为合理的经验：养鱼要勤换水。可是，换水的结果是，鱼儿们以一天一条的速度翻了白肚皮，不到半月，七八条鱼的性命就都丧在我的手里，第一次养鱼宣告失败。

不甘心的我又跑去水族馆里，我怀着一颗无比伤痛的心，给老板娘诉说鱼儿们死亡的情况。老板娘说，金鱼最容易缺氧，其之所以死快是因为鱼缸太小，我那鱼缸的氧气容量只够养四五条的，可我硬要放八九条进去，氧气不够，金鱼当然就缺氧死去。再者，给鱼换水也不能太勤，换水时不能一次把鱼缸里的水全部换掉，要留一些原来的水，鱼也需要有个适应的过程。还有就是红箭活泼好动，金鱼相对行动迟缓，两种鱼在一起养不合适，她让我把鱼缸消毒，把石头消毒，放太阳下晒一晒，这次，我乖乖地听从老板娘的建议，打定主意买几条一元的小红鱼，权当养着玩，死了也许没那么愧疚。五条活泼可爱的小红鱼跟着我回到家里，又拉开了一次养鱼的序幕。这次，我完全按照老板娘的吩咐，生怕有什么差池，每天撒几粒鱼食喂着，可是几天后便出现了第一条死鱼，紧接着第二条、第三条，十天不到，这几条小鱼无一幸免。这次的死亡速度更快，每次捞起那条死鱼便内疚得要命，心里祷告：鱼儿们呀，别怪我，我真的希望你们好好地活着。过了些日子，我又去了水族馆和老板娘诉说了小红鱼死时的惨状，老板笑着说，你肯定是给鱼喂得太多了，小红鱼这种生物，不知饥饱，有食就吃，那么小的鱼，一天顶多喂一粒，可你这一喂撒十多粒，可不得撑死吗？而且越活泼的鱼儿越会抢食，吃得越多，死得就越快，我仔细想想它们死后的样子，确实是肚子圆得有些夸张。唉！真的应了那句话：花儿是浇死的，鱼儿是撑死的。

为了不让鱼儿们无辜丧命，我暂时放弃了养鱼的念头，先普及一下养鱼的知识，半年后，觉得自己可以养鱼了，就又萌生了养鱼的想法，这次比较认真，但是还是不死心地又去买了五金鱼，心想这次一定没有问题，鱼比上次少，水我能掌控了，食也控制住了。不过，毕竟是一条条小生命啊，我得认真对待，每天喂食，换水，小心地侍候着、观赏着，感觉比侍候病人都费心，彻头彻尾的鱼保姆，可鱼儿似乎不领情，两周不到，金鱼又全部阵亡了。看着空空的鱼缸，我沮丧极了，金鱼真的太难养了。总结以往的教训，为了不让鱼缸空着，就随便买几条小红箭放在鱼缸里，爱活不活！心里暗暗下定决心：这次如果再死了，此生不再养金鱼。

于是，我对养鱼不再那么上心了，有时三天五天喂一次，有时一月两月才换一次水，出差也不托人照看了，令人惊奇的是鱼儿们在我的疏于管理中居然没有再死，看着水中的鱼儿不停地游着，动作轻柔舒展，它们时而窜出水面觅食，时而相互追逐、嬉戏，一切都那么自然协调。看着那清澈幻动的水，悠闲曼舞的鱼，绿苔斑驳的卵石，心情莫名的欢畅了。工作空闲时，看着小鱼不停地摆动着身姿，撅动着小嘴，划动着鱼鳍，优雅地，实在是一种难得的享受啊。不过，这些原本红艳艳的鱼，不知为什么颜色变得浅了，在经历那么多次的失败之后，我可不敢再奢望他们别的什么，只盼他们能活着就好。

回顾之前的养鱼生涯，因为自信，缺氧憋死一批小金鱼；因为无知，换水换死一批；因为泛滥的爱心，喂食撑死了一批，这一批批的金鱼用生命在警告我，自信、无知、爱心，应该建立在认真严谨的生活态度上，闭门造车，自以为是，只会造成无法收拾的后果。

图书在版编目（CIP）数据

消逝的季节河 / 薛金丽著. —西安：陕西人民出版社, 2022.3
ISBN 978-7-224-14380-5

Ⅰ. ①消… Ⅱ. ①薛… Ⅲ. ①散文集－中国－当代
Ⅳ. ①I267

中国版本图书馆CIP数据核字（2022）第028297号

责任编辑： 王倩
封面设计： 白剑
内文排版： 李阳

消逝的季节河

作　者	薛金丽
出版发行	陕西新华出版传媒集团　陕西人民出版社 （西安北大街147号　邮编：710003）
印　刷	陕西金和印务有限公司
开　本	787毫米 × 1092毫米　1/16
印　张	17
字　数	226千字
版　次	2022年3月第1版
印　次	2022年3月第1次印刷
书　号	ISBN 978-7-224-14380-5
定　价	59.80元
